Almuth Link

Die glücklichen Tage

SOCIETÄTSVERLAG

Satz: Marco Stamm, Societäts-Druck
Druck und Verarbeitung: Bercker Graphischer Betrieb, Kevelaer
Schutzumschlaggestaltung: Katja Holst, Frankfurt
Schutzumschlagabbildung: Thomas Glaser, Frankfurt
Printed in Germany 2003
ISBN 3-7973-0856-6

Für meine Freundin Gabriele

Kapitel 1

Meine Eltern waren mal wieder in einem Konzert, und an diesem Abend habe ich meine Puppen ertränkt. Ich ließ die Badewanne voll laufen mit eiskaltem Wasser, holte sie einzeln herüber und warf sie hinein, dass es klatschte. Schwimmt oder lasst es bleiben! Damals war ich acht.

Ein Abend zum Verrücktwerden. Der ganze Sonntag schon sterbenslangweilig. Vormittags hatte ich anderthalb Stunden Klavier geübt, danach mit den Eltern zu Mittag gegessen, Rotkraut mit Braten und heißer Soße, was Papa so gern mochte. Die ganze Wohnung roch nach Essen, nirgends entkam man diesem Geruch.

Die Mittagsruhe dann. „Sei brav und geh in dein Zimmer."

Immer der gleiche Satz: „Sei brav und geh in dein Zimmer."

Wo sonst hätte ich hingehen sollen? Brav sein hieß ruhig sein, sich möglichst nicht bewegen, denn die Wand war dünn und der elterliche Mittagsschlaf am Sonntag heilig. Hinterher Kaffeetrinken, spazieren gehen zu Dritt, alles musste seine Ordnung haben.

Heute abend also die stille Wohnung. Küsschen auf die brave Kinderwange. „Wenn was ist, geh zur Frau Moritz, mein Schatz, sie weiß Bescheid."

Es ist aber nichts, jedenfalls nichts, was ich der Frau in der Wohnung unter uns erzählen könnte. Ich schleiche durch die Räume, schaue unter die Betten, bleibe erstarrt stehen, wenn es irgendwo knackt. Schließlich verbarrikadiere ich mich in meinem Zimmer, indem ich einen Stuhl vor die Tür schiebe. Es macht keinen großen Unterschied, ob die Eltern zu Hause sind oder nicht. Nur diesen einen: die bohrende Angst, es könnte sich jemand in der Wohnung versteckt haben. Deshalb rede ich laut mit den Puppen. Oft ist es meine Puppenecke, die in der Erinnerung auftaucht, wenn ich an die frühen Jahre denke. Ein aufgeräumtes Zimmer, rosafarbene Tüllgardinen vor dem blitzblanken Fenster, das weiße Schleiflackbett, dahinter die springenden Hirsche auf dem gewebten Wandbehang, das alte braune Klavier, der bemalte Spielzeugschrank, und seitlich davon, auf einer Truhe, die Schar von Puppen. Unbeweglich hocken sie da, reagieren nicht auf meine Ansprache. Sie bleiben stumm wie immer, sind nur scheinbare Freunde und schon gar keine Beschützer.

Das Telefon klingelt. Ich nehme den Hörer hoch, es meldet sich aber niemand. Zitternd lege ich wieder auf. Draußen ist es stockdunkel, Frau Moritz schläft vielleicht schon. Auch mag ich nicht vor die Wohnungstür und die Treppe hinunter gehen, um unten bei ihr zu klingeln. Ihre Telefonnummer? Finde ich jetzt nicht. Plötzlich packt mich die Angst und schüttelt mich durch, ich kann schon nicht mehr weinen.

Die Puppen. Ich starre zu ihnen hinüber und flehe sie an, lebendig zu werden, sich endlich zu bewegen. Sie tun mir den Gefallen nicht – obwohl ich sie seit Jahren hege und pflege. Sie grinsen nur oder schmollen und hocken da, wie angemalte Möbelstücke. Eigentlich hocken sie immer da wie Möbelstücke, nicht nur heute abend, eigentlich lassen sie mich immer allein in diesem Zimmer, in dem sich nie etwas bewegt außer der Tüllgardine, manchmal, wenn das Fenster offensteht.

Die Wut, die sich jetzt in mir auszubreiten beginnt, ich spüre, wie sie die Angst abdrängt, wie sie mir klar macht: du bist oft allein, mit und ohne Puppen. Also packe ich sie und schmeiße sie ins Wasser.

Ohne mich auszuziehen, lege ich mich auf mein Bett. Als ich dann endlich weinen kann, kommt auch langsam der Schlaf.

Natürlich hat meine Mutter alle Puppen gerettet, kopfschüttelnd und eine Zeit lang ziemlich ratlos. Ein lebendiges Tier für Hanna, die ja ganz eindeutig unter ihrem Einzelkind-Dasein leidet? Am Mittagstisch wurde es erörtert und zugleich mit so vielen Einwänden belegt, dass ich zum Schluss eigentlich dankbar sein musste für so viel hygienische Vernunft.

Und eines Tages saßen die Puppen wieder da, in frisch gebügelten Kleidchen, schmollend oder grinsend, stumm und dumm.

Zum Geburtstag kam Annemarie dazu, eine Käthe-Kruse-Puppe mit blonden Zöpfen und schönem, sanftem Gesicht. Es war Liebe auf den ersten Blick. Ohne zu zögern machte ich sie zu meiner Schwester, die zu mir gehörte, so wie niemand sonst, mit der ich mich gegen die Erwachsenen verbünden konnte, die mich auch an langen Abenden nicht im Stich ließ.

Jahrelang hatte ich um eine Schwester gebetet, eine echte, eine lebendige. Lieber Gott, gib sie mir, notfalls auch einen Hund, einen Hasen oder einen Bruder, Hauptsache, was Lebendiges, jung wie ich und so allein wie ich. Doch nichts dergleichen geschah. Deshalb erweckte ich nun Annemarie zum Leben, indem ich ihr jeden Tag von neuem meinen Atem einhauchte. Von da an unterhielten wir uns lebhaft, manchmal bis in die Nacht hinein, wobei ich ihre Rolle übernahm, mit etwas hellerer Stimme und einem liebevoll-betulichen Unterton. „Übst du mit mir Klavier?" „Nicht so gern", piepste

Annemarie, „wir könnten uns aber in die Puppenecke setzen und allen die Haare kämmen." Was sie sagte, galt. Also eröffneten wir einen Frisiersalon und vertieften uns so lange in die Arbeit, bis meine Mutter den Kopf zur Tür hereinsteckte und freundlich, aber bestimmt daran erinnerte, dass noch geübt werden musste. „Nur ein Stündchen, mein Kleines, damit Frau Corell nicht enttäuscht ist."

Ich bin in Frankfurt am Main geboren, in dem ehrwürdig alten Gebäude der Diakonissen an der Eschersheimer Landstraße. Wenige Jahre später zogen wir in den Taunus, nach Oberursel. Wir lebten im ersten Stock eines Zweifamilienhauses. Ackergasse hieß unsere Straße, die jeder Oberurseler kennt. Sie ist eines der Herzstücke der Altstadt, gewissermaßen das Eingangstor zur kleinen Hauptgeschäftsstraße, der „Vorstadt". Bekannt war die Ackergasse damals durch die renommierte Bäckerei Steden, bei der man Brotsorten aus aller Herren Länder probieren und kaufen konnte. Die Rezepte waren vom Ehepaar Steden selber auf großen Reisen entdeckt und ausgesucht worden. Vor allem das riesige runde Bauernbrot hatte es uns angetan. Wir teilten es uns immer mit Frau Moritz, die unter uns im Parterre wohnte.

Aber noch etwas Berühmtes hat unsere Ackergasse aufzuweisen: das „Alt-Oberurseler Brauhaus", auch „Haus Pfeiff" genannt, ein Bürgerpalais des 18. Jahrhunderts, breit hingelagert, mit einem wunderschönen geschwungenen Mansardendach und symmetrisch angeordneten Fenstern. Zu unserer Zeit hieß es ganz profan „Deutsches Haus", war ein Lokal, und wurde besonders gern von meinem Vater aufgesucht wegen seines großen, von zwei Kastanien beschatteten Biergartens und seiner guten Schnäpse. Fast jeden Tag verleibte er sich dort einen „Grünen Abt" ein, so im Vorübergehen.

Einen Garten hatten wir nicht, auch keinen Balkon, aber es war gemütlich bei uns, warm und freundlich. Mein Vater war Geiger beim Hessischen Rundfunk, fest angestellt, und da die Wohnungsmiete der drei Zimmer sich in Grenzen hielt und meine Mutter etwas von ihren Eltern geerbt hatte, kamen wir finanziell ganz gut zurecht.

In der schmalen, ruhigen Ackergasse konnte man sich, wenn man Geborgenheit suchte, richtig gut fühlen. Sie lag eingebettet in einem Geflecht von kleinen Gassen, efeuumrankten Häusern in Hinterhöfen, Lauben, Pfaden und Stichwegen. Von ihr aus konnte man einen verträumten Rundgang machen und über die Eppsteiner Straße zum Marktplatz laufen, am sandsteinroten Ursulabrunnen vorbei hoch zum Alten Rathaus, durch die Strackgasse zur Hospitalkirche, einer der Heiligen Barbara geweihten Kapelle, deren Bänke ich jedesmal zählte, wenn ich dort mit meiner Mutter Rast machte.

Brauchte man Betriebsamkeit, dann war man schnell in der „Vorstadt", in der es nicht nur lebhaft zuging, sondern wo sich auch schöne Geschäfte aneinanderreihten.

Da gab es linker Hand die Haushaltswaren von Rompel, seit 1897!, weiter das für mich so wunderbare „Fruchthaus Gasser", dessen Früchte sommerlich dufteten und mich nur so anlachten. Schräg gegenüber das alte „Kaufhaus Mann". Bog man dann links, am Sportgeschäft „Sport-Taunus" vorbei in die Kumeliusstraße ein, konnte man die besten selbstgemachten Pralinen bei Heller kaufen, gegenüber im Antiquariat von Herrn Klärner stöbern und am Epinayplatz das Modegeschäft „Zentrum-Moden" bewundern, in dem ich später das eine oder andere meiner Konzertkleider kaufte.

Ich liebte diese Straßen, die ich oft an der Hand meiner Mutter und später allein gegangen bin. Und ich liebte, trotz

Klavier und trotz einsamer Stunden zu Hause, meine Eltern. Schließlich war der festgelegte, abseitige Weg, den eine Solistenkarriere über lange Jahre erfordert, von Kindheit an ein vertrauter Weg, eingezäunt und abgeschirmt von elterlicher Liebe und Hoffnung, wenn auch von Anfang an schon abseitig, eigenbrötlerisch, ereignislos. Puppe Annemarie wurde gefordert, über Gebühr, und sie gab geduldig lächelnd ihr Bestes. Aber im Laufe der Zeit, mit meinem Älterwerden, machten sich in diesem Zwei-Rollen-Spiel immer öfter Ermüdungserscheinungen bemerkbar. „Dauernd bin ich zwei Leute", beklagte ich mich, „das strengt ganz schön an, warum könnte ich denn nicht doch ein Tier kriegen?"

„Weil es dich zu sehr ablenkt, du weißt doch, und überhaupt." Ich wußte: Klavier und Schule, Klavier und Schule. Jedenfalls blieb Annemarie immer öfter unter ihren Artgenossinnen auf der Truhe sitzen, während für mich die Schule zur einzigen Abwechslung wurde. Nachmittags jedoch keine Verabredung, kein Treffen in der Eisdiele „Cortina", nicht die Möglichkeit, mit jemandem zusammen die Hausaufgaben zu machen oder bei einer Klassenkameradin übernachten zu dürfen. Die Zeit zum Klavierüben musste genutzt werden, denn die Unterrichtsstunden waren sündhaft teuer. „Papa und ich verzichten auf vieles, damit du die kostbaren Klavierstunden haben kannst", erklärte meine Mutter, „und es wäre doch schrecklich traurig, wenn du aus deinem Talent nichts machen würdest!"

Teils gingen mir solche Abhandlungen auf die Nerven, vor allem, wenn sie sich zu oft wiederholten, teils aber kamen sie mir entgegen, denn meine Liebe zur Klaviermusik erwies sich tatsächlich als groß genug, um auch freiwillig Opfer bringen zu können.

Musik war nicht wegzudenken. Auch wenn ich nicht Klavier übte, konnte ich die Welt um mich her als einen vielfältigen Klangkörper empfinden, dessen einzelne Geräusche ich fast schon zwanghaft unter die akustische Lupe zu nehmen hatte. Wind und Regen, ein fahrendes Auto, Motorrad, Flugzeuge, Bienensummen im Sommer, das Brummen der Ölheizung, des Staubsaugers, das Pfeifen des Teekessels, alles ordnete sich in meinen Ohren irgendeiner Tonart zu. Glockengeläut, das in sich harmonisch nicht übereinstimmte, Dreiklänge von Standuhren, deren Schwingungen ungenau aufeinander abgestimmt waren, die jammervoll falschen Klänge des Martinshorns auf der Straße konnten mich geradezu peinigen. Setzte in der Schule der Pausengong ein, so registrierte ich: kleine Terz, große Terz, Quart, Quint – und jeder der gewaltig schwingenden Töne bis hin zum letzten, dem tiefen G, stellte mein kritisches Gehör vollkommen zufrieden. Weil ich die Reihenfolge einmal laut ausgesprochen hatte, fiel jetzt immer die Klasse im Chor ein: „kleine Terz, große Terz ..."

Ein hübscher Teenager, dunkelblond und langhaarig, der nahezu konzertreif spielte und dies gelegentlich in kleineren und größeren Konzerten unter Beweis stellte, wurde zum Mittelpunkt der Bewunderung. „Wie ich dich beneide", flüsterte meine Tischnachbarin in der Schule, „dass du dich nur ans Klavier zu setzen brauchst und schon holst du die schönsten Melodien heraus."

„Steckt aber auch viel Mühe dahinter, jeden Tag stundenlanges Üben, trockene Fingerübungen, langweilige Etüden. Denk doch, was ihr in der Zeit alles macht!"

„Nichts Gescheites jedenfalls."

„Vielleicht nichts Gescheites, dafür aber habt ihr Spaß. Was meinst du, wie oft ich euch beneide!"

Corinna blieb dabei. „Wir bewundern dich alle, Hanna. Du kannst ganz schön stolz sein."

In solchen Momenten versöhnte ich mich dann doch etwas mit den Nachteilen meines disziplinierten Einzelgängerlebens und benutzte den erfrischenden Aufwind des Erfolges, um mit neuer Kraftanstrengung weiterhin meinen eigenen Erwartungen, denen der Eltern, der Lehrer und der Bewunderer gerecht zu werden.

Die Eltern übrigens besaßen einen festen und auch einen guten Platz in meinem Leben. Verläßlich und stolz standen sie hinter mir, oft auch vor mir, um Hindernisse aus dem Weg zu räumen, Konflikte zu lösen oder Wogen zu glätten. Zu diesem aufeinander eingeschworenen Dreierbündnis hatten nur wenige Personen freien Zutritt. Eine Künstlerin wurde großgezogen, die es zu hüten galt, so wie man eine junge exotische Pflanze vor schädlichen Umwelteinflüssen hütet. Alles machten wir zusammen. Zu dritt gingen wir im „Deutschen Haus" essen, wenn es einen runden Geburtstag zu feiern galt, sogar im Königsteiner „Sonnenhof". Zu dritt gingen wir spazieren, werktags durch unsere Altstadt, sonntags nach einer kurzen Autofahrt am Sandplacken. Zu dritt fuhren wir in Urlaub, zu dritt liefen wir auf Amrum in die Meereswellen und zu dritt kamen wir wieder heraus. Wir bauten Sandburgen zu dritt (aber Vorsicht, Hanna, deine Hände!) und setzten uns zu dritt hinein. Wagte sich ein Jüngling in die Nähe, der mich zum Federball aufforderte, dann wurde er zwar wohlwollend zu dritt begrüßt, zugleich aber so argwöhnisch von meinen Eltern beobachtet, dass er jeden zweiten Schlag danebensetzte, der arme Junge.

Während eines Sommerurlaubes, diesmal in der Toskana, wollte mich gar ein junger Mann ausführen. Und da er mir gefiel – meine Eltern waren gerade in ein Gespräch vertieft mit einer deutschen Urlauberin – sagte ich sofort zu. Den ganzen Nachmittag, in der Hitze auf meinem Bett liegend, träumte ich davon, wie wir Hand in Hand durch die Nacht schlendern würden, er und ich, zu zweit, ein einziges Mal nicht zu dritt! Und vielleicht gab es ja sogar einen Kuss! Natürlich lag mein Hotelzimmer neben dem meiner Eltern. Aber wir befanden uns im ersten Stock, und es gab einen Balkon. Auf neun Uhr hatten wir uns verabredet. Was sollte ich anziehen? Da auch meine Kleider unter Aufsicht eingekauft wurden, hielt sich meine Garderobe in äußerst biederen Grenzen. Deshalb entschied ich mich von vornherein für die einzige moderne Kombination, die ich besaß: Jeans und T-Shirt. Ein ungeheures Abenteuer stand dem fünfzehnjährigen Mädchen aus dem Rapunzelturm bevor! Und da ich nicht, wie im Märchen, meine langen Haare herunterlassen konnte, zog ich Turnschuhe an für den geräuschlosen Sprung vom Balkon.

Langsam ging die Sonne unter. Ich fieberte der Unternehmung entgegen, erzählte meinen Eltern, ich wolle früh schlafen gehen, und sie möchten mich bitte nicht mehr stören. Mit dem Gongschlag neun Uhr schlich ich hinaus auf den Balkon, kletterte auf die Brüstung, wollte gerade zum Sprung ansetzen – als die Balkontür von nebenan aufgerissen wurde und mein Vater erschien, entsetzt, fassungslos, nach Worten ringend. „Ich will mich mit jemandem treffen", zischte ich wütend, „aber wahrscheinlich sollten wir auch ein Rendezvous zu dritt absolvieren!" Hinter ihm erschien nun meine Mutter. „Du bist erst fünfzehn", empörte sie sich fast gleichzeitig, und dann übernahm mein Vater die Regie. „In diesem Alter gehörst du noch in die Obhut deiner Eltern, ob dir das passt oder nicht. Im übrigen hast du unser Vertrauen missbraucht."

„Was bleibt mir denn anderes übrig? Bei Eltern, die einen einsperren wie einen Kanarienvogel."

„Du bist kein Flittchen, das sich nachts mit fremden Männern herumtreibt. Künstler brauchen Ruhe und Schutz. Dafür bringen wir jedes Opfer, wenn du das noch nicht bemerkt haben solltest. Wir erwarten dafür aber auch von dir ...."

„... dass ich bis zum 90. Lebensjahr eine Jungfrau bleibe und meine Eltern ehre!" Diesen letzten Satz schrie ich laut in die Gegend, ehe ich in mein Zimmer stürzte und die Balkontür krachend hinter mir zuschmiss.

Da wir schon bald darauf abreisten, habe ich den jungen Mann nicht mehr gesehen.

In meiner grenzenlosen Enttäuschung kam ich aber noch einmal darauf zurück. „Ihr tut so, als wäre ich eine Maschine, eine Art Musikmaschine. Alles, was sonst noch zu einem schönen Leben gehört, zum Beispiel Freundschaften, wenn ich schon keine Geschwister habe, das sperrt ihr aus wie Ungeziefer."

„Du darfst Freundinnen nach Hause bringen."

„Für eine Stunde, weil ich dann schon wieder üben muss. Außerdem hätte ich Corinna wahnsinnig gern mit in die Ferien genommen, damit ich wenigstens mal eine Ahnung davon bekomme, wie man lebt mit Leuten aus der eigenen Generation." Hier gab ich die Diskussion auf, weil ich Tränen in den Augen meiner Mutter sah.

Also lebte ich weiterhin vom Hörensagen, von dem, was meine Klassenkameradinnen mir zukommen ließen: ihre Beziehungen zu den Geschwistern oder zu Freunden, die vielen gemeinsamen Erlebnisse und – vor allem – ihre Verliebtheiten, immer wieder ihre Verliebtheiten, beglückend und dramatisch und wechselnd, unglücklich, aufregend, sehnsüchtig, alle Gedanken ausfüllend bis in die letzten verborgensten Ecken.

Geschwister – ein Wunsch, so intensiv, dass er mir manchmal den Schlaf raubte – hatte ich nun keine mehr zu erwarten, und die Liebe blieb für mich zunächst ein Zaungast. Niemand wagte sich an die Pianistin heran, und diese wiederum fühlte sich nach mehreren Übungsstunden zu überdreht, um Diskussionen mit den Eltern durchzustehen über die Frage, ob man hin und wieder in einem Tross von Jungen und Mädchen die Nacht zum Tage machen dürfte.

Das einzige, was ich gegen den Willen der Klavierlehrerin und damit auch gegen die Vorstellungen meiner Eltern durchsetzte, war das Abitur. Dreizehn Jahre Schule verbrauchten kostbare Jugendzeit und ließen womöglich ernst zu nehmende Konkurrenten an mir vorbei ziehen. Ob ich mir das auch richtig überlegt hätte? „Das habe ich", sagte ich rasch, fest entschlossen, in diesem Punkt nicht mit mir reden zu lassen.

Und da war nun doch so etwas wie eine Liebe im Spiel, oder Schwärmerei, vielleicht auch ein Zusammenspiel von beidem. Die Deutschlehrerin beschäftigte meine Phantasie, eine kluge, sympathische Frau, Studienrätin, die ihre Schülerinnen in sanfter Autorität zu fesseln und zu lenken verstand. Ich freute mich auf jede Stunde und arbeitete für sie mit weit größerem Einsatz als für alle anderen Lehrer. In der Pause, wenn sie Aufsicht zu führen hatte, suchte ich ihre Nähe und begann gelegentlich auch ein Gespräch, wobei ich über jedes Wort innerlich Buch führte, um der Lehrerin zwar zu gefallen, mich aber um keinen Preis zu verraten. Auf dem Heimweg und während des Übens am Nachmittag träumte ich von ihr, ohne mir darüber klar zu werden, was ich eigentlich in ihr suchte: eine Mutter, eine Freundin, eine Schwester? Die Lehrerin hat es nie gewusst, und das kam der gleichmäßigen Ruhe und Wohltemperiertheit im Rapunzelturm zugute. Er wäre womöglich, trotz elterlicher Wachtposten, ins Schwanken geraten.

Und doch hat es auch im Turm der Familie Forberg von Zeit zu Zeit vibriert, geheimnisvoll und daher nur ganz untergründig zu spüren, gerade deshalb aber beunruhigend. Man verheimlichte mir etwas Wichtiges, das im Flüsterton abgehandelt und jedesmal sofort beendet wurde, wenn ich auftauchte. Es musste schlimm sein, denn meine Mutter weinte dabei. Einmal, als sie mir abends noch Gute Nacht sagte, stellte ich die Frage. „Ihr habt heute wieder so viel geflüstert, und so aufgeregt ..."

Umständlich strich sie meine Decke glatt, ehe sie antwortete. „Später, mein Liebling, wenn du älter bist. Aber mach dir keine Sorgen, es ist nichts Besonderes."

„Dann würdest du nicht weinen."

„Das sind nur die Nerven, Hanna, die spielen manchmal bei mir etwas verrückt."

„Immer bei dem einen Flüstergespräch, immer nur dann!"

„Wie gesagt, nichts, was dich bedrücken müsste."

„Aber du selbst bist bedrückt, Papa dann auch, die ganze Wohnung ist bedrückt."

„Ältere Leute haben manchmal Probleme, weißt du."

Damit erhob sie sich, verließ das Zimmer und schloss die Tür leise hinter sich zu. An solchen Abenden lag ich lange wach. Die Flüsterszene ließ mir keine Ruhe, und von Mal zu Mal wurde der Wunsch drängender, sie zu begreifen.

Am Abend vor meinem 17. Geburtstag ergab sich endlich eine Gelegenheit, der Sache auf den Grund zu gehen. Meine Mutter war gekommen, mir Gute Nacht zu sagen und, in Anbetracht des nächsten Tages auf dem Bettrand sitzend, noch etwas mit mir zu plaudern. Dass ich mit meiner Fragerei binnen Sekunden ihre gute Laune zerstören würde, darüber war ich mir im Klaren. Aber die Angst, es könnte sich in der Familie eine Gefahr zusammengebraut haben, die ich nicht kannte, der ich mich möglicherweise irgendwann ausliefern müsste, ließ gar keine andere Wahl zu. „Ich bin mit siebzehn nun doch wirklich kein Kind mehr", begann ich das Gespräch, „warum sagst du mir nicht endlich, was dich so oft umtreibt."

Als hätte ich mich einer bösen Zauberformel bedient, fiel ihr frohes Gesicht zusammen, wurde blass, und es zeigte sich der herbe Zug um ihren Mund, den ich kannte, der sie alt machte. „Warum willst du dich damit belasten?"

„Weil mich eure Geheimnistuerei viel mehr belastet."

Jetzt erhob sie sich, und wie immer, wenn sie sich über etwas aufregte, begann sie im Zimmer hin und her zu laufen. „Also gut, Hanna, bringen wir es hinter uns – du hast eine Halbschwester. Das ist das Geheimnis."

Ich verstand nicht, fuhr hoch. Ungläubig starrte ich sie an. Sie blieb stehen und wiederholte es, laut und deutlich. „Du hast eine Halbschwester, mit 19 habe ich ein Kind gekriegt."

Alles hätte ich für möglich gehalten, nur das nicht. Ich sprang aus dem Bett, stellte mich vor meine Mutter und schüttelte den Kopf. „Ich habe eine Schwester?"

„Eine Halbschwester, ein Mädchen, das ich sofort nach der Geburt zur Adoption freigegeben habe." Sie war bis in die Lippen blass geworden, ihre dunklen Augen schauten mich müde und elend an. Von diesem Augenblick an tat sie mir wahnsinnig leid. Ich nahm sie an der Hand und zog sie zum Bett. „Komm, setz dich noch mal hin und erzähle mir die Geschichte in aller Ruhe."

„Da gibt es keine Ruhe, da gibt es nur Schuldgefühle und noch mal Schuldgefühle, diesem Mädchen gegenüber, das bei mir nicht aufwachsen durfte."

Und mir gegenüber, dachte ich, was ist mit mir, die ich mir nichts so sehnlich gewünscht habe wie eine Schwester? Sie schien meine egoistischen Gedanken zu erraten. „Du hättest nicht viel von ihr gehabt, Hanna, du bist ja viel später erst geboren."

„Wer war denn der Vater?"

„Ein farbiger Medizinstudent, halb Europäer, halb Afrikaner, meine Jugendliebe, bei einem Studentenball kennengelernt."

„Und du wolltest ihn nicht heiraten?"

„Wäre schlecht gegangen. Ein Farbiger und meine konservativen Eltern! Außerdem hat er sich drei Monate vor der Geburt in eine ebenfalls farbige Kommilitonin verliebt, Hals über Kopf."

„Und du? Was wurde aus dir?" Ich konnte kaum hinschauen, wie sie zusammengekauert auf dem Bettrand saß, das liebe, schmale Gesicht trostlos, die Hände ineinander verkrallt.

„Aus mir? Von den Eltern weitgehend abgeschrieben, gab ich das bevorstehende Abitur auf und nahm eine Stelle als Aushilfsverkäuferin in einem Fischgeschäft an. Ich weiß, dir habe ich das alles ein bisschen anders erzählt."

„Hast du dich trotzdem auf das Kind gefreut?"

„Zu der Zeit schon nicht mehr. Die anfängliche Vorfreude hatte sich nach unserer Trennung in Ablehnung verwandelt, ganz unüberwindlich. Ich wollte es nach der Geburt nur loswerden, sonst nichts."

„Und diese Ablehnung – hat angehalten."

Obwohl ich die Antwort nun ja schon wusste, fürchtete ich mich davor.

„Ich habe dem Kind zunächst keine Träne nachgeweint, sondern mich nur unendlich erleichtert gefühlt. Ein Ehepaar Wilde aus München hat es adoptiert, und ich musste mich vertraglich verpflichten, keinerlei Kontakt zu ihm aufzunehmen."

Unsere Unterhaltung an diesem Abend dauerte noch lange. Ich erfuhr, dass erst Jahre später, als sie Ernst Forberg, meinen Vater, geheiratet hatte und sich ihr Leben wieder in ruhigen, geordneten Bahnen bewegte, in ihren Gedanken immer häufiger das „verhökerte Kind" auftauchte, wie sie es nannte; dass es sie anlächelte aus dem braunen Gesichtchen oder weinte, nach ihr griff oder zurückwich, ihr etwas sagen wollte, aber keinen Ton herausbrachte. Verzweifelt wehrte sie sich gegen diese quälenden Phantasien, versuchte sich abzulenken durch Arbeit oder laute Musik oder unzählige Telefongespräche mit Freundinnen. Irgendwann aber kapitulierte sie und nahm ihre Schuldgefühle hin wie ein unabwendbares Schicksal. Vor allem nachts lag sie schlaflos, wälzte sich von einer Seite auf die andere, stand schließlich auf, irrte ziellos durch die Wohnung, stellte sich ans Fenster, starrte in den Himmel oder riss Geranien aus den Blumenkästen, um sie hastig wieder einzubuddeln. Ich bin schuld, flüsterte sie, ich ganz allein bin schuld an allem, ich habe einen Menschen, der sich mir anvertrauen wollte, weggejagt. Ich muss wahnsinnig gewesen sein, verantwortungslos sowieso, schwach, ein mieses Stück ...

So hat sie es mir auch später noch oft erzählt. Irgendwann mussten Schlaftabletten herhalten, immer stärkere und in immer höheren Dosierungen, und als Tablettensucht und Depressionen ein Wrack aus ihr zu machen drohten, ließ Ernst Forberg sie in ein Sanatorium einweisen.

„Wenn es dir gelingt, die Adresse ausfindig zu machen," erklärte sie ihm zum Abschied, „werde ich gesund."

„Du wirst das Kind nie zurückbekommen, nie, unter keinen Umständen, und du wirst auch keinen Kontakt zu ihm aufnehmen können. All das steht im Vertrag. Wozu also die Adresse?"

„Wenn ich weiß, wie es lebt und dass es ihm gut geht, werde ich gesund, ich verspreche es!"

Natürlich ist es ihm mit seinem detektivischen Talent gelungen, die Münchener Adresse des Mädchens ausfindig zu machen. Magdalene hieß sie, Magdalene Wilde. Es ging ihr gut, zunächst jedenfalls. Ihr Vater, Kaufmann in Ledersachen, hatte für seine kleine Familie ein hübsches Haus in einem der Vororte gemietet. Bis dann eines Tages die Odyssee ihrer Umzüge begann.

Ernst Forberg, nun auch selbst interessiert am Schicksal dieser Familie, setzte sich mit Frau Wilde in Verbindung und bot ihr ein kleines Entgelt an für ihren Adressen-Dienst. Da sie jeden Pfennig gebrauchen konnte, stimmte sie zu, und er konnte tatsächlich jede neue Adresse in das Notizbuch seiner Frau schreiben. Doch auch damit war das Thema nicht ausgestanden. Es war jahrelang die leise schwelende Wunde im Leben meiner Eltern gewesen, aber nun auch in meinem Leben. Da gab es ein Mädchen, braunhäutig und fremdartig, das zu mir gehörte: meine Schwester, der einzige Mensch, der mein überreguliertes Leben hätte aufbrechen können.

Der Gedanke, Magdalene vielleicht nie kennen zu lernen, beunruhigte mich so, dass ich mir selbst das Versprechen abnahm, sie eines Tages aufzusuchen. Dieses Versprechen vergaß ich nicht einen einzigen Tag. Es wurde im Laufe der Zeit zu einer Vision, auf die ich hinlebte wie auf ein heißersehntes Ziel.

Der warme Wind vom See, der sich in den Blättern der Kastanien verfängt, die schwachen Wellen, die in den Steinen versickern und sich nur dann geräuschvoll überschlagen, wenn ein Dampfer in der Ferne seines Weges gezogen und fast schon nicht mehr zu erkennen ist, Stimmen und Gelächter von irgendwo her – ein halbes Leben ist darüber hingegangen, und nichts hat sich verändert; als hätte sich die Zeit hier eine lange Ruhepause gegönnt.

Auch das war wie damals nach ihrem Konzert: Hanna sitzt am Rande der breiten Hotelterrasse in Gstadt am Chiemsee, spätabends, ein paar Leute noch um sie her, die sich unterhalten, gelegentlich ihre Gläser klingen lassen.

Und es ist Sommer.

Der Kellner Valentino, ein freundlicher Mann Mitte vierzig, bemüht sich um das Wohlergehen der zarten, eleganten Frau. Er bringt ihr ein Glas Rotwein. „Wenn Sie noch etwas essen möchten, Seniora, besorge ich es Ihnen gerne."

„So spät noch?"

Er schmunzelt. „Ich könnte den Koch bestechen."

„Nein, nichts zu essen, heute abend schon gar nicht, nur bitte einen guten Wein." Sie braucht ihre ganze Konzentration, um ihre Erinnerungen abzufangen, die sie bedrängen und die gehetzten Gedanken in alle möglichen Richtungen zwingen wollen, ungeordnet in den Zeitabschnitten, sprunghaft, von bunten oder farblosen Bildern begleitet, manchmal auch von nebligen Bildern oder von solchen, die nur undeutliche Umrisse erkennen lassen.

Wer in Erinnerungen lebt, ist alt. So gesehen ist sie es schon lange. Da es sich dabei immer und immer wieder um Magdalene handelt, hat sie nichts dagegen einzuwenden. Es lohnt sich, hinter ihr herzudenken, ihre Wege aufzusuchen und möglichst nah an ihrer Seite zu bleiben.

Als Hanna das Weinglas hebt, zittert die Hand. Obwohl sie das Rauchen seit einiger Zeit aufgegeben hat, steckt sie sich jetzt eine Zigarette an, die eiserne Reserve aus der Handtasche für den Notfall.

Ihrem blassen, von grauen Locken umrahmtem Gesicht sieht man an, dass es einmal schön war; und das ist es auch noch heute, wenn man die Falten und Fältchen um den schmal gewordenen Mund als die mühsam verdiente Patina vieler gelebter Jahre betrachtet. Die hellgrauen Augen unter den geraden Brauen schauen ernst, manchmal verträumt.

Sie trägt ein enges, dunkles Seidenkleid, über den Schultern eine bunte Stola.

Es geht auf Mitternacht zu. Die Terrasse leert sich allmählich. Nur an einem der Tische tagt noch eine größere Geburtstagsgesellschaft.

Valentino lächelt Hanna an, mit müden Augen, während er ihr neuen Wein einschenkt. „Ein langer Tag für Sie."

„Ist mein Job", antwortet er tapfer und entfernt sich auf den weichen Sohlen seiner Turnschuhe, wobei nur das helle, leise mahlende Geräusch der Kieselsteine zu hören ist. Sie kennt das Geräusch aus der Vergangenheit. Leider kann sie es nicht in Musik umsetzen, jedenfalls nicht in Klaviermusik; am ehesten noch könnte man es mit den rhythmischen Shakers in einer Jazzband vergleichen.

Der Nachtwind wird kühl, jemand aus dem Kreis der Geburtstagsgesellschaft ruft nach dem Kellner, man will aufbrechen.

Minuten später, als Hanna sich langsam erhebt, steht Valentino hinter ihr. „Ich bringe Sie zu Ihrem Zimmer", bietet er freundlich an, „schließlich sind Sie Gast des Hauses."

Gut, in Ordnung. Nicht, dass sie außerstande wäre, sich allein zurecht zu finden. Aber sie wohnt im 4. Stock und das Fahren im Lift macht ihrem Gleichgewichtssinn zu schaffen.

Sie kommen ein wenig ins Gespräch. Er sei jetzt vierundvierzig, erzählt er, und Vater von vier Kindern. In einigen Jahren wollen sie ihre Zelte abbrechen und nach Italien zurückgehen.

„Was werden Sie dann tun?"

„Eine Eisdiele in Rom eröffnen." Er lacht verlegen, so als wäre dieser Traum entschieden zu hoch gegriffen. Als sie ernst bleibt, ergänzt er den Traum: „Im Sommer eine Eisdiele, im Winter eine Backstube – für Dampfnudeln zum Beispiel."

Im Lift kommt er auf seinen Ältesten zu sprechen, den zwölfjährigen Tonio, der in aller Herrgottsfrühe Zeitungen austrägt, um sich eine Stereoanlage zu verdienen.

Eine gesunde, frohe Familie, warum sollten ihre Wünsche nicht in Erfüllung gehen? Sie lässt ihn gern erzählen; damit schiebt sie ihr Alleinsein im Hotelzimmer noch etwas auf.

Er ist müde, verabschiedet sich oben schnell. Sicher freut er sich auf die schlafenden Kinder und seine Frau, die aufgeblieben ist, um ihn zu empfangen.

In einer Mischung aus Wachsein und Erschöpfung setzt sie sich auf den Bettrand. Neben ihr liegen noch die hingeworfenen Autoschlüssel, ihre helle Jacke, der verschlossene Koffer. Als das Telefon klingelt, weiß sie sofort, dass es Klaus ist, ihr besorgter Sohn. Seit Stunden habe er versucht, sie zu erreichen, beklagt er sich, so eine lange Autofahrt sei für sie schließlich nicht gefahrlos.

„Wirf mich nicht zum alten Eisen, mit zweiundsechzig Jahren ist man durchaus noch in der Lage, zuverlässig Auto zu fahren!"

„Aber du bist eine Träumerin, Mutter." Sollte sie ihm widersprechen? Ehe sie zu einem Entschluss kommt, berichtet er, dass er morgen, unter Aufsicht, einen Leistenbruch in Angriff nehmen darf. Wichtige Schritte für seine Facharztausbildung. Er fiebert jeder Operation entgegen. Sie freut sich über seine Engagiertheit, sie freut sich überhaupt an ihm, auch an Cornelia, mit der er seit eineinhalb Jahren zusammenlebt. Eine gute Nacht wünscht sie ihm und lässt Cornelia grüßen.

Der Nachtwind bewegt die Vorhänge an der weit geöffneten Balkontür. Hanna zieht sich die Jacke über und geht noch einmal hinaus. Vor ihr, eine im Dunkel verschwimmende Fläche, liegt der Chiemsee, leise klatschen die Wellen. Die Umrisse der Fraueninsel kann sie nur ahnen. Der Himmel hat sich zugezogen, nur der Halbmond schimmert durch dünne, verwehende Wolken und verbreitet ein diffuses Licht um sich her, das sich in seiner Leuchtkraft immer wieder ändert.

Hanna registriert von Viertelstunde zu Viertelstunde die Glockenschläge der nahen Kirchturmuhr. Halb drei müsste es jetzt sein. Sie legt sich auf ihr Bett, über dem Seidenkleid noch immer die Stola. Hellwach überlässt sie sich der Nacht, nimmt die Geräusche aus der Dunkelheit zur Kenntnis, die gleichmäßigen, erklärbaren und die rätselhaften, die sich nicht einordnen lassen in gewohnte Abläufe. Durch die weit geöffnete Balkontür fällt etwas Licht, vom Mond vielleicht oder von der Laterne des Parkplatzes. Es reicht gerade dazu aus, die Konturen der Dinge erkennen zu lassen, die sich im Raum befinden: die Sessellehne mit dem darüber geworfenen Regenmantel, der Morgenrock an der Tür, die kugelförmige leere Vase auf dem Kleiderschrank. Die herabhängende Deckenlampe sieht aus wie ein Chinesenhut, die zerknäulte Jacke am Fußende des Bettes wie eine schlafende Katze. Auf dem kleinen Schreibtisch vor dem Fenster liegen Briefe, gebündelt, und Tagebücher, daneben ein Stapel leerer Blätter, die nun in den nächsten Wochen eine Geschichte aufnehmen sollen, deren 1. Kapitel sie bereits dingfest gemacht hatte. Man schreibt sich etwas von der Seele, heißt es. Lächelnd knipst Hanna die Nachttischlampe an. Als wenn du dich von der Seele schreiben ließest, ausgerechnet du! Sie angelt nach einer Zigarette und ihrem Feuerzeug und setzt sich auf den Bettrand. Während der letzten Stunde hat sie alle Geister auf den Plan gerufen, die sie vor dem Überfall von Erinnerungen und Bildern schützen sollen. Morgen, wenn es draußen wieder hell ist und warm, wenn sie von der Terrasse die Stimmen der Gäste hört, schlagende Autotüren, Hundegebell und das Rufen der Kinder, wird sie ihrem Leben und den Jahren mit Magdalene auf die Spur gehen und ihre Geschichte schreiben, Schritt für Schritt, die Gegenwart nicht aus den Augen verlierend, als Garantie für den gesicherten Rückweg.

Kapitel 2

Später, auf mein wiederholtes Drängen hin und immer noch nicht ahnend, in welchem Verhältnis wir zueinander standen, hat Magdalene mir ihr Leben aufgeschrieben und in einem Schulheft zugeschickt. „Dir zuliebe", hatte sie auf einen angehefteten Zettel gekritzelt, „habe ich nun mal in großen Zügen meinen ganzen bisherigen Lebenskrempel zu Papier gebracht, obwohl mich das Erinnern hier und da ganz schön gebeutelt hat. Sei's drum."

Hier also meine komische Vita:

In Frankfurt am Main erblickte ich das Licht der Welt, aber wenige Stunden danach wurde ich schon abgeschoben. Die äußeren Umstände meines adoptierten Kinderlebens kannst du schon nach wenigen Jahren mit einem Wirbelsturm vergleichen. Ich habe ihn weder unterwandert noch mich ihm entgegen gestemmt. Ich ließ mich auf ihn ein, zunächst, und bin selbst zum Wirbelsturm geworden, weil das noch am ehesten meinem Temperament entsprochen hat, Punkt, Basta, Finito.

Für meinen Vater, den Geschäftsmann, war der Gedanke, sich beruflich irgendeinem Vorgesetzten unterordnen zu müssen, immer unerträglicher geworden. Schließlich wagte er den Sprung in die Selbstständigkeit, gründete ein kleines Unternehmen im Lederhandel, nahm Kredite auf, rechnete und kalkulierte sich um den Nachtschlaf, setzte Niedrigpreise an, die er kaum noch verantworten konnte, und wurde dennoch vom Großhandel mühelos unterboten und damit zerquetscht.

Und wieder bastelte er an anderen Konstellationen herum, hegte neue Hoffnungen, wagte neue Starts – und fiel auf den Hintern. Nicht selten stieß ich beim Spielen im Wohnzimmer auf den Kuckuck, der unter den Möbeln klebte. War dieses peinliche Etikett für eine Weile verschwunden, hellte sich auch wieder das Gesicht meiner Mutter auf, die zermürbenden Diskussionen ließen nach und die gespannte Atmosphäre besänftigte sich wie ein See nach dem Sturm.

Aus der Traum vom eigenen Haus in Pasing; die Odyssee nahm ihren Lauf. Weil jeder Neuanfang vom Daddy an einem anderen, wie er zuversichtlich hoffte, „günstigeren Ort" stattfand, gehörten zahlreiche Umzüge in immer kleinere Wohnungen zur festen Familientradition. Als die Wohnung in Zwiesel (Bayerischer Wald) nur noch aus anderthalb Zimmern plus Kochnische bestand, mit Klo im Treppenhaus, und der Haussegen schon erbärmlich schief hing, schmiss meine Mutter das Handtuch und reichte die Scheidung ein. Damals war ich zwölf, besuchte die Hauptschule und hatte soeben zum fünften Mal die Schule gewechselt. Schulwechsel machen mir nichts aus, erklärte ich ruppig, wenn mich jemand nach meinem Befinden fragte. Und es stimmte: Anscheinend mühelos kratzte ich immer wieder die Kurve, beteiligte mich auch mit wackeligen Kenntnissen lebhaft am Unterricht, ging auf die neuen Mitschülerinnen zu, verabredete mich für den Nachmittag, knüpfte Freundschaften – und spielte mir selber vor, diesmal könnte ich endgültig und für lange Zeit Wurzeln schlagen. Im Hinnehmen von schwierigen Situationen war ich perfekt, und ebenso virtuos brachte ich in meinem Gemüt melancholische Klänge zum Stoppen, ehe sie mich innerlich anfressen konnten.

Wenn ich jetzt so darüber nachdenke, wird mir klar, woher ich diese Fähigkeit, alles überspielen zu können, hatte: vom vielen Lesen. Lesen war bei mir eine Sucht. In jedem Wohnort meldete ich mich als erstes in der Stadtbibliothek an, holte mir Woche für Woche Bücher, Romane, Erzählungen, Kurzgeschichten, gute, schlechte, mittlere, spannende, langweilige. Und wenn es gar um ein psychologisches Thema ging, Eltern-Kind-Beziehungen, Geschwister- oder Freundschaftskisten, dann las ich so einen Glückstreffer gleich dreimal hintereinander. Meine Bildung jedenfalls, sofern bei mir von Bildung überhaupt die Rede sein kann, habe ich von dieser Lesesucht. Und vielleicht nicht nur die „Bildung", sondern auch den Spaß am Formulieren, die Fähigkeit, mich einigermaßen gut ausdrücken zu können, vieles besser begreifen und einordnen zu können als zum Beispiel meine Mutter, die, glaube ich, das Hirn einer Stubenfliege hatte.

Es gab freilich ein Problem in meinem Leben, das alles andere wie Unkraut überwucherte und nicht einmal durch das Lesen an Bedeutung verlor: meine Dunkelhäutigkeit. Dabei, genau betrachtet, bin ich nicht eigentlich dunkel, schon gar nicht schwarz, denn die weiße Mutter und der halbfarbige Vater, meine leiblichen Eltern, hätten ja wohl kaum eine schwarze Tochter fabrizieren können. Auch habe ich normales Haar, keine breite Nase, keine dicken Lippen. Aber die Haut ist eben eine Spur zu dunkel, für jeden erkennbar, dass weder die Sonne noch ein Sonnenstudio mitgemischt haben. Täglich habe ich um ein Wunder gebetet, den lieben, bösen, ungerechten Gott angefleht, mich hellhäutig werden zu lassen und schön wie die anderen. Dazu schloss ich mich in meinem Zimmer ein, zündete Kerzen an, kniete mich auf den Teppich, krallte die Hände ineinander, betete, forderte, klagte an, wurde wütend, entschuldigte mich dafür, nahm den Dialog von neuem auf. Ich malte Bilder von schönen weißen Mädchen und hängte sie mir übers Bett. Unter meiner Matratze hatte ich einen kleinen Spiegel deponiert, den ich frühmorgens, oft sogar nachts, hervorholte, um nachzuschauen, ob meine Gebete erhört worden waren, ob es nicht wenigstens erste Anzeichen einer helleren Haut gäbe. Dieser Kampf hatte mich ausgefüllt wie ein anstrengender Beruf. Etwas Schlimmeres, dachte ich, konnte es nicht geben.

Doch nun die Trennung vom Vater! Er war der Spaßmacher und Optimist, der mich zärtlich 'Magali' nannte – mit Betonung auf dem ersten „a" – der so oft unvermutet vor der Schule gestanden hatte, um mich abzuholen, mit mir Eis essen zu gehen oder mich in die Pizzeria zu führen. Der Schmerz um ihn riss plötzlich alle Dämme ein, bevor ich auch nur den Versuch machen konnte, mich auf die übliche Art des Abwägens selbst zu beruhigen. Was ich nach außen nicht preisgab, spielte sich spät abends hinter der verschlossenen Tür meines Zimmers ab. Ich weinte um den Vater so lange, bis ich einschlief, unruhig und bis in die Träume von der Angst um ihn verfolgt. Erst als er ins Ausland gegangen war und für mich nicht mehr erreichbar, versteckte ich auch diesen Schmerz hinter dem Lesen und allen möglichen Betätigungen und Ablenkungen, bis er sich, scheinbar mausetot, nicht mehr rührte.

Meine Mutter nahm nach der Scheidung eine ganztägige Arbeit als Schreibkraft im Büro eines Steuerberaters an. Das Problem der leeren Wohnung am Nachmittag löste ich auf meine Weise: ich stellte das Fernsehgerät ein und gleichzeitig den Kassettenrekorder mit fetzigen Sachen. Und während ich in wilden Sprüngen dazu tanzte und sang, sah ich fern und aß Eis aus dem Tiefkühlfach. Bis ich erschöpft in ein Buch fiel.

Ob ich dann später bummeln ging, mich mit einer Klassenkameradin traf oder zu Hause mein lautes Multiprogramm noch einmal abspielte, in jedem Fall blieben meine Hausaufgaben für die Schule, außer in Deutsch, unerledigt. Und da sich meine Mutter eines Tages wieder mit einem neuen Freund herumquälte, wurde den unerledigten Aufgaben allmählich der Stellenwert einer chronischen Krankheit zuteil. Man dachte zu Hause im Streit daran, litt in der Schule darunter, nahm gelegentlich Anlauf zur Überwindung – und ließ alles beim Alten. Das einzige, was ich konnte: ich schrieb gute Aufsätze in Deutsch.

Dass ich die Versetzung von der 6. zur 7. Klasse wegen riesiger Lücken in den Naturwissenschaften nicht schaffte, bekümmerte mich zwar, bedeutete im Ergebnis aber nicht viel mehr, als dass nun eben zum sechsten Mal ein neuer Schauplatz bezogen werden musste. Unruhe gehörte offenbar zu meinem Leben.

Meine Mutter, deren seltsamer Freund sich schon nach wenigen Wochen wieder der eigenen Gattin zuwandte, geriet im Laufe der Zeit in einen regen Wechsel von Beziehungen, wobei sie dem Niveau einen immer niedrigeren Stellenwert einräumte – bis sie eines Tages bei einem Mann angelangt war, der Fiffi genannt wurde. In ihrem Leben war er sicherlich der absolute Tiefpunkt, für mein vierzehnjähriges Kinderleben aber wurde er zum Verhängnis. „Onkel Fiffi", Frührentner, Hundezüchter und kleinkarierter Lebemann, dessen Denken ausschließlich um die Triebhaftigkeit zu kreisen schien. Vorzugsweise um seine eigene, am Rande, kommerziell genutzt, auch um die seiner Hunde. Dafür und für sonst nichts lebte er. Moralische Barrieren, wenn es sie gegeben hatte, waren irgendwann eingerissen worden durch Skrupellosigkeit, die in seinem leeren Hirn ungehindert hatte wuchern und sich ausbreiten können. Onkel Fiffi also fand neben meiner Mutter auch an mir Gefallen, an „der kleinen Schwarzen“, wie er es bezeichnete. So nutzte er Mutters Abwesenheit, um mich mit handgreiflichen Schäkereien und neckischen Reden teils zu bedrängen, teils onkelhaft betulich zu überrumpeln – bis er an einem heißen Sommertag sein Ziel erreichte und im Eilverfahren auf meiner Bettcouch angekommen war, ehe ich überhaupt begriff, was mit mir geschah. Was sich danach abspielte, reihte sich vor meinen Augen in lückenhaften, unscharfen Bildern aneinander, auf die ich starrte, ohne sie in mich aufzunehmen oder gar in irgendwelche Zusammenhänge einzuordnen. In rasender Eile grapschte der Mann seine Kleider von meinem Bett, zog sich die Hose über die zusammengekniffenen X-Beine, stolperte über seine Mokassins, ehe er hineinsprang wie ein Känguru, verfehlte mehrmals die Ärmel seiner braunbeige-karierten Strickjacke, klemmte sie sich schließlich unter den Arm und flitzte wortlos davon. Zwei Türen krachten ins Schloss – Stille.

Mit zitternden Fingern zerrte ich an meiner Unterwäsche herum. Ich schlug mit der flachen Hand auf den hochgerutschten Rock, in der Hoffnung, ihn zu glätten, immer wieder, als könnte ich damit auch meine Gedanken glätten, die sich aufführten wie Tiere im Schlachthaus, von der Panik erfasst, weil sie spüren, was auf sie zukommt.

Der Nachmittag schlich vorüber. Ich hatte das Gefühl, als bewegte nicht ich mich, sondern die Dinge um mich her bewegten sich, boshaft langsam, ohne dass ich darauf hätte Einfluss nehmen können. Ich setzte mich unter das Waschbecken im Badezimmer und starrte vor mich hin, ohne Buch.

Irgendwann abends kam dann meine Mutter nach Hause. Ich hörte den Schlüssel – auch Onkel Fiffi hatte einen – aber dann Gottseidank ihre Stimme und die Frage, abgeschlafft wie immer: „Wie war's heute?"

„Alles okay." Noch einmal schlug ich mit der flachen Hand auf meinen Rock, um ihn zu glätten.

In den nächsten Minuten schon telefonierte sie mit dem Kerl, wahrscheinlich um ein Treffen zu vereinbaren. Mir wurde glühend heiß vor Angst, und damit kehrte wieder Leben in meinen Körper, den ich in den vergangenen Stunden wie ein fremdes, abgetötetes Anhängsel empfunden hatte. Ohne ein Wort der Erklärung verließ ich die Wohnung, holte Mutters Fahrrad aus dem Keller und fuhr, wie vom Teufel gejagt, über kleine Seitenstraßen hinaus ins Freie. Auf den Balkonen, unter erleuchteten Lampions, saßen noch Leute, wahrscheinlich bei einem Glas Wein. Pärchen schlenderten über die Bürgersteige, Hand in Hand. In den Vorgärten wurden Blumen und Sträucher gegossen – und ich radelte durch diese heile Welt wie ein übler Bazillus, der sich ab heute von all dem entfernen und isolieren musste.

Draußen dann endlich das weite verdämmernde Land, die Getreidefelder und Weiden, meine Lieblingswiese, in die ich mich, wenn sie noch nicht abgemäht war, manchmal hatte hineinfallen lassen. Von Blumen und Gräsern eingerahmt wirkte der Himmel dann näher, vertrauter, nicht ganz so unerreichbar wie sonst.

Heute setzte ich mich nur an den Rand, presste mein heißes Gesicht gegen die hochgezogenen Knie und versuchte ruhig zu atmen, die wild durcheinander fliegenden Gedanken wegzuatmen, ehe sie mir Klarheit zu verschaffen drohten über das, was passiert war. Erst als ich den warmen Abendwind spürte, an den Armen, in den Haaren, und mir vorstellte, wie er in sanften Wellen über die Felder strich, über die Halme und Grasspitzen, wie die Dunkelheit allmählich alles in sich ordnete und zur Ruhe brachte, da löste sich endlich meine Verkrampfung, und ich konnte heulen, hemmungslos, von niemandem gehört, gleichmütig aufgenommen vom Wind und vom Knistern der Gräser. (Gut ausgedrückt, liebe Hanna? Kommt vom vielen Lesen!)

Wie lange ich dort sitzenblieb, weiß ich nicht. Vielleicht habe ich sogar etwas geschlafen. Es war nach Mitternacht, als ich die Wohnungstür aufschloss und den Zorn meiner ahnungslosen Mutter über mich ergehen ließ. Ihr Geschrei konnte mir nur recht sein, denn es verzögerte den Moment, in dem ich mein Zimmer betreten musste.

Meine Couch, die Jungmädchencouch mit den Stofftieren, von jetzt an war sie entweiht. Noch in dieser Nacht packte ich die Hasen, Hunde und Bären und schmiss sie auf den Boden des Kleiderschrankes. Decke drauf, Türe zu, vorbei. Als wäre ich in hoher Geschwindigkeit gegen eine Wand geprallt, so hart, rigoros, brutal hatte meine Kindheit geendet. Im Grunde genommen war sie tot, Punkt, Schluss, aus. Und alles drumherum starb mit ab, alles. Jemand hatte mich in die Hölle geschubst und das Tor verriegelt, es gab keinen Rückweg. Und da Onkel Fiffi von nun an drohte, mich vor meiner Mutter als Verführerin anzuprangern, sofern ich mich ihm nicht weiterhin zur Verfügung stellte, richtete ich mich verzweifelt in dieser Hölle ein. Ich erlebte einen neuen, fremden, diesmal nicht mehr mit der gewohnten Leichtigkeit zu bewältigenden Szenenwechsel. Regie führte der Teufel selbst, Fiffi, der feige Erpresser, der Betrüger, das Subjekt ohne Gewissen. Im Handumdrehen hatte er das Seil durchgeschnitten, mit dem ich an das normale vertraute Leben geknüpft war, an meine Bücher, meine Mutter, meine Lehrer, meine Mitschülerinnen, an die Menschen auf der Straße, Verkäuferinnen in den Läden, Busfahrer, Nachbarn, Nachrichtensprecher, Hunde, Katzen. Nichts verband mich mehr mit ihnen, es hatte sich zwischen mir und meinem bisherigen Dasein eine hohe, betonharte Mauer aufgebaut, die keine Zeile, kein Bild, kein Licht, keine Wärme, keine bekannte Stimme, kein gewohntes Geräusch mehr durchließ. Losgelassen, mutterseelenallein wirbelte ich durch einen eiskalten Niemandsraum, ohne eine Richtung zu erkennen, ohne jemals irgendwo anzukommen. Nichts war mehr so wie früher. Die Sorglosigkeit der lachenden und schwatzenden Klassenkameradinnen hat sich wie ein Fremdkörper in mein Gemüt gebohrt, die wichtigen Mienen der Pauker, wenn sie an mir vorbeiredeten, verwandelten sich zu doofen Grimassen. Lief ich dann später allein nach Hause, gehetzt und getrieben von den Ansprüchen meines Peinigers, zugleich richtig blockiert in den Beinen, dann fragte ich mich, und dabei blieb ich stehen und fragte es laut, ob das alles nicht nur eine Einbildung sei? Ob die ganze Umgebung, die Straße, die Menschen, Bäume, Autos nicht nur aufgemalt seien, unecht, leblos, künstlich auf einem raschelnden Blatt Papier?

In dieser Betäubung kroch für mich die Zeit dahin, langsam wie ein schwerfälliger Dinosaurier. Nichts mehr in meinen Tagesabläufen fügte sich harmonisch ineinander, es gab keine Erfolge und keine Glücksmomente mehr. Aktivitäten oder auch nur ein Minimum an Pflichtbewusstsein blieben auf der Strecke. In der Schule schüttelte man ratlos den Kopf. „Was ist denn nur mit dir los?" Mein Gott, wie oft wurde mir diese Frage gestellt! „Was ist mit dir los? Hast du irgendwelche Probleme?"

„Nein", sagte ich schnell, „es ist nichts, wirklich nichts." Ich fürchtete mich vor solchen Fragen, kugelte mich ein wie ein

Igel, machte mich starr und unberührbar. Natürlich wandten sie sich auch an meine Mutter, vergeblich, und schließlich setzten sie mich vor einen Null-acht-fünfzehn-Schulpsychologen, der hilflos betonte, ich könne ihm alles erzählen und er sei mein Freund. Letzeres wirkte in Anlehnung an Fiffis Gefasel wie die übelste Drohung. Bis alle endlich das taten, was ich mir am sehnlichsten wünschte: mich in Frieden zu lassen.

Als Onkel Fiffi wenige Monate später aus meinem Leben verschwand, um sich in aller Eile nach Kanada abzusetzen, hinterließ er mir, der Vierzehnjährigen, mein zerstörtes Selbstbewusstsein, eine von abgrundtiefem Misstrauen angeheizte Lebensangst – und, wie er wusste, eine Schwangerschaft.

Wochenlang habe ich meinen Zustand nicht zur Kenntnis nehmen wollen und auch hier wieder, mit Hilfe vieler Bücher, Verdrängungsarbeit geleistet. Für die Übelkeit, die mich jeden Morgen überfiel, machte ich das Frühstück verantwortlich. Vielleicht hatte ich ja plötzlich eine Allergie gegen Milch oder Brot oder Cornflakes. Immer öfter schwänzte ich die erste Stunde, lief zu den öffentlichen Toiletten, um zu erbrechen, und erschien dann, eine Entschuldigung murmelnd, zu spät im Klassenzimmer, von den anderen schon kaum noch beachtet. Man hatte mich aufgegeben. Ich mich selbst auch. Nur mein Körper gab nicht auf, im Gegenteil. Er schwoll an, ausgerechnet in der Taille, obwohl ich fast nichts aß. Die Röcke blieben oben offen, ich half mir mit weiten Pullovern, so gut es ging.

Meine Mutter, durch Fiffis plötzliches Verschwinden tief deprimiert und innerlich abwesend, merkte lange Zeit nichts. Erst als es für eine Abtreibung viel zu spät war, fiel ihr etwas auf. Ich stand im Schlafanzug in der Küche und trocknete Geschirr ab. „Sag mal, du bist ja fast so dick wie eine Schwangere!“ lachte sie, „oder bist du vielleicht scheinschwanger?“ Ich erschrak, als hätte mir jemand einen elektrischen Schlag versetzt. „Richtig schwanger!“ schrie ich und begann sofort zu heulen, um von vornherein keinen Zweifel am Ernst meiner Worte aufkommen zu lassen. Ich zitterte am ganzen Körper, der Schweiß brach mir aus. Und ehe meine Mutter zu ihrem Entsetzensschrei ansetzen konnte, kam ich ihr schon zuvor mit einem wütenden „Du bist an allem schuld, dein mieser Drecksack von Fiffi hat mir das angetan und mich auch noch bedroht, wenn ich es dir sagen würde!“ Entgeistert starrte sie mich an, weiß bis in die Lippen. Mit ihrer Hand suchte sie Halt am Beckenrand. Vertraue dich deiner Wut an, hämmerte es in mir, schrei, dass die Fensterscheiben klirren! Du bist nämlich im Recht, daran darf es keine Sekunde einen Zweifel geben. Und ich schrie weiter, als könnte ich mir damit das Baby aus dem Bauch schreien. „Dieses verdammte Elternhaus, das keines ist, ich hab's mir weiß Gott nicht ausgesucht, und deine Freier schon gar nicht!“

Plötzlich stand meine Mutter auf, ging langsam auf mich zu, gab mir mit schlapper Hand eine Ohrfeige und verließ die Küche.

Wir haben danach tagelang nicht miteinander gesprochen. Und als meine Mutter endlich das Schweigen brach und auch gleich zur Sache kam, klang es müde und resigniert. „Für eine Abtreibung ist es zu spät, also halten wir die Geschichte geheim und du gehst bis zur Entbindung zu einem Bauern aufs Land und gibst das Baby dann zur Adoption frei. Und wenn nicht so, dann eben anders“, meinte sie und schaute mich so gleichgültig an, als wäre ich eine Fremde.

„So wie ich, ich war ja auch eine zur Adoption Freigegebene“, sagte ich genauso gleichgültig.

„So wie du.“

Ihre Energie reichte dann gerade noch dazu aus, mit meinem Schuldirektor zu sprechen und ihn darum zu bitten, mich vom Unterricht zu befreien. Später sollte ich das Schuljahr wiederholen. Er erklärte sich einverstanden und erstattete Strafanzeige gegen Onkel Fiffi, der freilich im Ausland verschollen war. Aber das interessierte uns nicht mehr.

Über eine Zeitungsannonce, die wir in der Zwieseler Lokalzeitung aufgaben, (junges Mädchen sucht als Babysitterin vorübergehend Aufnahme) fanden wir zwanzig Kilometer entfernt ein altes Bauernehepaar, das mich zu sich nahm. Herr und Frau Hanfstengl hießen sie. Und ein Baby zum Sitten gab es nicht.

Ich habe mich sofort bei ihnen wohlgefühlt und ihnen, die mir wie große verwitterte Engel vorkamen, schon am ersten Abend alles erzählt. Sie fanden es schlimm, aber nicht dramatisch. Und diese Gelassenheit gab mir ein Stückchen Seelenfrieden zurück. Beide über achtzig, hatten sie im Stall nur noch eine Kuh und ein paar Hühner zu versorgen. Und in dem gemütlichen Bauernhaus wohnten mit uns, bürgerlich und reell, fünf Katzen und ein Hund, daneben aber viele vierbeinige Globetrotter, struppige Gesellen, nette Nichtsnutze, die sich auftankten, um nach ein paar Tagen weiterzuziehen.

„Alles was lebt, ist uns willkommen“, lautete das Motto der Bäuerin, die nie etwas anderes als ein Dirndl trug, das so stark verblichen war, dass man seine ursprüngliche Farbe nur noch ahnen konnte. Rot mit weißen Blümchen mag es gewesen sein, die Schürze einfarbig rot, als sie es zu Beginn ihrer Ehe im Dorfladen kaufte. Jetzt brachte der dünngewaschene Stoff nur noch ein schwaches Rosa mit kleinen hellen Fleckchen zu Tage. Mathilde hieß sie. Ich sagte Hilde zu ihr und zu ihrem Mann Franz. Da sie kinderlos waren, hatten sie Hof und Haus bereits verkauft, lebten zur Miete, zu diesem Zeitpunkt nur noch für ein paar Monate, um dann in ein Altersheim zu gehen. Alle Tiere sollten liebevoll übernommen werden, durften also im Haus bleiben, so war es mit den Käufern, die zugleich Freunde von Hanfstengls waren, ausgemacht worden. Mein Kind konnte ich aber vor ihrem Wegzug noch in Ruhe zur Welt bringen, das betonten sie immer wieder, und Geld für Kost und Logis lehnten sie von vornherein ab.

Noch nie in meinem Leben hatte ich in einem so warmen Nest gehockt. Der Geruch nach Heu und Brot und Mirabellen, der Holztisch im Wohnzimmer, die rote tiefhängende Lampe, das Kettenrasseln der Kuh, die schnurrenden Katzen auf dem Sofa, der Hund auf der Eckbank, das Geklappere von Hildes Stricknadeln, mit denen sie etwas für mein Baby strickte, all das ging in mich ein, als wäre ich noch einmal ein kleines Kind, das an der Milchflasche nuckelt oder ein besonders schönes Bilderbuch immer und immer wieder betrachtet. „Wenn wir es schon nicht nehmen können, dein Baby, weil wir zu alt sind, soll es wenigstens was Warmes mit auf den Weg kriegen", meinte Hilde, die sich mit dem Gedanken an das Freigeben zur Adoption nicht befreunden konnte, aber trotz schlafloser Nächte keine Lösung wusste. „Wenn wir jünger wären, mein Gott, wenn wir jünger wären ...".

„Und wenn ich älter wäre, Hilde!"

„Ja, du bist zu jung, brauchst ja noch eine Ausbildung – und deine Mutter kann halt nicht."

„Die kann es nicht, die ist irgendwie kaputt."

Hilde neigte sich wieder über ihre Arbeit und strickte ihre ganze Ratlosigkeit in das weiße Wollgebilde hinein.

Ich half den beiden, so viel ich konnte, und an manchen Tagen gab es in meinem Bauch kein Baby, da vergaß ich das Grübeln, war vierzehn Jahre alt und die geliebte Enkelin geliebter Großeltern. Die Leute im Dorf ließen mich in Ruhe, die alten Hanfstengls hatten genügend Ansehen, dass man wusste: wer bei ihnen lebte, den brauchte man nicht argwöhnisch zu betrachten.

Nur in den frühen Morgenstunden, wenn ich noch im Bett lag und sich das Baby immer heftiger in meinem Bauch bewegte, fiel mich die alte Verzweiflung an. Sie war deshalb so gemein, weil die Gedanken sich nicht ordnen und in eine klare Leidensvorstellung bringen ließen. Kreuz und quer jagten sie durch den Kopf, immer bedacht, sich nicht irgendwo niederzulassen und die Erinnerung an Onkel Fiffi anzupeilen. Also war ich es selbst, die diesen Teufelskreis in Bewegung hielt und es nicht dulden konnte, ihn anzuhalten. Möglicherweise hätte das nämlich bedeutet, mich mit dem Kind anzufreunden; der einzig klare Gedanke, den ich jedes Mal von mir wegtrat wie einen Fußball. Das Kind von dem Mistkerl war nicht mein Kind und sollte es nie sein. In dieser festen Absicht ließ ich mich, als die Wehen einsetzten, ins Krankenhaus fahren, nahm erleichtert zur Kenntnis, dass ein Kaiserschnitt geplant wurde, flehte die Schwester an, mir das Baby nie zu zeigen, und fiel, von allem befreit, in das schwarze Loch der Narkose.

Ich habe das Mädchen nicht gesehen. Sehr gute Leute hätten es geholt, erzählte Hilde, ich müsste mir keinen Kummer machen. Sie standen am Bett, die großen verwitterten Engel, und trösteten das Kind, das soeben Mutter geworden war. Zwei Wochen hielt man mich im Krankenhaus, zwei Wochen

Gnadenfrist. Und weil Hanfstengls jetzt ins Altersheim zogen, lief die schöne Zeit mit ihnen aus, leise, immer noch mit der Zuwendung, die sie erübrigen konnten, aber doch so, dass ich merkte: das schöne Kapitel ging seinem Ende zu. Und das neue Kapitel brachte mich zurück in die Welt meiner Mutter, einer enttäuschten, verbitterten Frau, die nur noch materielle Werte gelten ließ, nachdem ihr die anderen kaputt gegangen waren.

„Kauf dir etwas vom Adoptionsgeld", riet sie mir ohne weiteren Kommentar, „dann weißt du, was du hast!" Ich kaufte alle meine Lieblingsbücher, die ich bisher gelesen hatte, aber wieder hatte zurückgeben müssen, darunter „Demian" und „Unterm Rad" von Hermann Hesse, „Der Hungerpastor" von Wilhelm Raabe, sogar „Die Buddenbrooks" von Thomas Mann, (die ich aber nur teilweise verstand). Außerdem kaufte ich ein Fahrrad, einen Kassettenrekorder und alle Klavierkonzerte von Mozart auf Kassetten. Meiner Mutter schenkte ich eine Strickjacke. Und für das, was übrig blieb, ließ ich Hanfstengls einen riesigen Rosenstrauß schicken, es müßten 85 Rosen gewesen sein, eine für jedes ihrer Lebensjahre.

Und man ging zur Tagesordnung über.

Die letzte Zeit bis zum Abschluss der Hauptschule nahm ich hin wie ein unvermeidliches Übel. Auf meine Unbefangenheit konnte ich nun schon überhaupt nicht mehr bauen, und damit kamen auch keine Kontakte mehr zustande, mit deren Hilfe ich noch einmal meinem Alter gemäß hätte leben können. Ich wurde zunehmend unruhig, immer getrieben von Fluchtgedanken, die sogar meine Leselust störten. Stundenlang fuhr ich nachmittags allein mit dem Fahrrad hinaus, strampelte mich müde, kehrte erst spätabends zurück, um bis in die Nacht hinein zu lesen und gleichzeitig mit dem Kopfhörer meine Klavierkonzerte zu hören.

„Du fliehst vor deinem eigenen Leben“, warf mir meine Mutter vor. Dann wandte sie sich wieder ab und sah fern.

Gelegentlich besuchte ich meine verwitterten Engel, die sich in ihrer neuen Umgebung nicht mehr zurechtfanden und mit geistiger Verwirrung reagierten. Als sie sich eines Tages gar nicht mehr erklären konnten, wer ich denn eigentlich sei, nahm ich Abschied von ihnen für immer. Es dauerte gar nicht lange, da schickte mir die Nachbarin die Todesanzeige von Hilde und acht Monate später die von Franz. Ich radelte zu den Beerdigungen auf den kleinen Friedhof, wo sich in der Mitte der schmiedeeisernen Kreuze die Fotos der Verstorbenen befinden.

Wenn ich später das Grab besuchte, lächelten sie mich an: Mathilde und Franz Hanfstengl. Auf dem Kreuz stand in weißer verschnörkelter Schrift: 1. Joh. 4,16 „Gott ist Liebe; und wer in der Liebe bleibt, der bleibt in Gott und Gott in ihm“. Ihr habt danach gelebt. Wenn ihr einen Zeugen brauchtet, ich wäre sofort zur Stelle!

Als ich die Hauptschuljahre endlich hinter mich gebracht hatte, immerhin mit einer Eins in Deutsch, begann ich zu jobben, hier und da, als Verkäuferin, Austrägerin, Platzanweiserin, Kellnerin. Es war mir im Grunde egal, wo und womit ich mein Geld verdiente. Hauptsache, meine innere Unruhe wurde aufgefangen, meinem fortwährenden Bedürfnis, mich abzulenken oder davonzulaufen, wurde auf irgendeine Weise Rechnung getragen. Und zweite Hauptsache: weg von meiner Mutter, der schrottreifen Frau Wilde!

Die feste Anstellung als Kellnerin später in Gstadt und die Freundschaft mit Agnes brachten wieder Spuren von Ordnung in mein Leben. Und was ich zunächst als fremd und ungewohnt empfand – denn die wenigen Monate bei Hanfstengls existierten ja nur noch in der Erinnerung – begann sich allmählich wie eine warme Welle der Geborgenheit in mir auszubreiten.

Alles weitere ist dir bekannt, liebe Hanna. Ich habe das Aufgeschriebene nicht mehr durchgelesen, lohnt nicht, ist nur peinlich.

Kapitel 3

An der Hochschule für Musik und Darstellende Kunst in Frankfurt am Main studierte ich nun in der Solo-Klasse Klavier, so wie es immer geplant war. Die Hochschule, ehemals der Hessische Rundfunk in der Eschersheimer Landstraße, war damals ein niedriges Gebäude mit einem großen Saal im Parterre und kleinen Unterrichtszimmern im ersten Stock. An derselben Stelle steht inzwischen ein moderner hoher Bau, der ein völlig neues Bild abgibt und die alte Anlage nur noch erahnen lässt. In den vielen winzigen, dunklen Kellerräumen wurde geübt. Ein grantiger Hausmeister teilte die Übstunden für die einzelnen Studenten akribisch genau ein, machte gewaltige Pläne, die er oben an die Wand des Treppenabgangs nagelte und mit eiserner Strenge überwachte. Wollte man die Hochschule betreten, so lief man zunächst an einem Pförtnerhaus vorbei und über den Hof auf das klingende Haupthaus zu. Drinnen in der Treppenhaushalle fiel der erste Blick auf die steinerne Büste der Clara Schumann, die im Jahre 1878 am Frankfurter Konservatorium ihre Lehrtätigkeit aufgenommen hatte. Respektlos stülpten Studenten dem Kunstwerk immer wieder einen anderen Hut über den Kopf, legten ihr im Winter sogar einen Schal um den Hals. So sehr der grantige Hausmeister auch aufpasste, ja sich regelrecht auf die Lauer legte, erwischte er doch nie die Übeltäter. Und es waren fesche Hüte! Manchmal freilich auch Schlägerkappen, einmal sogar ein Motorradhelm. Niemand, der vorüberlief, konnte ernst bleiben – außer dem grantigen

Hausmeister, von dem sich hartnäckig das Gerücht hielt, einst sei ihm der Deckel des Konzertflügels auf den Kopf gefallen, was seine Liebe zur Musik unwiderruflich beeinträchtigt habe.

Um das Studium finanzieren zu können, nahm mein Vater neben seiner Stelle im Rundfunkorchester noch einige Geigenschüler an. Für die Tochter würde sich jeder Einsatz lohnen, darin waren sich beide Eltern einig.

Ich lebte in Frankfurt in einem Sechsfamilienhaus in der Holzhausenstraße. Mein Zimmer lag im Keller, hatte aber Dusche und WC. Es bot Platz für meinen kleinen, alten Stutzflügel, den mir meine Eltern zum Abitur geschenkt hatten, eine Bettcouch, eine alte Kindertruhe, einen Schrank und einen Stuhl. Vor den Fensterschacht hatte mir meine Mutter den Wandbehang aus meinem Kinderzimmer gehängt, den ich abends abnehmen konnte, um das Fenster zu öffnen. Hier durfte ich üben, Tag und Nacht, das Zimmer besaß dicke Wände und eine abdichtende Tür, außerdem aber war das Instrument in seinem Klangvolumen vorsorglich durch eine Filzeinlage gedämpft worden.

Die Hochschule lag in der Nähe, ich konnte sie mit der Straßenbahn, aber auch zu Fuß erreichen. Mehr konnte sich eine Musikstudentin nicht wünschen. Das wusste ich, und ich registrierte es dankbar. Ich fühlte mich wie jemand, der sich eine Vorstellung, die im Laufe der Zeit immer deutlichere Konturen angenommen hat, endlich erfüllen kann. Noch etwas atemlos, unsicher, von den neuen Eindrücken überwältigt, gelegentlich auch von Heimweh gepackt, tastete ich die unbekannten Räume und ihre Grenzen ab wie eine Katze, die sich Meter für Meter erobern und einprägen muss. Unbeaufsichtigt, dem Rapunzelturm in Oberursels Ackergasse entronnen, durfte und musste ich plötzlich alleine planen, über meine Übzeit verfügen, über mein Essen, mein Geld und, vor allem, über mich selbst.

Dazu ein sonniger Frühling. Ich empfand ihn wie ein passendes Symbol meiner Aufbruchstimmung. Liebespaare im nahen Holzhausenpark, Hand in Hand, leicht gekleidet, ältere Leute auf den Bänken, Kinder auf Rollern und Fahrrädern, das frische Geplätschere um das barocke Wasserschlösschen am Rande des Parks, junges Grün auf den Rasenflächen, blühende Büsche und Bäume, auch in den Vorgärten der schönen Häuser. Vor allem ein Magnolienbaum in der Justinianstraße hatte es mir angetan. Seine rosafarbenen Blüten hingen wie üppige Rosen in den Ästen, verschwenderisch und schön. Ich stand davor, und es wurde mir bewusst, wie jung ich war und welche Chance darin liegen konnte, das ganze Leben noch vor sich zu haben.

Meine Schwester hatte ich in den Jahren nicht vergessen. Ich führte sie in Gedanken mit mir herum wie einen Talisman, von dem man sich eine Garantie erhofft. Ich bin nicht allein, es gibt jemanden, der zu mir gehört, ganz gleich, ob er es weiß oder nicht. So etwa sollte die Garantie heißen.

Ich wusste bis dahin kaum etwas aus Magdalenes Leben, außer den wechselnden Adressen. Das Geheimfach hinter dem obersten Schublädchen im Sekretär meiner Mutter war mir bekannt, und in unbewachten Augenblicken hatte ich mich regelmäßig über ihren jeweils neuesten Aufenthaltsort informiert, den ihre Mutter meinem Vater immer ganz brav mitgeteilt hatte. So wusste ich auch jetzt, dass sie als Kellnerin in einem angesehenen Hotel in Gstadt am Chiemsee arbeitete. Von hier an übrigens verlor sich die Spur ihrer Mutter, denn Magalis weitere Adressen wurden meinem Vater nicht mehr zugeschickt. Dass er sich nun auch nicht weiter darum bemühte, mochte daran liegen, dass meine Mutter mittlerweile keinen Druck mehr ausübte. Wahrscheinlich hatte sie die Sache nun doch auf irgendeine Weise überwunden. Ich hatte mich also genau zur richtigen Zeit eingefunden, um Magali nahtlos zu übernehmen, meine Schwester, die ich noch immer nicht kannte.

Manche Hotels in Bayern gaben Musikstudenten die Möglichkeit, sich im Konzertieren vor Publikum zu üben. Ich nahm mir vor, mich mit Hilfe meines Lehrers um einen Klavierabend in Magdalenes Hotel zu bemühen. Zu meinem Schrecken klappte es so schnell, dass ich mich mitsamt meinem etwas dünnen Nervenkostüm regelrecht überrumpelt fühlte. Denn natürlich hatte ich Angst vor der ersten Begegnung, und ich wusste, dass sie mein übliches Lampenfieber weit übertreffen würde. Aber es musste sein, für mich war das gar keine Frage. Niemand sollte es wissen, natürlich auch nicht meine Eltern. Und Magdalene selbst? Ob ich mich offenbarte, sofort oder später oder vielleicht überhaupt nicht?

Die Fahrt über München an den Chiemsee, ich habe sie wie durch einen inneren Dunstschleier wahrgenommen. Dabei war es eine Fahrt durch den Sommer, warm und hell und sonnig. Mohnblumen, auch Kornblumen blühten in den Feldern und an den Wegrändern, junge Leute radelten über die Landstraßen, auf den Wiesen nahe der Flussufer standen Wohnwagen und Zelte, Kinder spielten mit ihren Hunden, Kühe grasten gemächlich und ließen sich durch unseren vorbeirasenden Zug nicht beirren.

Ich registrierte es, auch die Berge später und die Seen und schließlich meine geliebte Chiemsee-Landschaft. Aber alles, die Fahrt mit der Taxe, das Hotel, ja sogar mein Konzert am Abend, führte dieses merkwürdig dunstige Eigenleben im

Hintergrund meiner Empfindungen, abgedrängt, regelrecht in seine Grenzen verwiesen durch meine Fixierung auf Magdalene.

Die Stimme des Oberkellners klang schroff, als er nach Magdalene rief. Erschrocken drehte sie sich um, und dabei entglitt ihr das Tablett mit den Weingläsern. Das Klirren und Scheppern des zerspringenden Glases brach auf fast brutale Weise in die Stille der warmen Sommernacht ein, und für ein paar Sekunden verstummten die Gespräche der Gäste.

Ich saß am Rande der Hotelterrasse und sah Magdalenes fassungsloses Gesicht, ihre hilfesuchenden Augen, wie sie nervös mit der Hand durch die schwarzen Locken fuhr und sich dann langsam bückte. Das ist meine Chance, schoss es mir durch den Kopf, für mich ausgedacht, als hätte eine hilfreiche Seele ihre Hand im Spiel.

Im nächsten Moment war ich bei ihr.

Die Kellnerin wehrte ab. „Nicht mit Ihren Klavierhänden, bitte nicht. Diese winzigen Splitter sind gefährlich – ich schaffe das schon allein!"

Ich half ihr trotzdem, bis zum letzten Glassplitter, den ich zwischen den Kieselsteinen aufblitzen sah. Mein Herz klopfte heftig, ich spürte es im Hals, im Kopf, in den Ohren, meine Hände zitterten. Sie ist meine Schwester, großer Gott, wir haben dieselbe Mutter, und sie weiß das nicht. Wir stehen nebeneinander, können unser Atmen hören, so nahe, und es trennt uns ein solches Geheimnis!

Ich hätte es ihr sagen müssen, auf der Stelle, aber davon war ich weit entfernt. Nicht nur, weil es für Magdalene, die ja nichts von der Existenz einer Schwester wusste, ein Schock gewesen wäre. Ich konnte es nicht, es war mir einfach unmöglich.

Magdalene sprach mich auf den Klavierabend an. „Sie spielen wunderbar. Ich musste ja leider hier draußen bedienen. Aber was ich hören konnte – für mich ist Musik, Klaviermusik, das Allerschönste. Sind Sie Musikstudentin?"

Ich registrierte die angenehme, leicht metallisch klingende Stimme, die kultivierte Sprache. Zögernd antwortete ich, ängstlich darum bemüht, meine Verwirrung zu verbergen. „In Frankfurt studiere ich Klavier, ja, und solche Konzerte wie heute sind eine ganz gute Übung. Man muss es schließlich lernen, das Konzertieren."

Magdalene nickte. „Lampenfieber?"

„Und wie!"

„Sie wirken aber ganz ruhig und souverän. Und so ein Elefant wie ich kann noch nicht mal ein Tablett balancieren." Wir lachten beide und schauten uns an.

Es wurde noch ein langer Abend.

Stunden nach Mitternacht, hellwach und aufgekratzt in meinem Hotelzimmer, beschloss ich, die Nacht zum Tage zu machen und noch etwas Chopin aus dem Kassettenrekorder zu hören. Ich setzte mich auf den Boden vor das Bett und ließ den Tag in allen Einzelheiten an mir vorüberziehen, so lange, bis der erste Lichtschimmer durch das Fenster fiel und einen neuen warmen Sommertag ankündigte, an dem ich freilich in aller Frühe meine Rückreise nach Frankfurt antreten musste.

Zum ersten Mal hatte es etwas gegeben, was mich innerhalb weniger Stunden in noch größere Aufregung versetzte als ein Klavierabend. Dabei ist es doch gar nicht so absurd oder einmalig, dass man aufgrund irgendwelcher besonderen Umstände erst später im Leben eine Halbschwester kennenlernt.

Unzählige Male hatte ich mir meine Begegnung mit Magdalene vorgestellt. Ich war also schon gewissermaßen geübt darin. Aber als ich ihr dann gegenüberstand, stimmte nichts mehr mit dem überein, was ich mir innerlich als Szenerie aufgebaut hatte.

Ich war davon ausgegangen, so hatte ich es mir jedenfalls eingeredet, die Überlegene zu sein, das Ruder der Unterhaltung fest in meinen Händen zu behalten, distanziert bleiben zu können, schon allein wegen meines Vorsprunges an geheimem Wissen. Und wohl auch deshalb, weil Magdalene in ihrem Aussehen schließlich einen farbigen Vater zu verkraften hatte.

Das alles aber haute nicht hin. Eine wunderschöne junge Frau war aufgetaucht, langbeinig, elegant, in ihren Bewegungen selbstsicher. Die Haut bronzefarben, die schmale Nase fein gebogen, der Mund – natürlich – es war der hübsche kleine Mund meiner Mutter. Diese samtbraunen Augen wohl vom Vater, von wem auch immer die schöne gewölbte Stirn; das schwarze, halblange Haar stark gelockt und glänzend, nicht stumpf wie krause Watte.

„Ich heiße Magdalene", hat sie erklärt und mich angelacht, „werde aber eigentlich nur Magali genannt, mit Betonung auf dem ersten A, MA-GA-LI." Wir hatten soeben die letzten Scherben ihrer Weingläser eingesammelt und uns aufgerichtet. Ich gab ihr die Hand. „Dass ich Hanna heiße ..."

„... ist mir bekannt, steht ja auf dem Plakat."

„Wenn Sie fertig sind mit dem Kellnern und noch Lust und Kraft haben, setzen Sie sich doch zu mir, bitte." Ich hatte in dem Moment Angst, sie könnte Nein sagen. Natürlich ist sie ausgewichen. „Ich weiß nicht recht – Sie sind doch heute der Star des Abends!" Fast hätte ich geantwortet: Normalerweise nimmt man als Musikstudent zu solchen Konzerten Kommilitonen mit, aber wegen dir wollte ich heute ganz allein sein!

Ich sagte aber: „Sie sehen doch, ich sitze ganz allein vor meinem Weinglas und blase Trübsal."

„Okay, nachher vielleicht, und danke für Ihre Scherbenhilfe." Sie trug weiße Turnschuhe und ging jetzt rasch auf dem knirschenden Kies davon. Ich hoffte so sehr, sie möge später kommen, sich neben mich setzen, die strapazierten Füße ausstrecken, ein Glas Wein trinken und sich mit mir unterhalten. Noch einmal zu ihrem Aussehen: Auffallend zwischen den schwarzen Locken ist ihr sehr schmales Gesicht, oder mehr noch die Augen, samtbraun mit einem leichten grünen Schimmer, groß, das ganze Gesicht beherrschend. Dunkle Wimpern, breite, gerade Augenbrauen. Die habe ich übrigens auch. Unsere Mutter hat sie uns wohl vermacht, sie waren aber ebenso das Markenzeichen unserer gemeinsamen Großmutter. Und nun ihr Lachen. Wenn es sie packt, dann gibt es nichts anderes mehr als dieses strahlende, augenblitzende, die ungleichmäßigen Zähne zeigende Lachen, von dem man sich so angesteckt fühlt, dass man mitlachen muss, manchmal ohne zu wissen warum.

Sie hat sich leider nicht zu mir gesetzt später, auch nicht, nachdem endlich alle Gäste gegangen waren. Erst als ich nach Mitternacht aufstand, um zu gehen, kam sie auf dem Kies daher wie aus dem Boden gestampft, und wir schlenderten zusammen über einen schmalen Weg zum Seeufer, als hätten wir das von Anfang an so geplant. Mindestens eine Stunde haben wir am Ufer zugebracht. Was wir uns aus unserem Leben erzählten, biografisches, besaß den Wert von Informationen, die man im Vertrauen gibt. Wie wir sie einschätzten, in welchen Zusammenhängen wir sie sahen und beurteilten, darin blieben wir uns vermutlich fremd. Sie bewunderte die Abiturientin in mir, die Pianistin, mein Behütetsein, den klar vorgezeichneten Weg einer Musikerkarriere. Dem konnte sie nichts entgegen setzen. Klaviermusik stand für sie an höchster Stelle, aber außer einer C-Dur-Tonleiter brachte sie auf ihrem Lieblingsinstrument nichts zustande. Trotz dieses Ungleichgewichts wirkte sie gelassen, großzügig, einverstanden damit, dass es anderen, zum Beispiel mir, besser ging. Oder ging es in Wirklichkeit ihr besser? Magdalene, das adoptierte farbige Mädchen aus der geschiedenen Ehe, die Kellnerin später und Geliebte von mehreren Männern gleichzeitig, die finanziell Unabhängige – sie war doch eigentlich die Stärkere, sie musste es ja sein. Dafür sorgten schon ihre Zusammenstöße mit einem Leben, das sie nicht in Frieden gelassen hatte, sondern ihr eher hartnäckig immer wieder aufgespürt, um sie zum Kämpfen zu zwingen oder dazu, sich zu wehren. Mittlerweile konnte sie sich in diesen Erfahrungen halbwegs einrichten. „Den Umständen entsprechend", erklärte sie, „habe ich mich eingerichtet mit Jobs, mit Gelegenheitsmännern, verheiratet oder nicht, und mit einer Frau, die ich liebe wie eine Mutter, oder nicht nur wie eine Mutter, egal, jedenfalls gehören wir zusammen."

Also hat sie doch etwas entgegenzusetzen, nämlich ihre beachtliche Belesenheit und eine ganze Palette von Lebenserfahrungen. Meine eigenen beschränkten sich auf das behütete Elternhaus und jetzt auf ein Studentenleben in der sanft eingrenzenden Welt der Hochschule mit festem Stundenplan, Übzeiten und internem Eifersuchtsgeplänkel, das sich aus dem Solistenehrgeiz ergab, sich von niemandem einholen oder gar überflügeln zu lassen.

Die einzig ernsthafte Herausforderung: Konzerte vor größerem Publikum. Eine Zerreißprobe jedesmal, dieses Gefühl des Ausgeliefertseins gegenüber einer still wogenden, zugleich undurchdringlich dichten Wand von Zuhörern. Leute, die hinter ihrer Anonymität im Dunkeln verharren, leise hüstelnd, raschelnd in den Pausen, dann wieder angespannt und stumm wie ein riesenhaft zusammengeballtes, hinterhältiges Wesen, das sich für einen wohlwollenden Freund hält, aber nur selten so empfunden werden kann. Diese Erfahrung wog manches auf, aber bei weitem nicht alles. Vor allem nicht die Weltfremdheit, mein schwierigstes Kapitel, das ich abzustellen versuchte, so lange ich denken kann, und immer vergeblich.

Magdalene empfand wohl ihr Dasein als Kellnerin auf sehr zwiespältige Weise. „Ich brauche Unruhe und Abwechslung, sonst werde ich verrückt", erklärte sie, „Leute, die kommen und gehen, die sich gut benehmen oder schlecht, Gesichter, die ich interessant finde und wieder vergesse – ich brauche halt so eine ewig kreiselnde Drehscheibe."

„Und warum dann nicht Reiseleiterin zum Beispiel?"

„Weil mir schlecht wird beim Fahren, beim Fliegen schon sowieso."

„Dann eben Kellnerin, wenn's einigermaßen Spaß macht." Ich schaute sie von der Seite an, das hübsche Profil mit der leicht gebogenen Nase, den fein gezeichneten Mund, die wild gelockten Haare.

„Kellnerin, mein Gott, das ist sicher nicht mein Traumberuf."

„Was wäre denn Ihr Traumberuf?" Sie blieb stehen und lachte. „Pianistin, Pianistin, im reifen Alter dann, wenn die Finger Gicht haben, Schriftstellerin."

„Dann beneiden Sie mich also?"

„Ich bewundere Sie. Auch schon deshalb, weil ich es nie geschafft hätte, selbst mit dem besten und chancenreichsten Elternhaus nicht."

„Woher wollen Sie das so genau wissen?"

„Ich weiß es. So was spürt man. Aber die Begeisterung ist groß, trotzdem.“

Eine Weile liefen wir schweigend nebeneinander her. Nur unsere Schritte auf dem steinigen Boden waren zu hören, neben uns das leise Verplätschern der Wellen. In der Ferne zog langsam ein Dampfer über den See, geschmückt mit bunten Girlandenketten. Melodienfetzen flogen zu uns herüber. Wahrscheinlich wurde auf Deck getanzt. Auf den Wiesenhöhen links von uns lagerten die beigefarbenen Kühe mit den dunklen Gesichtern, ruhig und schläfrig, die Terrasse eines großen Gasthofes war noch immer hell erleuchtet von Lampions.

„Wir könnten uns ein paar Minuten ins Gras setzen“, schlug Magdalene vor und machte ein dick gepolstertes Plätzchen ausfindig, auf das sie sich fallen ließ. Da saßen wir nun mit angezogenen Beinen nebeneinander, schauten über das Wasser, erkannten am Horizont die unscharfen Konturen der Berge, die man auch für Wolken halten konnte, sahen hier und da blinkende Lichter, die wohl zu kleinen Schiffen gehörten, denn sie veränderten langsam ihren Standort, so wie die Flugzeuglichter am Sternenhimmel.

„Jetzt müsste hier ein Flügel stehen“, schwärmte Magdalene, „direkt am Wasser und Sie würden improvisieren – können Sie improvisieren?“

„Schon, ja.“ Was ich in diesem Augenblick nicht zugab: dass ich Jazz liebte, dass ich öfters in einer Studentenbar Jazz spielte. Ich brauchte es nicht zuzugeben, denn sie holte blitzschnell meine Gedanken ein und sprach sie aus. „Mögen Sie Jazz? Haben Sie schon mal in einem Jazz-Keller gespielt?“

„Oft, mit einem Saxophonisten und anderen zusammen in der Studentenbar.“

„Nun bewundere ich Sie noch mehr."

Ich schüttelte den Kopf. „Schließlich können viele, eigentlich die meisten Pianisten auch improvisieren. Und da gehört der Jazz dazu, wenn auch mit bestimmten Regeln."

„Eben die sind ja so schwierig, könnte ich mir denken."

„Nicht, wenn man Musik studiert und ein bisschen in der Harmonielehre Bescheid weiß."

Magdalene umfasste mit beiden Armen ihre Knie und verkrallte die Finger ineinander. Nachdenklich wandte sie mir ihr Gesicht zu. „Mir ist schon einiges schief gegangen bisher", sagte sie leise, „aber am schlimmsten ist wohl, dass ich auf nichts zurückgreifen kann, ich habe nichts gelernt, gar nichts – verdammt!"

„Das ließe sich aber doch nachholen."

„Bin Ende zwanzig, habe kein Elternhaus, keine Stütze. Außerdem, ehrlich gesagt, bin ich viel zu unruhig, um irgendeine Ausbildung bis zum Schluss durchzuhalten, zu unruhig, ein Fluchttier, das sogar schon meine Lesebegeisterung zertrampelt." Mit einem Ruck erhob sie sich und stand nun vor mir.

„Und die Freundin, mit der Sie zusammenleben, kann die das Fluchttier nicht ein bisschen bremsen?"

Magdalene reichte mir ihre Hände und zog mich hoch. „Wenn überhaupt jemand", erwiderte sie ernst, „dann sie."

Erst später, kurz bevor wir uns verabschiedeten, um wenigstens noch ein paar Stunden zu schlafen, erzählte sie etwas mehr von der Freundin. Sie sei dreißig Jahre älter, aber ohne sie könne sie sich das Leben nicht mehr vorstellen, trotz gelegentlicher Flirts am Rande, ganz oberflächlich sozusagen.

Wir tauschten noch unsere Adressen und Telefonnummern aus.

Verrückt. Wir waren nebeneinander hergelaufen, eigentlich zwei Fremde, in ihren Lebenskreisen meilenweit voneinander entfernt. Außer der Liebe zur Musik gab es auf den ersten Blick nichts Gemeinsames, worauf wir uns hätten berufen können – wir beiden Schwestern.

Kapitel 4

Wenige Wochen nach unserer ersten Begegnung auf der Hotelterrasse sahen wir uns wieder. Nicht zufällig. Ich wollte Magdalene treffen – Führerschein und ein eigenes Auto besaß ich nicht – und war wieder mit dem Zug über München an den Chiemsee gefahren. Eine lange Fahrt, während der ich genügend Zeit hatte, mich in Anbetracht der bevorstehenden Ereignisse meinen Bedenken hinzugeben. Alle Unterrichtsstunden in der Hochschule ließ ich ausfallen, ausgerechnet ich, die Streberin, der ehrgeizige Klavierstar. Irgendetwas hatte ich mir als Entschuldigung ausgedacht. Hätte man sie nicht akzeptiert, wäre ich trotzdem gefahren. Ein Dienstag war's im September, einer der schönsten Tage des Monats. Glashell der weite Himmel, in der Luft ein Hauch von weißem Dunst, der die Flüsse, Felder und Wälder, später dann am Horizont die Berge ein wenig in die Ferne rücken ließ. Ich freute mich auf Magdalene, fühlte mich aber zugleich nervös und unsicher. Wie würde ich aufgenommen werden? Und was wollte ich denn von ihr, sie kannte mich ja kaum. Dafür kannte ich mich selber um so besser. Ein Arbeitstier, fixiert auf ein anspruchsvolles künstlerisches Ziel, kontaktarm, belastet mit der Vorstellung, etwas Besonderes sein zu müssen, außerhalb der Norm zu stehen, allmählich zu vereinsamen.

Als ich endlich, von einem netten Taxifahrer von Prien nach Gstadt befördert, vor dem Hotel stand, nahm die Nervosität mich derart in die Zange, dass ich am liebsten wieder umgekehrt wäre. Das ganze Unternehmen kam mir plötzlich auch so absurd vor. Ich ging aber doch hinein – und sah sie sofort durch die geöffnete Tür des Speisesaals. Ihre schwarzen Locken waren ja nicht zu übersehen, auch nicht das weinrote Kleid, das ihr so gut stand. Sie deckte gerade die Mittagstische, zusammen mit einem älteren Kollegen. Als sie mich an der Tür stehen sah, in den nächsten Sekunden schon, nahm sie zwei Weingläser hoch, ließ sie erklingen (cis und d), eilte auf mich zu und umarmte mich. „Was führt denn Sie hierher, ich werde ja wohl kaum annehmen dürfen, dass Sie meinetwegen ..."

„... nur Ihretwegen."

„Nur meinetwegen", wiederholte sie leise, etwas ungläubig, und fing geschickt meine Befangenheit ab, die sich einstellen wollte, indem sie mich energisch auf einen der herumstehenden Stühle drückte.

„Woher wussten Sie, dass ich heute frei habe, für den ganzen restlichen Tag?"

„Ich wusste es nicht, Magali!" Wir beide lachten. „Aber wenn es wirklich so ist, könnten wir ja was unternehmen."

„Zunächst das Wichtigste!" Feierlich übergab sie mir eines der beiden Gläser. „Ich bin nur ein paar Jährchen älter, also 'Du', Hanna. Leere Gläser klingen ebenso schön wie volle, hab ich recht? Oder ist die Pianistin anderer Meinung?"

„Sie ist der gleichen Meinung."

An diesem Tag klangen die Gläser noch öfter, volle Gläser, vor allem abends, als wir in der „Lahmen Ente" saßen, dem Seelokal, im Bauch eines kleinen ausrangierten Dampfers. Ruhig und gleichmäßig schwappten die Wellen gegen die

Bordwand und verursachten ein leises Vibrieren, das, kaum wahrnehmbar, im Körper ein Gefühl irritierter Balance entstehen ließ.

Die kühle Septembersonne war untergegangen. Die Umrisse der Berge verschwammen mit dem schnell sich verdunkelnden Himmel und waren bald gar nicht mehr zu erkennen. Aus dem Lautsprecher klang leise Musik, beliebte Schlagermelodien. „Als Musikerin darfst du die natürlich nicht schön finden", sagte Magdalene, „ich kann mir den schlechten Geschmack in Sachen Musik schon eher leisten."

Ich schüttelte den Kopf. „Nein, da sind tolle Melodien dabei, spritzig, zärtlich, und ich wünschte, ich könnte so etwas komponieren."

Magdalene strahlte. „Gut so, dann schenke ich dir mal mein derzeitiges Lieblingslied."

„Das wäre?"

„Those were the days, my friend."

Ich kannte es gut. „Für mich?"

„Für wen sonst? Ich werde es dir schenken." Einen Augenblick schwiegen wir, Magdalene entzündete ein Streichholz an der brennenden Kerze, die zwischen uns stand.

Ich hätte gern gewusst, was in ihr vorging. Soviel hatte ich mittlerweile erfahren: Sie führte mit der Freundin Agnes ein zurückgezogenes Leben, aufeinander bezogen, harmonisch, ereignislos. Manchmal sehnte sie sich nach Freunden, Betrieb, Leichtsinn, Spaß, stampfte aber im gleichen Augenblick solche Gelüste temperamentvoll wieder ein, um nichts von dem, was sie besaß, aufs Spiel zu setzen. Der heutige Tag jedoch, der in der „Lahmen Ente" ausklang, hatte frischen Wind in unser beider Segel geblasen und unsere Schiffe in Fahrt gebracht, für ein paar Stunden nur, aber nachhaltig in der

Erinnerung. Ich wusste auf einmal, was Jungsein auch bedeuten konnte; einen Zustand, den es festzuhalten lohnte, auszudehnen, zu beleuchten, zu variieren, farbig zu machen, anzuheizen, zu genießen. Was hatte ich bis dahin alles übersehen und versäumt! Magdalene war älter als ich und doch eigentlich viel jünger. Sie hatte es, während weniger Stunden, fertig gebracht, dass ich meine Hochschule vergaß, die Lehrer, den Flügel, die Pflicht, dass ich nicht jede feste Unterlage für stille Fingerübungen benutzte, nicht mit den Zähnen irgendwelche Rhythmen klapperte, Triolen, Achtel, Sechzehntel, und Klängen aus der Umwelt mit meinem absoluten Gehör fast zwanghaft auflauerte, um sie in mein tonales System einzuordnen. Stattdessen waren wir auf den See hinausgerudert, hatten uns nackt ins kalte Wasser gleiten lassen, denn Badezeug hatten wir keines dabei, mussten unfreiwillig lang darin aushalten, weil ein Boot plötzlich auftauchte, dessen Insassen just in unserer nächsten Nähe die Ruder einzogen, um sich gemächlich treiben zu lassen. Später, in feuchtklebrigen Klamotten steckend, legten wir an der Fraueninsel an. Wir liefen zum Kloster der Benediktinerinnen, um vor allem die aus dem 11. Jahrhundert stammende Klosterkirche St. Maria anzuschauen. Gedämpfte Orgelklänge, immer wieder unterbrochen, als kämen sie nur zufällig zustande, erfüllten den dunklen Raum. Im abgesonderten Chor beteten Nonnen. Wir setzten uns in die letzte Reihe, pressten uns zitternd aneinander, ausgekühlt, wie wir waren nach dem unfreiwillig langen Septemberbad. Magalis Gesicht war ernst geworden. Ich hätte wieder so gerne gewusst, woran sie dachte in diesen Minuten. „Schön ist es hier", flüsterte sie mir nach einer Weile zu, „beruhigend." Lange blieben wir sitzen, unbeweglich, ließen uns mit allen Sinnen auf die ungewohnt stille Atmosphäre ein.

Wir verließen die Kirche erst, als ein Heer von Touristen sie zu bevölkern begann. Offenbar hatte wieder ein Dampfer am Steg angelegt. Draußen in den Gärten der kleinen Häuser, die wie Fischerhäuser aussahen, blühten Astern und Dahlien, Chrysanthemen und Rosen bunt durcheinander. Wir beschlossen, die Insel zu umwandern. Und natürlich, zwischendurch, warf Magdalene wieder ihre flachen Steine, die auf dem Wasser dahinfliegen sollten.

Wir unterhielten uns über alles Mögliche, auch über unsere Vorstellungen vom Klosterleben hier auf der Insel. „Ich könnte das nicht", meinte sie, „so nach innen gekehrt und in solchem Gleichmaß die Tage zubringen, obwohl ich es mir wünschen würde."

„Wie sieht dein Privatleben aus, ich meine jetzt?"

„Freundschaft mit Agnes, Freundschaft mit Agnes, Freundschaft mit Agnes ..."

Ich blieb stehen. „So intensiv?"

„So intensiv. Nebenbei manchmal der eine oder andere Mann, älter, verheiratet oder nicht, für mich so eine Art Bestätigung."

„Bestätigung wofür?"

„Dass ich mich für normal halten kann."

„Warum solltest du nicht normal sein?"

„Weil ich wohl immer noch nach einer Mutter suche, einer guten, meine ich."

Wir gingen weiter. „Was ist Agnes für ein Mensch?"

Sie lächelte und schaute mich von der Seite an, herausfordernd, als könnte ich mir die Frage ebenso gut selbst beantworten. „Liebevoll, intelligent, tolerant, und das ist noch nicht alles. Meine kleinen Männeraffären teile ich ihr nicht mit. Sie sind es auch nicht wert, so wenig, wie sie mich berühren."

„Würde sie darunter leiden?“

„Weiß nicht. Unsere Beziehung ist kompliziert. Ohne sie könnte ich jedenfalls nicht leben, so viel ist sicher. Durch sie bin ich praktisch ein zweites Mal auf die Welt gekommen.“ Sie erzählte das mit großer Selbstverständlichkeit, zutraulich wie ein Kind. Hier, in der „Lahmen Ente“, kam sie noch einmal darauf zurück. „Agnes ist für mich wahnsinnig wichtig, so eine Art Mittelpunkt. Mögen die Leute es nennen, wie sie wollen, oder darüber reden – ich kann mir eine schönere Beziehung als unsere nicht vorstellen.“

Wir haben uns noch lange unterhalten in dieser Nacht, über ihre Vergangenheit vor allem, bis in die frühen Morgenstunden hinein, als am Horizont schon ein zarter Lichtschimmer das Wasser aufblitzen ließ.

Mit dem ersten Zug nach München, von Magdalene an den Bahnhof gebracht, fuhr ich zurück, umgeben von Arbeitern der Frühschicht, die, kaum dass sie Platz genommen und ihre Beine bequem untergebracht hatten, den abgebrochenen Nachtschlaf fortsetzten. Die trübe Beleuchtung leistete der allgemeinen Schläfrigkeit gute Gesellschaft und ließ die müden Gesichter verschwommen und wächsern erscheinen. Übernächtigt und aufgekratzt, fühlte ich mich federleicht wie ein Luftballon, hier und dort geräuschlos anstoßend, ohne Halt, aber nicht verloren in dem kleinen, warmen Abteil. Ich dachte an Magdalene, wie sie auf dem Bahnsteig gestanden und mir nachgewunken hatte, im hellen Kleid, fröstelnd die Arme verschränkt, auf dem lachenden Gesicht keine Spur der durchwachten Nacht. Im Münchener Hauptbahnhof musste ich umsteigen, auf den Intercity nach Frankfurt eine Dreiviertelstunde warten. Auch das nahm ich, wie bei meiner ersten Fahrt, ohne den leisesten Seufzer hin, setzte mich auf eine

Bahnsteigbank – für ein Kännchen Kaffee im Restaurant oder ein Telefongespräch mit Magali war mein Geld zu knapp geworden – schaute den vorüberschlendernden Passagieren nach, horchte auf die dunkle Frauenstimme, die mit dem Überdruss der Routine schlecht verständlich ihre Durchsagen machte, und wartete. Später dann, in der Mitte des Großraumwagens ganz für mich allein, vergrub ich mich in meinen Mantel und schlief ein.

Zurück in meinem Kellerzimmer, fiel die Gewöhnlichkeit des ganz normalen Mittags über mich her wie ein Regenschauer, kühl, etwas unfreundlich und grau. Ein Brief von meiner Mutter lag im Briefkasten. In der Ackergasse gäbe es nichts Neues, ich solle mal wieder am Wochenende nach Hause kommen, die Altstadt würde immer schöner. Ich möchte bitte weiterhin so fleißig sein und nicht den Konkurrenten das Feld überlassen. Sie wären beide sehr stolz auf ihre Tochter.

Es ist der falsche Moment für so einen Brief, dachte ich, und stopfte ihn in den Umschlag zurück, nervös, weil ich vorhatte, auch diesen Tag in der Hochschule zu schwänzen. Und nicht nur der falsche Moment. Alles war falsch gelaufen, wenn man das Schicksal von Magdalene mit dem meinen verglich. Und würde ich ihr denn jemals sagen können: Wir sind Schwestern, aber aus einem Grund, den ich dir leider nicht erklären kann, denn ich weiß ihn selber nicht, war ich immer die bessere, du die schlechtere?

So hätte sie es doch verstehen müssen, hart formuliert oder mit vorsichtigen Umschreibungen, ganz gleich. Als müsste ich weglaufen, so hastig griff ich nach meiner Handtasche, verließ das Zimmer, sprang die Treppe hoch, immer zwei Stufen auf einmal, und lief hinaus auf die Straße.

Nichts an diesem Tag entsprach meiner Gewohnheit. Die Wochentage hatten bisher dem Studium gehört, die Wochenenden dem Üben im Frankfurter Kellerzimmer, manchmal auch unter dem ausladenden Gefieder meiner Mutterglucke in Oberursel. Notwendige Lebensmittel konnten immer auf dem Weg zur Hochschule besorgt werden, möglichst auf Vorrat, damit sich das Zeitopfer auch lohnte. Heute nun leistete ich mir einen Stadtbummel, ohne Planung, ohne Zeitlimit, eine charmante Luxusunternehmung. Mit der Straßenbahn war ich in wenigen Minuten an der Konstablerwache. Nirgends geht es so quirlig zu wie hier. Eingerahmt von den großen Kaufhäusern hasten oder trödeln die Leute durcheinander, als wäre ihnen jeglicher Rhythmus abhanden gekommen, zielgerichtet oder ziellos, voll gepackt mit Plastiktüten, einen Hund an der Leine, ein Kind oder den Freund an der Hand, die Eistüte am Mund oder auch die Bratwurst. Schiebend und schubsend, jugendlichen Radfahrern ausweichend, werfen sie Geld in die Mützen von Straßenmusikanten, bleiben an Schaufenstern stehen oder probieren Schuhe an, die draußen auf Ständern angeboten werden. Ich mochte dieses Leben, schloss mich ihm an, gesellte mich heute unter die Trödelnden, freilich magisch angezogen von einer Parfümerie, wo ich lange vor der roten Verpackung meines Parfüms stand, was ich mir aber heute nicht leisten konnte.

Das sonnige Septemberwetter hatte sich gehalten. Langsam steuerte ich mein Lieblingscafé in der Töngesgasse an. Es duftete nach Kaffee, frischen Mohrenköpfen und Schillerlocken. Müde und hungrig setzte ich mich an eines der Tischchen, bestellte ein Kännchen Kaffee und eine mit Sahne dick gefüllte Schillerlocke. Ich schaute auf die Uhr. In der

Hochschule plagten sich die anderen jetzt mit Kompositionslehre, anschließend mit Tonsatz und Gehörbildung; langweilige Fächer bei netten Lehrern. Mein Versäumnis in dem kleinen Kreis würde wohl auffallen, mir aber keine Nachteile bringen. Ich war als zuverlässige Studentin bekannt, niemand wäre auf die Idee gekommen, mich um diese Zeit in einem Café zu vermuten. Nur das Alleinsein, eigentlich für mich nichts Neues, fiel mir heute schwer. Ich hätte gern mit Magdalene gemeinsam das Straßenleben beobachtet, Schönes, Hässliches, Komisches aufgenommen, mit ihr darüber geschwätzt und gelacht. Danach wären wir durch die Kaufhäuser geschlendert, hätten Kleider anprobiert, schicke Jacken, Jeans – und dabei die fetzige Musik aus den Lautsprechern gehört, die sie so gerne mochte. Oder aber wir hätten ein kleines Kulturprogramm eingelegt, hätten uns die Nikolaikirche angeschaut, den Römerberg, das „Haus Wertheym" am Fahrtor 1, wären über den Eisernen Steg gelaufen, vor uns die Dreikönigskirche in Sachsenhausen, wären auf der anderen Seite am Mainufer spazieren gegangen oder hätten das Städel besucht.

Ich träumte davon, Magdalene hätte für alle Unternehmungen nur mich, es gäbe keine Agnes, keinen Job im Hotel, sie wohnte in meiner Nähe, Wand an Wand, ich spielte ihr Chopin vor, und danach gingen wir Spaghetti essen oder in den Jazz-Keller, vielleicht auch nur durch die stillen Straßen um den Holzhausenpark herum. Ich wollte diesen Menschen haben, nur diesen einen: Ma-ga-li. Aber die war weit davon entfernt, ähnlich zu empfinden. Abends wurde mir das klar, als ich bei ihr zu Hause anrief und zunächst auf Agnes traf. Eine warme, sympathische Stimme. Magali dann gleichmütig, etwas kühl, nicht mit mir beschäftigt jedenfalls. Der gestrige Tag schon untergegangen, abgehakt wie ein nettes, aber nicht nachhaltiges Erlebnis.

Ich hätte an diesem Tag dringend Klavier üben müssen, den 1. Satz des C-moll-Klavierkonzertes von Beethoven sollte ich in der nächsten Stunde auswendig können. Daran war gar nicht zu denken. Zum ersten Mal würde ich meinem Lehrer das aufgegebene Pensum schuldig bleiben. Stattdessen setzte ich mich an den Flügel, spielte Magdalenes Lieblingslied und begann darüber zu improvisieren. „Those were the days, my friend", ich hätte ihr gern auf irgendeine Weise diesen musikalischen Gruß geschickt, durch die Luft, über den See hin. Leise sang ich die Melodie vor mich hin, und merkte plötzlich, dass ich einen neuen Text gefunden hatte: „Those happy days, my friend", sang ich. Diese glücklichen Tage. Als ich ihr später einmal diesen Text vorsang, musste sie laut lachen, laut und fast ein bisschen traurig.

Aber an diesem Abend hatten die Töne noch nicht einmal die Chance, aus dem Kellerfenster hinaus zu gelangen, denn meine Mutter hatte es ja, um mir den trostlosen Anblick zu ersparen, mit dem Wandbehang zugehängt. Es war der Wandbehang meiner Kindheit, springende Hirsche auf dunkelbraun gewebtem Hintergrund. Er hatte, so lange ich denken konnte, als Wandbehang gedient. An diesem Abend konnte ich ihn nicht mehr sehen, sein fadenscheiniges, abgewetztes Wollgewebe, die weißen Hirsche, deren Sprung sich niemals vollendete. Auch nicht die hellgraue Kindertruhe, die mein Vater erst neu angestrichen und hierher transportiert hatte, weil ich darin mein Bettzeug verstauen sollte. Und die geblümte Bettwäsche von früher, die kindlichen Waschlappen und Handtücher mit den rosafarbenen, verschnörkelten Initialen meines Namens, den schiefen Papierkorb mit dem eingeflochtenen Teddy, das uralte Metronom auf dem Flügel und das hölzerne Kerzenleuchter-Pferd. „Die Sachen tun's doch noch", hatte meine Mutter gesagt und sie liebevoll gestreichelt, „es sind auch so nette Erinnerungen aus deinem Kinderzimmer." Waren es Erinnerungen oder Relikte, deren ich mich längst hätte entledigen müssen? Gegen den Widerstand der Eltern? Wie lange wollte ich mich noch an der langen Kinderleine halten lassen als gehorsame Tochter, Schülerin, Studentin? Mit einem Missklang beendete ich meine Improvisationen und knallte den Flügeldeckel zu. Dann legte ich den Telefonhörer neben den Apparat, um dem Abendanruf meiner Eltern zu entgehen, der heute fällig war, ihren Fragen, ihrer Enttäuschung und ihren verhaltenen Vorwürfen. Denn sie hätten sofort gespürt, dass irgendetwas nicht in den gewohnten Geleisen verlief. Sie kannten die Tochter „wie ein offen aufgeschlagenes Buch", Zitat meiner Mutter, wenn sie mit ihrer Freundin über „das Kind" sprach. Ein Mutterkind war ich noch heute. Magdalene, nur wenige Jahre älter, kannte das Leben. Sie hatte es sozusagen von der Pike auf gelernt, sich damit herumschlagen müssen. Sentimentalitäten konnte sie sich nicht leisten. Wahrscheinlich war Agnes die einzige Ausnahme.

Zum zweiten Mal an diesem Tag floh ich aus meiner Behausung, obwohl es schon spät war und ich nicht so recht wusste, wohin ich eigentlich wollte.

Ein paar junge Leute auf dem Bürgersteig vor mir steuerten ein kleines Gartenlokal in der Nähe des Holzhausenschlösschens an. Mit Magdalene hätte mir das jetzt auch Spaß gemacht, unter einem der Ahornbäume zu sitzen, ein kühles Bier zu trinken und in der Geborgenheit der Dämmerung die

Nacht zu erwarten. Wie ein sehnsüchtiges Kind vor dem Spielwarenladen, so stand ich am Eingang zu diesem Garten Eden, fasziniert, wie immer, von der lockeren Selbstverständlichkeit, mit der die Leute es sich bequem machten unter den Lampions, an den kleinen Tischen, Eisbecher oder Salate begutachteten, Servietten verteilten. Familiäres oder freundschaftliches Abendessen, als kleiner Festrummel nach draußen verlagert, zeitlich durch nichts begrenzt als durch allgemeines Müdewerden irgendwann. Aber ich gehörte nicht dazu, nicht an diese gemütlichen Tische unter den Bäumen. Für mich war ein Lebenskonzept gewählt worden, das die allmähliche Vereinsamung hinter sich her zog. Ein Gedanke, mit dem ich mich im Laufe der Zeit sogar angefreundet hatte, weil er wie eine feste Garantie meinen künstlerischen Weg abzusichern schien. Solange ich am Rande stand wie heute, nie richtig dazu gehörte, konnte ich davon ausgehen, dass die Richtung stimmte, dass mir Umwege oder zeitraubende Verirrungen erspart blieben. So jedenfalls versuchte ich, meinem Problem einen Sinn zu geben.

Allmählich wurde es dunkel, auf den Tischen tauchten Laternen und Windlichter auf, denn die Lampions verbreiteten nur mattes, diffuses Licht. Eine Familie entschloss sich zum Aufbruch, lachend, weil ihr junger Hund das letzte Brötchen vom Tisch geklaut hatte. Er trug es wie eine Trophäe davon, ehe er sich hinlegte, um es genüsslich zu verschlingen, ein bildhübscher schottischer Schäferhund mit den großen tapsigen Welpenpfoten.

Durch Seitenstraßen in einem kleinen Bogen über die Justinianstraße machte ich mich langsam auf den Heimweg. In einem der Vorgärten blühten noch immer Rosen. Wo das Licht der Kandelaber hinfiel, glitzerten in den Zweigen der Büsche die Spinnweben des Altweibersommers. Wieder war ein Sommer vorüber gegangen mit den üblichen klaren Konturen, die mein Leben ausmachten. Im Herbst und Winter würde es mehrere Konzertabende in der Hochschule geben, darunter für mich als Solistin das B-Dur-Konzert von Mozart KV 595, zu dem das Hochschulorchester mich begleiten sollte. Eine Auszeichnung, beglückend für jeden jungen Musiker, der eine Solistenkarriere anstrebt. Auch für mich ein großes Glück damals, als ich es erfahren hatte. Heute auf einmal schien es nicht mehr das, was ich mir wünschte. Heute, als ich nach meiner Chiemsee-Reise die Haustür wieder aufgeschlossen hatte und einen Augenblick im Treppenhaus stand, machte mir zum ersten Mal der Gedanke zu schaffen, in einem Kellerzimmer zu leben.

Kapitel 5

Ein kühler Spätherbst kündigte sich an. In den Vorgärten hielten sich hier und da noch letzte Astern und Chrysanthemen, eingebettet in dicke Blätterteppiche. Täglich, auf dem Weg zur Hochschule, ging ich daran vorüber, die Tasche mit den Noten über der Schulter, in den Ohren noch die Klänge der kurz zuvor gespielten Tonleitern und verschiedenen Anschlagsübungen. Alles wie immer, nur um eine traurige Erfahrung reicher. Wer sich in Freundschaften nie geübt hat, dem fliegen sie nicht zu, schon gar nicht, wenn er ihnen allzu stürmisch entgegen fliegt. Magdalene meldete sich nicht mehr, rief auch nicht zurück, wenn sie über Agnes darum gebeten wurde. Also gab ich es auf. Ich hatte die Schwester verloren, noch ehe sich etwas zwischen uns hatte anbahnen können. Mit allen nur denkbaren innerlichen Tricks hatte ich zunächst versucht, Magdalene in ein ungünstiges Licht zu rücken, sie mir unwert zu machen, um der Enttäuschung Herr zu werden. Ich zerrte an ihrem Leben herum, oder an dem, was ich für ihr Leben hielt, bediente mich dabei der plumpen Stichworte, die einen Lebenslauf beschreiben und doch so wenig besagen: ungewolltes Mischlingskind, mieses Elternhaus, und von Beruf Kellnerin. Was hatte ich dem nicht alles entgegen zu setzen! Aber schon bevor sich dieser Gedanke in mir hätte einnisten können, schmolz er zu der kläglichen Erkenntnis zusammen, dass ich nicht aus eigener Kraft etwas entgegen zu setzen hatte, sondern dass mir zufällig die hundertmal besseren Lebensbedingungen zugeschanzt worden waren. Nein, es konnte mir nicht gelingen, Magdalene herunter zu spielen, über diesen Weg schon gar nicht. Es blieb nichts anderes übrig, als ihre Gleichgültigkeit hinzunehmen, in der Hoffnung, das ganze Kapitel allmählich wieder zu vergessen.

Anfang November, an einem Samstagabend, sollte mein Konzert im Saal der Hochschule stattfinden. In den letzten drei Tagen wurde fast pausenlos geprobt. Der Dirigent des Hochschulorchesters, ein gefürchteter Perfektionist, ließ nicht locker, bis jeder Ton der Streicher, die Einsätze, Lautstärken und Tempi hundertprozentig seinen Vorstellungen entsprachen. Er mochte mich, vor allem mochte er mein Spiel, deshalb ging es mir gut bei ihm, und ich freute mich, technisch vollkommen sicher, auf jede Probe. Der letzte Satz mit dem immer wiederkehrenden Motiv „Komm, lieber Mai und mache …" gelang allmählich im Zusammenspiel und im Wechsel der Instrumente so leicht und schwungvoll, dass die Studenten und Professoren, die sich zur Generalprobe im Saal eingefunden hatten, stürmisch applaudierten, kaum dass der Schlussakkord verklungen war. Dieses Konzert konnte eigentlich nur gelingen. Trotzdem hat mich das Lampenfieber auch diesmal nicht verschont. Schon früh am Samstagmorgen kroch es in mich hinein, dieses Angstgefühl, sich ausliefern zu müssen, nicht zurück zu können, so als steckte man tief in einer Falle. Um nicht wieder in nervöse Fingerübungen hineinzugeraten, fing ich an, mein Zimmer zu putzen und aufzuräumen. Vielleicht aber auch, weil ich meine Eltern am Nachmittag erwartete und ich mir keine stummen Vorwürfe zuziehen wollte. Es war Tradition, dass sie zu den Hochschulkonzerten kamen, und ich freute mich auf sie, auch wenn ich mit dem Stolz auf ihren Gesichtern, dem Stolz auf die erfolgreiche Tochter, immer weniger umzugehen wusste.

Als ich meine Mutter vor der Haustür begrüßte, der Vater holte noch einen Blumenstrauß aus dem Auto, kam sie mir auf einmal gealtert vor, obwohl ich erst vierzehn Tage zuvor zu Hause gewesen war. Oder hatte sie nur einfach ihre Haare nicht mehr neu tönen lassen? Es stand ihr gut, das ergraute Haar, die vielen eingegrabenen Fältchen um die Augen ließen ihr Gesicht noch freundlicher scheinen, sofern das überhaupt möglich war. Die beiden brachten, wie immer, frische Bettwäsche, Küchengeschirr und Lebensmittel mit und von allem, wie immer, zu viel.

Sie fuhren schon bald zu Freunden nach Preungesheim, um die Künstlerin in ihrer Nervosität nicht noch zusätzlich zu belasten. Wiedersehen erst abends in der Hochschule. In der dritten Reihe wollten sie sitzen.

Ich verfiel natürlich doch noch in Fingerübungen, wenn ich nicht gerade hin und her lief, um noch einmal alle Einsätze im Gedächtnis durchzuspielen. Viel zu früh zog ich mich um, nachdem die Haare gewaschen und geföhnt und mit dem Lockenstab kunstvoll veredelt worden waren. Das lange, tiefgrüne Konzertkleid stand mir gut, der weite Ausschnitt, die eng geschnittenen langen Ärmel. Es hätte nun – endlich – losgehen können. Aber die Uhren machten nicht mit. Langsam krochen die beiden Zeiger über das Zifferblatt und peinigten mit ihrem Schneckentempo meine aufgeriebenen Nerven. Noch einmal Fingerübungen, ein Anruf meiner Mutter, autogenes Training.

Endlich war es so weit, dass ich das Taxi bestellen konnte. Ich kannte diese kurzen Taxifahrten vor einem Konzert. Vorgefertigt wie ein Stempel prägten sie sich immer wieder auf die gleiche Weise ein. Die vertrauten Seitenstraßen, Bürgersteige, Häuser, Zäune, Reklameschilder hatten mir in diesen Minuten nichts mehr zu sagen. Sie huschten vorüber, fremd, verwischt, weit weg, in meinen Augen mit jeder beliebigen Ecke der Stadt auswechselbar.

Auch die Kommilitonen, die mir kurz darauf die Hand drückten und toi, toi, toi wünschten, sprachen wie durch eine Glasscheibe. Und Clara Schumann – diesmal mit Jägerhütchen – schwieg sich aus, wie immer.

Das Konzert dann: Schubert, Ouvertüre im italienischen Stil, Mozart, Klavierkonzert B-Dur, KV 595, Josef Haydn, Paukenschlag-Symphonie.

Ich stand während der Schubert-Ouvertüre mit ineinander verkrallten Händen im Gang und wartete auf meinen Auftritt. Es waren jedes Mal die schlimmsten Minuten. Sie ließen sich mit nichts vergleichen, was mich sonst noch gelegentlich an Aufregungen und Spannungen tyrannisiert hatte, wenn man von meiner ersten Begegnung mit Magali absah. Abgetrennt vom normalen Leben, wollte mich ein Gefühl des Alleingelassenseins in die Zange nehmen, das in seiner Härte und Unnachgiebigkeit etwas Aggressives an sich hatte. In meinen Gedanken, die sich aufführten wie eine chaotische, aus den Fugen geratene Demonstration, hatte nur eine einzige Idee Bestand: Es lohnt sich das alles nicht. Die Erfahrung, dass sich Aufwand und Erfolg hinterher wieder in ihr Gleichgewicht einpendelten, blieb in diesem Augenblick grau und unbeachtet auf der Strecke.

Jetzt würde erst mal das hüstelnde, raschelnde, schweigsam in seiner Anonymität verharrende Publikum durch nichts zu gewinnen sein als durch das tadellose Funktionieren meiner

Fähigkeiten, die mich zugleich in ihrer Störanfälligkeit verunsicherten.

Meine Eltern saßen da unten, auch sie neben aller zärtlichen Fürsorge fest verklammert mit dem Anspruch auf meine Perfektion. Was, wenn der Klavierstuhl nicht fest stand? Wenn ich an den Händen anfangen würde zu schwitzen und auf den Tasten ausrutschte? Wenn mein Gedächtnis aussetzte, ich die Einsätze verpasste? Wenn eine Naht des engen Kleides platzte?

Die Ouvertüre war plötzlich zu Ende, das Publikum klatschte, ich lockerte meine Hände, lief hin und her, mir war übel. Wenige Minuten später nahm der Dirigent mich am Arm und führte mich mit sanftem Nachdruck durch die Tür aufs Podium.

Ich habe dich sofort gesehen, Magali, in der ersten Reihe links, du hast zu mir hochgelächelt, die Hand leicht zum Gruß gehoben. Bildhübsch sahst du aus, deine schmale dunkle Gestalt im blauen Kleid, in den schwarzen Locken ein blaues Band. Die Frau neben dir, wesentlich älter, schon grauhaarig, konnte nur Agnes sein. Die Nervosität angesichts der applaudierenden Menschen hatte mich viel zu hart im Griff, als dass ich über deine unerwartete Anwesenheit lange hätte nachdenken oder mich dem Schrecken hingeben können, dass du wenige Meter von deiner leiblichen Mutter entfernt saßest, ahnungslos ihr beide.

Und auch während des fast dreiminütigen Orchestervorspiels – zum Teufel mit diesen langen Orchestervorspielen der Mozart'schen Klavierkonzerte! – kreisten die Gedanken ausschließlich um das Gelingen meines, sehr zarten, Einsatzes. Aber dann, als ich mich eingespielt hatte, besonders im 2. Satz, wurde mir bewusst, dass du dich telefonisch in der Hochschule nach meinem Konzert erkundigt haben musstest, dass du die lange Autofahrt auf dich genommen hattest, um mich zu hören, mich zu sehen.

Ich habe an diesem Abend so gut gespielt wie noch nie. Es gelang mir einfach alles. Mein Gedächtnis und die Finger funktionierten mühelos, ganz von selbst, ich musste sie nur gewähren lassen. Und die gute Akustik im alten Hochschulsaal war in ganz Frankfurt berühmt!

Das Ergebnis: tolle Kritiken in der „Frankfurter Allgemeinen Zeitung", in der „Frankfurter Rundschau" und in der „Frankfurter Neuen Presse" und ein vom Hochschulverband in Aussicht gestelltes Stipendium für die New Yorker Julliard-School im nächsten Semester, dem Sommersemester.

Hanna ordnet die nummerierten Blätter und legt sie für heute endgültig an den Rand des kleinen Schreibtisches. Der Tag geht zu Ende. Für einen Augenblick lehnt sie sich über das Gitter ihres Balkons. Noch immer ist es warm hier draußen, aber der Himmel hat sich zugezogen. Dunkelgrau spiegeln sich die Wolken im Wasser und lassen die Abgrenzungen am Horizont verschwimmen. Die Inseln sind nahe gerückt, man meint, hinüber schwimmen zu können. Unser See, Magali! Und wenn ich jetzt mit guten alten Freunden hierher ziehen und jahrelang hier leben würde, es wäre nicht dasselbe. Es ist unser See, unser breites gezacktes Bergmassiv, unsere Kampenwand, es sind unsere grünen Wiesen, die leicht gewellten, unsere Inseln, unsere Kirchtürme, die Glocken, die Stimmen, der Geruch des Wassers. Ohne dich ist alles nicht dasselbe.

Valentino hat Hanna entdeckt, er winkt zu ihr hoch. „Kommen Sie herunter auf die Terrasse, Seniora, bevor es zu spät ist!“ Er deutet mit besorgter Miene auf die tiefhängenden Wolken. Sie nickt, lächelt ihm zu. Er wird schon wieder an einen der Tische gerufen, unter seinen Turnschuhen knirscht der Kies.

Unten bringt er ihr gleich den Rotwein, den sie so gerne mag. Er betrachtet sie mit fast zärtlichen Augen. Diese schöne zarte Frau müsste jünger sein, und er hätte sie früher kennenlernen müssen, vor seiner Angelina. Aber sie hätte ihn wahrscheinlich nur ausgelacht. Eine Pianistin und ein italienischer Kellner, du lieber Gott! Vorsichtig hilft er ihr, die Stola umzulegen und erwischt dabei einen Hauch ihres Parfüms. „Sie schreiben zu viel, Seniora, die Sommertage sind dafür viel zu schade.“

„Aber Sie, Valentino, arbeiten doch auch.“

„Das ist was anderes. Aber wenn ich Urlaub habe ...“

„... ich habe keinen Urlaub, ich muss eine Geschichte aufschreiben, wissen Sie, eine Erinnerung, die sich lohnt, die wichtig ist, die mein Leben betrifft.“

„Auch heute noch wichtig?“

„Ich glaube schon.“

Valentino bleibt vor ihr stehen. Sie spürt, dass er etwas fragen möchte, sich aber nicht getraut. „Nur zu“, ermuntert sie ihn.

„Es war eine große Liebe?“

Sie hat diese Frage erwartet. „Ich weiß es nicht, Valentino, ich weiß es tatsächlich nicht.“

„Das weiß man aber doch?“ Er schaut sie verwundert an.

„Normalerweise ja, man sollte so etwas wissen. Aber in unserem Fall – manchmal meine ich, es war noch mehr als

Liebe, so genau bezeichnen kann ich es nicht. Vielleicht eine ganz einmalige Zusammengehörigkeit."

Er wird zum Nachbartisch gerufen, diesmal ist sie froh darum. In der Ferne ist der erste Donner zu hören, immer wieder erhellt ein Wetterleuchten den grauen Abend. Hanna denkt an ihr Manuskript, es lässt sie nicht mehr los.

Ein heftiger Wind kommt auf und vertreibt in wenigen Minuten die Gäste von der Hotelterrasse. Auch Hanna, mit ihrem Weinglas in der Hand, geht hinein in die Halle, in der sie vor vierzig Jahren gespielt hat. Ein neuer Flügel steht da. Es zieht sie jedesmal, sich daran zu setzen und zu spielen. Als Pianistin will sie sich hier aber nicht mehr einführen, deshalb widersteht sie der Versuchung und setzt sich in einen der herumstehenden Clubsessel.

Später, wieder in ihrem Zimmer, führt sie noch zwei Telefongespräche, zuerst mit Klaus, dann mit Hartmut, ihrem geschiedenen Mann. Seit ihrer Trennung verstehen sie sich gut. Sie muss nicht mehr seine großväterliche Bevormundung ertragen und er nicht ihre Ungeduld. Er würde sie gern für ein paar Tage am See besuchen, die eine oder andere Bergwanderung unternehmen, abends Wein trinken, ausruhen, ein bisschen von früher reden. Sie wehrt vorsichtig ab. Die Zeit hier sei für etwas Bestimmtes reserviert, leider, vielleicht ein andermal.

„Im Zweifelsfall", antwortet er enttäuscht, „handelt es sich um irgendetwas, das mit Magdalene zu tun hat."

„Ich schreibe unsere Geschichte auf, die 'Geschichte einer ungewöhnlichen Freundschaft' könnte man sie nennen."

„Magdalene hätte man sein müssen", sagt er lachend, aber das Lachen klingt etwas bemüht. „Und auch später", fügt er ernst hinzu, „war sie immer anwesend."

„Das stimmt nicht."

„Doch, Hanna, es stimmt. Sie war dir wichtiger als alles andere auf dieser Welt."

„Das klingt so, als wolltest du sie für unsere Scheidung verantwortlich machen."

„Tu ich nicht, würde auch nicht stimmen, jedenfalls nicht so direkt."

„Auch nicht indirekt, Hartmut. Aber ich gebe zu, sie hat mich immer sehr beschäftigt."

„Und damit auch mich."

„Das hätten wir bewältigen können, wenn alles andere in Ordnung gewesen wäre."

„Eines kommt zum anderen, Hanna, aber du hast schon recht, es waren viele Gründe ..."

„... die aus ganz anderen Ecken kamen."

„Lassen wir sie ruhen. Und bald will ich dich mal wieder Klavierspielen hören. Den Gefallen ..."

„... tu ich dir bestimmt. Und du kriegst auch deinen Beethoven."

Das Gewitter tobt mittlerweile über dem See, der Wind peitscht die Wellen hoch, Blitz und Donner fallen krachend übereinander her, schwer klatscht der Regen zu Boden. Hanna steht an ihrer geöffneten Balkontür und atmet die frische Luft ein.

Kapitel 6

Der Konzertabend damals, fünfmal wurde ich auf das Podium zurückgeholt, bis ich mich noch einmal an den Flügel setzte und Chopin spielte, die E-Dur-Etüde mit der berühmten liedhaften Melodie, die später zwischen mir und Magali zum Pfeifsignal wurde. Danach lud ich Agnes und Magali in die Studentenbar nach Bockenheim ein. Ein Kontrabassist war da, ein Saxophonist und ein Trompeter, die mir lebhaft zuwinkten, als ich in der Tür auftauchte. Meine Eltern, „um das junge Volk nicht zu stören", waren unmittelbar nach dem Konzert nach Oberursel zurück gefahren. Ich war dankbar für diese Fügung, mit der es mir erspart blieb, meine Mutter mit Magali bekannt zu machen. Ich glaube, eine solche Zerreißprobe hätte ich nervlich nicht ertragen.

Kaum hatten wir Musiker in dem verqualmten Kellerraum Kontakt miteinander aufgenommen, wurden wir mit Zurufen und rhythmischem Applaus stürmisch begrüßt, zum Piano gedrängt, geschoben und gezogen. Und erst, als ich das A anschlug und meine Freunde ihre Instrumente zu stimmen begannen, wurde es schlagartig still im Raum.

Einer unserer traditionellen Jazz-Abende, aber diesmal ein ganz besonderer, weil Magali zum ersten Mal dabei war. Sie fühlte sich in ihrem Element, unauffällig bewegte sie sich zu den harten Rhythmen, die Augen oft geschlossen, nur gelegentlich einen langen Blick auf mich werfend, der mich glücklich und zugleich unsicher machte, weil Bewunderung darin lag. Ich trug noch mein langes Konzertkleid aus dunkelgrüner

Seide, von dem ich wusste, dass es meiner schmalen Figur gut stand. Im Gegensatz dazu, glaube ich, wirkten meine Unterarme kräftig, vor allem aber meine ausgeprägten Pianistinnenhände, mit denen ich so scheinbar leicht über die Tasten flog. Magdalene beobachtete das alles in einer Mischung aus Bewunderung und Sehnsucht. Sehnsucht nach der dauernden Nähe zur Musik, aber wohl auch nach der Art meines privilegierten Studentenlebens. Agnes hielt sich im Hintergrund, in Magalis Nähe zwar, aber ohne eigene Intensionen. Eine ruhige, liebevolle, mütterliche Frau, wesentlich älter als wir alle, in einem so unauffälligen Kleid, dass ich seine Farbe nicht mehr weiß. Still beobachtete sie die ihr fremde Szenerie, still, aber nicht kritisch. Sie machte alles mit, weil sie zu Magali gehörte, oder umgekehrt, und sie wollte sich an dieser Mutter-Tochter-Freundschaft freuen, weil sie bis dahin lange genug allein gelebt hatte.

Nachts um zwei Uhr war dann allgemeiner Aufbruch, gegen den lauten Protest der Gäste, die sich ihrer Band noch bis in die Morgenstunden hinein hätten hingeben können. Aber Magdalene und Agnes brauchten noch ein paar Stunden Schlaf vor ihrer langen Rückfahrt. In ihrem kleinen Auto fuhren wir zu mir über die gute, alte Eschersheimer, deren Mietshäuser jetzt dunkelgrau und verschlossen dem Morgen entgegen dämmerten. Von meinem Kellerzimmer waren sie begeistert. Unter der Erde und so warm und gemütlich, mittendrin der Flügel, eine solche Zusammenstellung hatten sie noch nicht gesehen.

Für die beiden verwandelte ich mein Bett zu einer Doppelcouch, ich selbst legte mich auf die Luftmatratze unter den Flügel. Wir unterhielten uns noch lange, was mir mit meinen aufgeheizten Nerven nur recht sein konnte. Ich glaube, ich habe so viel geredet wie ein Schulelternbeirats-Vorsitzender, während Agnes, die ruhige, sanfte, vielleicht schon eingeschlafen war.

Um acht Uhr wollten sie losfahren, also mussten wir um halb sieben aufstehen.

Während ich am nächsten Morgen noch schlaftrunken frische Brötchen holte, schob Magdalene die Couch wieder ineinander und verstaute das Bettzeug. Agnes stellte auf dem Flügel eine Art Frühstücksbüfett zusammen. Jeder setzte sich da hin, wo sich etwas zum Sitzen anbot.

Später brachte ich die beiden zu ihrem Auto, schweren Herzens. Magdalene versprach wiederzukommen, mit Agnes, und alle drei zusammen wollten wir einen turbulenten Winter erleben, mit viel Jazz, Kino und den damals berühmten Brecht-Inszenierungen von Harry Buckwitz im Schauspielhaus.

Ich erinnere mich an jede Einzelheit dieses Abschieds: Wie Agnes kurz vor der Abfahrt auf dem Rücksitz des Wagens nach ihren Haustürschlüsseln suchte, wie Magdalene, schon mit laufendem Motor, immer wieder von meinem Klavierspiel sprach und sich auf ein Wiedersehen freute. Sie fanden die Schlüssel dann unter einer Autodecke, gurteten sich an, Magdalene drückte mir durch das herabgekurbelte Fenster noch einmal die Hand und fuhr los. Als sie in die Eschersheimer einbog, winkte sie mir noch einmal zu.

Wenige Tage danach erhielt ich von ihr einen Brief. Ich habe ihn aufgehoben.

„Liebe Hanna, wir hatten eine gute Heimfahrt. Neben mir Agnes, vor mir keineswegs überfüllte Autobahnen. Also alles okay. Wir haben viel von dir gesprochen. Agnes mag dich. Das ist gut so, denn ich würde so gern meinen Plan wahrmachen und in diesem Winter öfters mit ihr zu dir kommen.

Dafür werde ich im Hotel Überstunden machen, vorarbeiten, nacharbeiten, Urlaubstage einsetzen. Ich habe dort einen guten Stand und werde meine Wünsche durchsetzen können. Lange Autofahrten machen mir nichts.

Dass ich mich damals nach unserer ersten Nacht in der „Lahmen Ente" nicht mehr gemeldet hatte, tut mir im Nachhinein leid, sehr sogar. Ich weiß nicht, was mit mir los war. Oder vielleicht doch: Du bist mir so überlegen in allem, gesellschaftlich, von der Begabung her, in deinem Selbstbewusstsein. Deine Vergangenheit ist in Ordnung, die Zukunft wird es auch sein, und nicht nur in Ordnung, sondern über das Übliche hinausgehoben. Denn du wirst bestimmt eine berühmte Pianistin werden. Dagegen bin ich eine Null, und daran wollte ich nicht immer erinnert werden. Warum jetzt auf einmal? Vielleicht, weil ich deinem Klavierspiel nicht widerstehen kann oder deiner Freundschaft, die du mir anbietest, wenn ich mich nicht täusche. Täusche ich mich? Um das zu erfahren, rufe ich dich demnächst vom Hotel aus an. Alles Gute, Magali."

Sie rief tatsächlich an, und wir verabredeten uns für das Wochenende drei Wochen danach. Ich sollte mit Tobias, Oliver und Achim Jazz spielen, natürlich, und ich sollte bitte nichts dagegen haben, dass Agnes dabei sein würde. Ich versprach beides, auch wenn ich Magdalene lieber für mich allein gehabt hätte. Agnes musste der Wermutstropfen dieses Winters werden, das wurde mir schon damals klar, auch die Ungerechtigkeit, die darin steckte, dass sie selbst am allerwenigsten etwas dafür konnte. Von Magdalene überall mit hingezogen, machte sie gute Miene zum nicht gerade bösen, aber doch ziemlich mühsamen Spiel und ließ ihre eigenen Wünsche zu Hause. Sie hat es mir einmal erzählt, am Telefon, dass die psychisch schwer angeschlagene Magdalene in ihr die Mutter gesucht habe oder auch nur eine Bezugsperson. „Und weil ich nie eine Tochter hatte“, erklärte sie entschuldigend, „gebe ich ihr gerne ein bisschen Mütterlichkeit.“

„Agnes ...“

„... ich weiß schon, die Dreierkonstellation ist nicht gut. Aber Magali will nicht anders oder kann nicht anders.“

Sie konnte nicht anders. Mit allen Verzweigungen ihrer seelischen Antennen schien sie fixiert zu sein auf diese gütige, ruhige, verlässliche Frau, die eine geduldige Zuhörerin und Trösterin war und ihr die Sicherheit gab, ohne Einschränkung angenommen und geliebt zu werden. An Agnes führte kein Weg vorbei. Und die 60jährige nahm diese schwierige Rolle, in der sie sich manchmal als drittes Rad am Wagen fühlen musste, hin und spielte sie mit der Selbstverständlichkeit ihrer Würde. Mittelgroß und von molliger Figur, wirkte ihr Gang immer etwas schwerfällig. Was sie an Kleidern trug, war nicht modisch oder elegant, sondern von guter Qualität, zeitlos, in Form und Farbe unauffällig und so, dass man nichts dagegen hätte einwenden können. Halblange drahtige Haare, graublond, gewellt, umrahmten das ernste Gesicht mit den aufmerksamen hellen Augen. Agnes, die stille, zurückgenommene, und doch so unentbehrlich wie ein Fallnetz.

Dieser Winter gehörte Magdalene. Die neue Freundschaft mit mir, im Hintergrund Agnes, so konnte sie beginnen, sich an die guten Seiten des Lebens heranzupirschen, sie neugierig zu betrachten und sich ihrer schließlich mit Vehemenz zu bedienen. Das alles vollzog sich im Eiltempo, denn mit ihren Plänen blühte auch ihr Temperament auf und trieb sie zur Eile an. Mich hat sie dabei mitgezogen.

Zum ersten Mal konnte ich verabredete Wochenenden kaum erwarten, zum ersten Mal nahmen Unternehmungen in meinen Gedanken einen größeren Platz ein als das Klavier. Was für die Hochschule zu üben und vorzubereiten war, presste ich in die Abende der Wochentage, auch auf die Gefahr hin, in meinen Leistungen nachzulassen. Noch konnte ich es mir leisten. Der Erfolg des Konzertabends zog seine nachhaltigen Kreise, und das Stipendium für New York stand fest.

Freitagabend, im Abstand von vierzehn Tagen oder drei Wochen, stand das ungleiche Paar vor meiner Tür. Stürmische Begrüßung, Abendessen, Jazz-Keller oder Kino, Stadtbummel um Mitternacht über den Römerberg hinunter zum Mainkai, über den Eisernen Steg nach Sachsenhausen. So etwa sah die Einteilung unseres Programmes aus. Agnes ließ sich meist schon eher mit der Taxe nach Hause fahren, da sie sich durch ihre Herzschwäche schnell ermüdet fühlte.

Unsere Kraft dagegen schien unerschöpflich. Auf die Reserven der Jugend ist offenbar Verlass. „Eine Mütze voll Schlaf genügt", sagte Magdalene irgendwann in der Frühe und rollte sich auf der Doppelcouch neben Agnes in ihren Schlafsack ein. Ich schlug mein Lager unter dem Flügel auf, nachdem ich den Wandbehang abgenommen und das Fenster weit geöffnet hatte. Nicht selten sah ich durch das Gitter des Luftschachtes schon den ersten Schimmer der Morgendämmerung.

Am Samstagmorgen dann das Frühstück. Ich holte frische Semmeln, Magdalene, in strahlender Laune, kochte Kaffee und Tee und zauberte auf dem Flügel eine Art Frühstücksbar, die, geschmückt mit blumigen Papierservietten, roten Girlanden und künstlichen Rosen so verlockend aussah wie das

Luxusbüfett auf einer Hotelterrasse in Haiti. Schaute man genauer hin, so hielt sich das lukullische Angebot durchaus in Grenzen. Margarine, Emmentaler, Marmelade und Honig, manchmal auch für jeden ein Ei, das war's auch schon. Dazu fetzige Musik vom Plattenspieler, zu der sie einen professionellen Stepptanz vorführte, als Auftakt. Agnes durfte auf dem Klavierstuhl Platz nehmen. Für uns beide mussten zwei wackelige Hocker herhalten, die wir nebenan in einem Abstellraum gefunden und mit zusammengefalteten Küchentüchern einigermaßen bequem gemacht hatten. Das Frühstück mit allen möglichen musikalischen Einlagen dauerte mindestens eineinhalb Stunden. Wenn dann abgeräumt und der Flügeldeckel wieder geöffnet war, bat Magali um die Chopin-Etüde E-Dur, immer wieder um dieses eine Stück. Neben dem Flügel auf dem Boden lag sie mit geschlossenen Augen, die Hände unter dem Kopf gefaltet, und hörte zu. „Am liebsten würde ich in dieses Monstrum hineinkriechen", schwärmte sie, „jedenfalls bist du wahnsinnig zu beneiden."

Agnes, auf der Couch sitzend, schaute sie liebevoll an. „Wenn du noch einmal auf die Welt kommst, wirst du Pianistin, soviel ist sicher."

„Dann schon gleich ein neuer Mozart oder Chopin, der seine Sachen selber komponiert", lachte Magdalene, „man wird jedenfalls von mir hören im nächsten oder übernächsten Jahrhundert."

Die Fahrt in die Stadt unternahmen wir oft auch allein. Agnes wollte das Geschirr spülen und im Holzhausenpark spazieren gehen. Dem Gewühl der Kaufhäuser auf der Zeil fühlte sie sich nicht gewachsen. Aber gerade dort hielten wir uns am allerliebsten auf. Es fing ja schon der Weihnachtsrummel an. Ohne uns abzusprechen oder auch nur ein Wort darüber zu verlieren, steuerten wir den Eingängen zu, ließen uns hineinschieben in die glitzernde, kreiselnde, werbende Show der weihnachtlichen Welt, summten mit, was die Chöre aus den Lautsprechern vorsangen. Ich betrachtete Magdalenes aufmerksames Gesicht, ihren im Rhythmus sich bewegenden Oberkörper, verhalten, nur für mich sichtbar, und ich fing an, mich an ihre Art, intensiv zu leben, anzulehnen. Endlich gab es für mich eine Adventszeit, die nicht nur still und besinnlich sein musste und von klassischer Musik geprägt, sondern die laut sein durfte, turbulent, kitschig, sentimental, flimmernd und phantastisch. Ich kaufte mir ein Glockenspiel, Stille Nacht, Heilige Nacht, in dem zwei weiße Engel mit goldenen Flügeln sich im Kreise drehten. Und ich dachte an meine Eltern, die fassungslos den Kopf geschüttelt hätten.

Irgendwo im Gewühl tauchten dann immer wieder Magdalenes schwarze Locken auf, wir winkten uns zusammen und ließen uns weiterschieben. Keinen Spaß ließ sie aus. Mit dem Nikolaus des Hauses flirtete sie ungeniert. Und nur mit Mühe konnte ich ihr ausreden, für Clara Schumann eine Art Tropenhelm zu kaufen. Was sie an hübschen Dingen aussuchte, suchte sie für Agnes aus, so lange, bis die letzte Mark ausgegeben war. Was sie hörte und sah, speicherte sie in ihrem Gedächtnis für Agnes, um es ihr frisch vom Fass erzählen zu können. Wenn sie etwas beurteilte, zog sie zunächst die mögliche Meinung von Agnes dazu in Betracht, ehe sie die eigene vorsichtig formulierte. Ihr Leben bezog seinen Sinn durch sie, daran ließ sie keinen Zweifel. Und sie demonstrierte es mit einer Selbstverständlichkeit, dass man sich dieser Tatsache ebenso selbstverständlich fügte.

Agnes nahm es hin, geduldig, fürsorglich, mit ihrer Funktion unverändert einverstanden und nicht empfindlich bei der Vorstellung, hier und da in ihrer Umgebung wohl als unvermeidliches Anhängsel empfunden zu werden. Die Frage, ob ich Magdalene lieber für mich allein gehabt hätte, stellte sich mir bald nicht mehr, denn die Antwort wäre ohne Belang gewesen. Nichts hätte sich geändert. Also richtete ich mich ein, so gut es ging, in der Gewissheit, mit Agnes immer noch das große Los gezogen zu haben.

Da Magdalene Sonntagabend wieder kellnern musste, fuhren die beiden am Sonntagvormittag zurück. Und nun war ich es, nach dem Abschied, die sich auf den Boden legte, neben den Flügel, und in das Zimmer hineinträumte, das plötzlich wieder so still und leer war wie früher, auch wie ganz früher in der Ackergasse. Wäre ich jetzt nach Hause gefahren, hätte es Kaffee und Kuchen gegeben auf einer weißen, von irgendeiner Großtante gehäkelten Spitzendecke. Nein, den Sonntag musste ich nun allein herumbringen, die nächsten Tage auch. Sie würden irgendwann wieder auf einen Freitagabend zusteuern, auf nichts sonst, auf einen Freitag, den ich herbeisehnte wie ein Fest, auf das man sich lange und gut vorbereitet hat. Ich lag auf dem Boden, starrte an die Decke und dachte an das Lachen meiner Schwester, an ihre Traurigkeit, an ihre Spontaneität, ihren Stepptanz, ihren Witz, ihren Schwung, ihre Resignation, ihre Phantasie und, nicht zuletzt, an das, was dahinter steckte und in seiner Gegensätzlichkeit das besondere ihres Wesens ausmachte: ihre Lebenserfahrung, die sich aus den Kontrahenten von unbändiger Lebenslust und Enttäuschungen zusammensetzte. Den Augen sah man den Kampf manchmal an, in unbewachten Momenten, wenn sie ernst und abwesend in sich hineinzusehen schienen.

Einmal in diesem Winter, mitten in der Woche, erhielt ich einen Brief von ihr, ein paar Zeilen, mit Bleistift hingekritzelt, offenbar zwischen Tür und Angel. „Liebe Hanna, ich freue mich auf Freitag, und wie! Du hast meinen Schwung wieder angeleiert, (ich wusste gar nicht mehr, dass ich so was besitze) und meinen Spaß an Initiativen. Das war ja alles so verschüttet. Ohne Agnes und dich hätte ich mich längst in einen Müllcontainer gelegt, unterste Schicht, Altpapier drauf, Deckel zu, und auf den Abtransport gewartet. Ihr seht also, vor welchem Schicksal ihr mich bewahrt habt. Tschüss, Umarmung und bis bald, Deine Magali."

Je schöner und bewegter die gemeinsamen Wochenenden wurden, desto ängstlicher vermieden wir das Thema des Amerika-Stipendiums. Mitte März sollte es losgehen. Meine Eltern hatten mir schon eine kleine Wohnung in New York erkämpft, von alten Bekannten, die für zwei Jahre aus beruflichen Gründen nach Brasilien gehen wollten. Wenn ich daran dachte, dann immer nur mit einer inneren Abwehr und der Idee, die ganze Geschichte auf irgendeine Weise scheitern zu lassen.

Kapitel 7

Am 30. Dezember – ich hatte die Festtage zu Hause verbracht und war nun wieder zurückgekehrt, um mit Magali und Agnes Silvester zu feiern – blieben die beiden aus. Das Abendessen stand auf dem Flügel, lauter gute Sachen von zu Hause, überall brannten Kerzen. Um 18.00 Uhr wollten sie da sein. Stunde um Stunde, die Kerzen waren allmählich herunter gebrannt, wartete ich auf das Hupzeichen ihres Autos, lief hinaus auf die Straße, kehrte wieder um, versuchte, in ihrer Wohnung anzurufen. Nichts rührte sich. Ich dachte an einen Autounfall, an eine plötzliche Krankheit, verwarf alles wieder, baute mir neue Erklärungen auf, geriet immer mehr in Panik. Wie verstrickt war ich schon damals, abhängig von ihr, von ihrer Nähe, ihrer Zuverlässigkeit, ihrer Freundschaft, der schwesterlichen Freundschaft, die ich wie ein geheimes, aber sicheres Guthaben empfand, auf das man jederzeit zurückgreifen kann. Ich rettete mich auf meine Couch, zitternd, tief durchatmend, sprang wieder auf, raste mit den Fingern über die Tasten, lief noch einmal auf die Straße. Schließlich rief ich in Magdalenes Hotel an. Warum ich das nicht schon viel früher getan hatte? Wahrscheinlich, weil ich mich vor der gleichgültigen oder beunruhigenden Antwort fürchtete, die mir ein Unbeteiligter gegeben hätte. Und so kam es auch: das Mädchen an der Rezeption berichtete, Magdalene Wilde sei seit ein paar Tagen nicht zum Dienst gekommen, unentschuldigt übrigens.

Da meine Eltern von dieser Freundschaft nicht begeistert waren – alles, was die Tochter von ihrer Karriere ablenkte, stieß bei ihnen auf verhaltene Besorgnis – hatte ich von ihnen aus, wie mit Magali besprochen, nur am Heiligabend telefoniert, und die folgenden Tage der Funkstille nun brachten mir die Quittung, so sah ich es, die Strafe dafür, dass ich noch immer nicht erwachsen genug war, eine Beziehung so zu gestalten, wie ich es für richtig und notwendig hielt, auch gegen die Ansicht meiner Eltern. Umso schneller wollte ich jetzt handeln, ohne Wenn und Aber. Irgendetwas stimmte nicht, ich musste hinfahren, und zwar sofort! Mit einem Nachtzug – ich hatte mich telefonisch erkundigt und schnell eine Taxe genommen – schickte ich mich wieder einmal an, über München nach Prien zu fahren. Am Fahrkartenschalter fühlte ich mich wie eine Schlafwandlerin. Kaum dass ich die von Menschen wimmelnden Hallen des Hauptbahnhofs zur Kenntnis nahm oder die undeutlichen Durchsagen aus den Lautsprechern. Ich hatte nur einen einzigen Gedanken: Magdalene zu finden.

Einen Augenblick lang tauchte die Erinnerung an die letzte Fahrt zu ihr auf, die Fahrt in den hellen Septembertag mit seinen weichen Konturen der Wiesen und Berge und den Dunstschleiern über dem Wasser. Heute dagegen eine kalte ruppige Nacht, stechendes Lampenlicht im Abteil und draußen die schwarze, undurchdringliche Wand, die das Gefühl aufkommen ließ, der Fahrtrichtung des Zuges, so willkürlich sie sein mochte, ausgeliefert zu sein. Um viertel nach fünf lief der Zug in München ein. Ich hatte nur sechs Minuten Zeit zum Umsteigen und wusste den Bahnsteig nicht. Ohne den freundlichen Schaffner hätte ich den Zug nach Prien wahrscheinlich verpasst. Um viertel nach sechs endlich stand ich auf dem kleinen Priener Bahnhof. Die wenigen Fahrgäste hatten sich schnell zerstreut. Diesmal war es der Schalterbeamte, der mir half und eine Taxe herbeitelefonierte. Der Fahrer, ein lebhafter junger Türke, fuhr so schnell über die Landstraße durch den immer noch dunklen Morgen, dass ich normalerweise ängstlich reagiert hätte. Aber die Sorge um Magdalene, die sich von Stunde zu Stunde gesteigert hatte, ließ andere Ängste nicht mehr zu. Vor dem Vier-Familien-Haus in Gstadt, wo die beiden im ersten Stock wohnten, stieg ich aus, nachdem ich gezahlt hatte. Der Türke winkte und preschte davon. Mittlerweile war es zwanzig vor sieben, hier und da erwachte der Ort. Ich klingelte, doch nichts rührte sich. Alles still, die Fenster geschlossen, nirgends ein Licht. Nur die Straßenlaternen brannten noch. Eine Weile blieb ich stehen, unschlüssig, was zu tun sei, verzweifelt in meiner Machtlosigkeit, zu irgendeiner Erhellung der undurchsichtigen Situation beitragen zu können. Die feuchte Kälte, die ich bisher nicht registriert hatte, kroch langsam in mich hinein, nahm Besitz von meiner Haut, meinen Muskeln und Nerven, ließ mich starr werden und frösteln. Trotzdem, wie mechanisch, setzte ich mich in Bewegung und steuerte das Hotel an, ihr Hotel. Dort gab es einen Portier. Lieber Gott, hilf mir, betete ich, dass er etwas weiß, dass er mir einen ganz trivialen, einleuchtenden Grund für Magdalenes Verschwinden sagen kann!

Von der verschlossenen Glastür aus sah ich ihn hinter seinem Fensterchen sitzen, eingenickt, die aufgeblätterte Zeitung vor sich auf dem Tisch. Mein Klingeln ließ ihn hochfahren. Er erhob sich, nahm die Schlüssel und kam mir langsam entgegen, ein freundliches Lächeln im Gesicht. Obwohl er mich nicht kannte, öffnete er, ohne zu zögern.

„Ich bin eine Freundin von Magdalene Wilde", erklärte ich rasch, „und ich muss wissen, wo sie steckt." In diesem Moment stiegen mir Tränen in die Augen, ich konnte es nicht vermeiden. Der Portier musste es gemerkt haben, denn er nahm meinen Arm und führte mich zum Foyer, wo er mich mit einem „na, na, wir werden das Kind schon schaukeln" in einen der Sessel drückte. Er nahm mir gegenüber Platz, holte eine Pfeife aus der Jackentasche, ein Tabakbeutelchen, und begann in aller Gemütsruhe das kurze krumme Ding zu stopfen. Dieser Mensch tat mir gut, die Pfeife tat mir gut, das brennende Streichholz, das eifrige Ziehen des Rauchers, die ersten Rauchwolken und der süße, hölzerne Duft, den sie verbreiteten.

„Mein Name ist übrigens Hanna Forberg." Das Vertrauen in den kleinen, weißhaarigen, ruhigen Mann war in diesem Augenblick grenzenlos. Ich hätte ihm bedenkenlos mein Leben anvertraut. „Ich bin eng befreundet mit Magdalene."

„Und Sie bekommen keinen Kontakt", fuhr er fort, „leider wir auch nicht. Es ist da etwas passiert, nach Weihnachten, so viel ich gehört habe, etwas mit der älteren Dame, bei der sie wohnt."

„Agnes?"

„Vielleicht. Sie ist ganz plötzlich gestorben. Herzversagen oder so was. Magdalene hat daraufhin wohl die Nerven verloren und ihr Bündel gepackt und adieu. Die Beerdigung wird wohl ohne sie stattfinden. Mehr weiß ich nicht – und das, was ich weiß, ist mir nur über Dritte zugetragen worden. Und die wissen's auch nur von Magdalenes Wohnungsnachbarn, hm."

Ich nickte. In meinen Ohren begann es heftig zu rauschen, ich beugte mich vor, um an der Kante des Rauchtisches Halt zu suchen.

„Nun mal langsam", hörte ich den Mann beschwichtigen, „Ihre Freundin wird irgendwo untergekrochen sein, um sich auszuweinen."

Fassungslos schaute ich ihn an. „Warum nicht bei mir, ich bitte Sie, warum läuft sie einfach davon?"

„Sicher wollte sie Ihre Feiertage nicht stören, oder sie braucht das Alleinsein, um mit so was fertig zu werden."

„Sie wird damit nicht fertig."

Er zog tief an seiner Pfeife. „Im allgemeinen kann man mehr verkraften, als man denkt."

Ich sah Magdalene irgendwo in einer Bahnhofshalle sitzen oder in einem Kino, um sich aufzuwärmen. Und das waren noch die besten Versionen. Ich stand auf, etwas zittrig in den Knien, und reichte dem freundlichen Mann die Hand. „Danke für Ihre Mühe." Bedächtig verstaute er den Beutel in der Jackentasche und wischte die Tabakreste vom Tisch, ehe er mich zur Eingangstür begleitete, um mich hinaus zu lassen. Wir wünschten uns noch ein gutes neues Jahr, Silvester stand uns ja bevor. Ich würde in meinem Kellerzimmer sitzen, ohne Kerze, bei hellem Lampenlicht, würde das Explodieren, Pfeifen und Zischen der Feuerwerksraketen über mich ergehen lassen, das Glockengeläute um zwölf Uhr, und auf Magdalene warten.

Sie blieb verschwunden. Auch ihre Wohnungsnachbarn, die ich nach meinem Gespräch mit dem Portier noch aufgesucht hatte, wussten nichts Neues. Sie wollten mich aber, falls sie plötzlich auftauchte, telefonisch benachrichtigen.

Auf diesen Anruf habe ich vergeblich gewartet. Und während mir das Warten zur Hauptbeschäftigung wurde, krochen die

Stunden und Tage durch den Januar, schwerfällig, mit der ganzen Sinnlosigkeit ihres Ungenutztseins. Mein Klavierspiel, zu Magalis Zeiten vernachlässigt und trotzdem technisch auf der Höhe, funktionierte nicht mehr einwandfrei, jetzt, da mir das Üben wieder ohne zeitliche Einschränkung möglich gewesen wäre. Meine Finger blockierten in den einfachsten Läufen, ließen sie ungleichmäßig und holprig werden, Anschlagübungen brachten nicht den gewünschten Klang, Melodien und Phrasierungen konnte ich mir nicht merken. Eine Krise, meinte der Professor, aber er nahm sie nicht sonderlich ernst. Also nur eine vorübergehende Krise. Ich allein wusste, dass sie ernst zu nehmen war. Über diesen abrupten, ganz und gar ungeklärten Verlust von Magdalene verlor ich etwas von dem Vertrauen in mich selbst, in die Richtigkeit meiner Entschlüsse, in meine Erfolge, mein so sorgfältig angelegtes und nach Plan durchgeführtes Leben. Nichts hatte mehr Bestand. Die mühsam eingefädelte Beziehung zur Schwester und Freundin, kaum begonnen, war schon wieder auseinander gerissen. Geblieben war ein Foto von den Beiden, neben ihrem Auto stehend, kurz vor dem letzten Abschied. „Deine schwarzen Locken in der Sonne", hatte ich damals gesagt, „das gibt ein tolles Bild." Magdalene trug meinen dick gefütterten weißen Anorak, den ich ihr geliehen hatte, weil es auf einmal so kalt geworden war. Agnes lächelte direkt in die Kamera, sie schaute gut aus, man sah ihr die Herzschwäche nicht an.

Wäre Magdalene gekommen, hätte sie plötzlich vor der Tür gestanden – hier bin ich, hilf mir – ich hätte mit ihr geredet, stundenlang, bis in die Nacht hinein, sie getröstet, bei mir aufgenommen, sie wieder an das Leben gewöhnt. Hat sie nicht gespürt, dass unsere Freundschaft längst schon stabil genug war, um solche Einbrüche gemeinsam abzufangen?

Aber es war für sie eben nicht nur ein Einbruch, sondern eine Art von Vernichtung. Mit Agnes hatte sie von einer Minute zur anderen ihren Bezugspunkt verloren, die Orientierung, und ist wie ein in Panik geratenes Tier geflohen, entsetzt, ziellos, Gefahren bewusst übersehend, vielleicht in der Hoffnung, mit dem Verlust des eigenen Lebens schon im nächsten Augenblick diesem unnachgiebigen Schmerz auszukommen.

In ihrem Auto hat sie übernachtet, irgendwo am Rande von Landstraßen, mit herunter gekurbeltem Fenster und lauter Radiomusik, in meinen weißen Anorak gehüllt. Später, als sie mir von diesen Wochen erzählte, wurde mir die Vorstellung zum Trost, dass der Anorak sie vor der schlimmsten Kälte geschützt hat und sie sich gelegentlich an mich erinnern musste.

Vielleicht ist es eine Art Oberflächlichkeit des Jungseins, vielleicht auch nur eine Schutzmaßnahme der Natur, dass Probleme etwas von ihrem bedrückenden Gewicht verlieren, wenn nur genügend Zeit darüber hingegangen ist. Nicht, dass ich Magdalene vergessen oder innerlich gewaltsam abgehakt hätte, nein, es schoben sich nur ganz allmählich die Hochschulpflichten wieder nach vorn, unauffällig, aber nachhaltig, weil sie schon immer wie alte Vertraute zu den Gewohnheiten meines Alltags gehört hatten. Ich kam mir vor wie jemand, der für kurze Zeit ausgebrochen und nun in sein ureigenes Raster zurückgefallen war. Hin und wieder, in immer größeren Abständen, rief ich bei Magdalene an, jedesmal ohne Erfolg.

Und so bewegte sich auch dieses Semester, das so laut und vergnügt angefangen hatte und so still geworden war, seinem Ende zu. Die Tage wurden etwas länger, die letzten Schneereste schmolzen, und wenn ich abends auf der Eschersheimer nach Hause ging, ließ gelegentlich schon ein etwas wärmerer Wind den Frühling ahnen. Er tat mir gut, so wie auch der Heimweg. Hatte ich in den Ohren doch noch das Klimpern, Fiedeln, Trommeln, Rasseln, Pfeifen, Blasen, Knattern und sängerische Schmettern, und alles in Form von Tonleitern rauf und runter, eben die Klangauswüchse, die, wie tapfere Musikfreunde behaupten, den Charme von Musikhochschulen ausmachen, die aber in Wirklichkeit doch eher dazu geeignet sind, die Musen in die Flucht zu schlagen. Wie auch immer, ich liebte diesen Heimweg über die Eschersheimer, die ich für die frankfurterischste aller Frankfurter Straßen hielt: Understatement pur. Einfache hohe Stadthäuser, einfache Haustüren, hohe Fenster mit gemütlichen Gardinen, kleine Geschäfte, davor schwatzende Grüppchen. Frankfurter trinken gern Kaffee, „s'Kaffeestündsche“ ist ihnen wichtig. Hinter diesen Fenstern ließ sich gemütlich Kaffee trinken, ich hätte eine Einladung sofort angenommen.

Meine Amerika-Reise rückte in greifbare Nähe. Die Musikstudentin, die das Kellerzimmer während meiner Abwesenheit übernehmen wollte, stellte schon einige Koffer ab, so dass ich mit den eigenen Sachen zusammenzurücken begann. Dass keine Aufbruchstimmung entstand, mochte mit der Furcht vor dem Neuen, Unbekannten zusammenhängen, außerdem war es mein erster großer Abschied aus der heimatlichen Region. Und es spielte auch noch eine Rolle, dass es die endgültige Trennung von Magdalene bedeuten konnte. Denn in ihrer Verfassung, sollte sie wieder Kontakt suchen, würde sie wohl kaum die Energie aufbringen, sich um meine neue Adresse in New York zu bemühen. Vorbei also der Traum von der gefundenen Schwester, von einer besonderen Freundschaft. Ein Bild nur, das auftaucht und wieder untergeht in dem Moment, in dem es beim Wachwerden mit der Realität in Berührung kommt.

Ich hatte mich aber getäuscht.

Der weiße Anorak, zusammengerollt und ordentlich verschnürt, lag eines Abends, als ich von einer Kammermusikprobe nach Hause kam, vor meiner Zimmertür. „Liebe Hanna," stand auf dem angehefteten Zettelchen, „du hast ohne das gute Stück vielleicht während des ganzen Winters etwas gefroren, aber bestimmt nicht so sehr wie ich, mit oder ohne ihn. Deshalb verzeih mir bitte – ach was soll's! Es geht mir nicht gut, oder eigentlich: ich lebe gar nicht mehr, ich existiere. Als Platzanweiserin hier bei dir in Frankfurt im 'Gloria'. Da kannst du kommen und mich in meiner ganzen Kümmerlichkeit bestaunen oder verachten oder beweinen oder auslachen. Such's dir aus. Deine M."

Kapitel 8

Wir flogen hoch über den Wolken, in einer komfortablen Lufthansa-Maschine. Neben mir, halb liegend, die schlafende Magali. Der Schlaf ließ ihr Gesicht kindlich erscheinen, die schwarzen Locken fielen ihr wirr in die Stirn. Ich betrachtete sie mit dem Stolz eines Besitzers, der sich diesen Besitz etwas hat kosten lassen: Phantasie, Energie, Überredungskunst, auch Geld, teilweise selbstverdientes.

Das ruhige Brummeln des Flugzeuges, ich kannte es nur von der Erde aus in hoher Ferne, immer leiser werdend in langsam verebbenden Wellen. Es war ein vertrautes Geräusch, dem ich schon immer gerne nachhorchte, weil es eine Ahnung vermittelte von den weiten Dimensionen der Welt. Heute war ich selbst dabei, mich der Weite zu überlassen, und es wurde mir klar, sie bedeutete nichts, sie war ohne Belang für das, was sich in meinem Innern abspielte. Wichtig war nicht eine Stadt, ein Beruf, ein Ziel oder auch ein neuer Aufbruch wie jetzt diese Flugreise nach Amerika, wichtig war der Mensch, der zu einem gehörte. Er verkörperte Nähe, Vertrautheit, Heimat, ganz gleich, wo man sich mit ihm befand.

Vieles hatte sich ereignet in den letzten Wochen, ich werde eine Zeit lang brauchen, es zu ordnen und die richtigen Maßstäbe anzulegen. Ich hatte Magdalene aufgelesen, regelrecht abgeschleppt, ich hatte sie, zunächst gegen ihren Willen, davor bewahrt, unterzugehen. Wie eine Traumwandlerin war ich dabei vorgegangen, Versprechungen machend, von denen ich nicht im entferntesten wusste, wie ich sie einhalten sollte, und doch immer in der Sicherheit, dass uns nichts passieren konnte. Die lautstarken Bedenken meiner ahnungslosen Eltern, ihren Unmut, den väterlichen Zorn hatte ich im Nebel meines Wunschtraumes leichthin beiseite geschoben. Selbst wenn sie mir für immer ihre Zuneigung aufgekündigt und sich von mir getrennt hätten, wäre ich diesen Weg gegangen, auf dem Magdalene einen festen Platz an meiner Seite haben musste. Für den Flug reichte Magdalenes eigenes Geld gerade noch. Das gemeinsame Leben dort wollte ich von meinem Stipendium finanzieren und vom Geld der Klavierstunden, die ich gegeben hatte. Kamen wir damit nicht aus, so würde ich Klavierschüler suchen und dazu verdienen. Es war neu für mich, eine so große Verantwortung zu übernehmen. Ich wurde gebraucht, und das machte mich glücklich.

Um elf Uhr vormittags waren wir am Frankfurter Flughafen gestartet, acht Stunden ungefähr dauerte der Flug. Durch die Zeitverschiebung würden wir gegen ein Uhr mittags in New York sein. Magdalene hatte Beruhigungstabletten genommen. „Nur keine Angstzustände riskieren", meinte sie, „schon gar nicht in so einem Luftkäfig". Sie überschlief den Flug. Unter uns lag das Meer, grüngrau, wechselnd mit tiefem Blau in breiten Bändern, an den Himmelsrändern lila. Ich bildete mir ein, Schiffe zu erkennen.

Meine Gedanken wanderten immer wieder zurück zu den vergangenen Wochen. Magdalene im Kino, mit einer Lampe die Besucher einweisend, lethargisch, elend, nicht einmal mehr abweisend, eine junge Frau, die sich aufgegeben hatte. Ungreifbar dann auch in meiner Obhut, tagelang, nächtelang, nicht sperrig, sondern gleichgültig. Irgendwann allererste Zeichen von Aufgeschlossenheit, ein Lächeln, eine Zustimmung, die Bereitschaft schließlich, mit nach Amerika zu kommen, Agnes und ihr Grab zurückzulassen, loszulassen, das vor allem.

Unter uns zogen sich jetzt die kanadischen Wälder hin, schimmernd in allen möglichen Schattierungen von Grün- und Blautönen. Im Herbst sollten sie sich ausbreiten wie riesige Teppiche, in warmem Rot, rostrot, goldgelb. Eine Reise durch Kanadas Herbst müsste schön sein.

Wir erreichten endlich den Kennedy-Airport, auf dem wir landen würden. Er lag weit draußen. Die Riesenstadt mit ihren Straßennetzen und Wolkenkratzern versteckte sich hinter ihrem Dunst. Hier gab es nur Einfamilienhäuser, Sträßchen, kleine Parkanlagen, Gärten, und überall, auch in den winzigsten Vorgärten, der hellblaue Klecks eines Swimmingpools. Hübsch sah das aus und sehr einladend.

Magdalene wurde wach, sie schaute aus dem Fenster, wand sich dann mir zu. „Schade, dass ich das alles nun Agnes nicht mehr erzählen kann. Ich werde mich wohl nie an diesen halbierten Zustand gewöhnen."

„Du bist nicht halbiert, du bist nur gewaltsam abgenabelt worden."

„Du denkst, abgenabelt von der Mutter."

„So etwa".

Ich sagte nichts weiter zu diesem Thema, wenn sie es nicht tat. Ich wollte nichts von dem gewonnenen Boden verlieren, nur weil ich nicht vorsichtig genug sein konnte. Dabei würde es mich reizen, Agnes vor ihr herunterzuspielen, sie im negativen Licht erscheinen zu lassen. Ich war eifersüchtig auf eine Tote, und wahrscheinlich zu Recht, denn in der Verklärung gewann sie die größte Macht, auch über mich.

Die kleine Wohnung, zu der uns ein mühsam ergattertes Yellow Cab brachte, lag in der 85.th Street, nahe dem Central-

Park. Das hohe graue Haus stand inmitten einer klotzigen Häuserfront, nur durch die Hausnummern zu unterscheiden. Wir atmeten tief durch, waren noch ganz benommen von der Größe und Verrücktheit einer schreienden, wirbelnden, hupenden Hektik in den Straßen. Der Taxifahrer, schon wieder von neuen Fahrgästen aus der Ferne herangewunken, schmiss unsere Koffer auf den Bürgersteig, grüßte freundlich zum Abschied, stieg ein und brauste davon. Wir standen da, mit hängenden Armen neben unserem Gepäck und lachten uns an. „Toll ist unser Flugkapitän gelandet", schwärmte Magdalene, „sanft wie auf einem Teppichboden. Und überhaupt, ich kann das alles noch gar nicht fassen!"

Freundlich, ohne den geringsten Vorwurf schlängelten sich die Passanten durch das Gepäck, Kinder hüpften darüber, als gehörten solche Hindernisse zu den Selbstverständlichkeiten ihres Straßenbildes. Ein junger Mann auf Rollschuhen bot sich an, die Koffer hochzutragen. Er schnallte die Rollschuhe ab und hängte sie zusammengeschnürt über Magdalenes Schulter. Ich kramte in meinem Portemonnaie nach einem Dollar. Der junge Mann winkte ab. „I'll help you, that's all!"

Das Treppenhaus, wie man es kennt: kühl, etwas verwahrlost, mit altem Holzgeländer, hier und da abgeblätterten Blümchentapeten, rechts und links Wohnungstüren aus Stahl, dunkelgrün. Wir wohnten im 4. Stock, die Frau gegenüber bewahrte den Schlüssel auf. Ihre Klingel funktionierte nicht, also mussten wir klopfen. Die Frau, die uns öffnete, trug einen türkisfarbenen Morgenrock mit großen gelben Pfauen. Lila gefärbte, wirre Löckchen umlagerten das freundliche alte Gesicht wie ein Strahlenkranz. Um den Hals hingen zwei lange Glitzerketten. Der Mund war bedenkenlos zu einem roten Herzen überschminkt, die angemalten Brauen wölbten sich wie Torbögen über den vergnügten blauen Augen. Sie nahm die neuen Nachbarinnen in die Arme, zuerst Magdalene, Küsschen rechts, Küsschen links, und überschüttet uns dann mit einem Wortschwall, dem wir, wenn wir auch nicht alles davon verstanden, ein herzliches Willkommen entnehmen konnten.

Den Schlüssel von gegenüber, ja, wo hat sie den nur? Ein huscheliges Suchen begann, zu dem sie uns beide einlud. Ich solle mal rechts im Bücherregal nachschauen, Magdalene auf der Flurkommode zwischen den Zeitschriften, Mrs. Stone selbst kletterte in der Küche auf eine Stehleiter, um die oberen Fächer eines Schrankes zu inspizieren. Und siehe da, im zweitobersten Fach unter einem Stapel von Gummihandschuhen tauchte der Schlüssel auf, Mrs. Stone war stolz, weil sie den richtigen Riecher hatte. Sie kam gleich mit hinüber, holte Milch und Cornflakes aus dem Kühlschrank, weil die armen Kinder ja wohl hungrig sein müssten. Und nun also betraten wir zum ersten Mal unsere winzige Wohnung, in der wir uns schon deshalb sofort wohlfühlten, weil Mrs. Stone sie uns eröffnete. Flur, Küche und Bad erinnerten an kleine Schachteln, sinnvoll eingerichtet, praktisch, keinen Zentimeter verschenkend. Die beiden gleichgroßen Zimmer waren einigermaßen geräumig, nur meines, Markenzeichen meiner Zimmer, war um ein Viertel reduziert durch ein uraltes Klavier. Schwarz und unförmig belagerte es die rechte Längswand, ließ mir aber freien Zutritt zum Fenster. Wir schauten auf Dächer, in Hinterhöfe, und auf zwei mickrige Baumkronen. „A lovely view, is'nt it?“ rief Magdalene aus ihrem Fenster herüber, als Mrs. Stone sich verabschiedet und die Tür hinter sich zugezogen hatte. Auf dem Flürchen dann fielen wir uns in die Arme. „Fest ineinander verkeilt“, lachte Magdalene, „kann man hier sogar stehen, ohne irgendwo anzustoßen.“ In der Küche hatte Mrs. Stone, die wir wegen ihrer Ähnlichkeit mit der eigenwilligen englischen Kriminalistin „Miss Marple“ nannten, zwei Schüsseln mit Cornflakes auf den Kühlschrank gestellt, daneben die Milchtüte. Auf zwei Hockern an einem Klapptisch sitzend, nahmen wir unsere erste gemeinsame Mahlzeit in New York ein. Da klingelte das Telefon – Tonfolge eines texanischen Cowboy-Lied-Motivs – und ich sprach mit meinen Eltern, als wäre Oberursel die Stadt von nebenan. „Gute Nacht“, sagten sie zum Schluss. Und über uns stand die mittägliche Aprilsonne.

Später, als Magdalene anfing, ihre Sachen zu verstauen und sich in ihrem Zimmer einzurichten, setzte ich mich ans Klavier. Wie die Wohnungsbesitzer meinen Eltern mitgeteilt hatten, war das Instrument gut gestimmt und, wie zu Hause, innen mit einem Filzdämpfer versehen. Dadurch konnte ich so kräftig in die Tasten gehen, wie ich wollte, die Klänge blieben auf die Wohnung beschränkt. „Ein kastrierter Klang wie immer“, sagte ich resigniert, „aber umweltfreundlich.“

Noch einmal tauchte das lila Strahlenkränzchen von Miss Marple auf. Die jungen Ladies sollten sich melden, wenn sie irgendetwas bräuchten, im übrigen habe man ja hier rund um die Uhr geöffnete Supermärkte.

Die Ladies nahmen sich vor, Blumen für sie zu kaufen, einen großen Frühlingsstrauß, denn wir hatten April, und es war die Zeit der Tulpen und Osterglocken.

Abends liefen wir noch zum Central-Park. In zwölf Minuten hatten wir ihn erreicht, diesen von allen Nationen bevölkerten Park mit den hohen alten Bäumen und den breiten Wegen, den Liebespaaren überall, den lärmenden Kindern auf den Schaukeln und in den bunten Sandkästen, die wie riesige

Plastikbehälter aussahen. Auf den Bänken ringsherum die jungen Mütter, handarbeitend oder in Illustrierten blätternd, wenig berührt vom Wehgeschrei ihrer um Schippe und Eimer kämpfenden Sprösslinge. Alles wie bei uns zu Hause.

Ich schaute Magdalene von der Seite an, die merkte es und lächelte. „Was würde ich ohne dich hier in New York tun?"

„Klavier spielen", antwortete sie, „und du hättest mehr Geld zur Verfügung, wenn du mich nicht mit durchschleppen müsstest."

„Das mit dem Durchschleppen will ich nie mehr hören! Im Ernst, ohne dich wäre ich hier vollkommen verloren."

Energisch schüttelte Magali den Kopf. „Wäre ich nicht hier, dann fänden sich neue Freunde aus der Musik, aus der Julliard School, auf irgendeine Weise sorgt das Leben meistens für Ausgleich."

„In diesem Fall sehr zu meinen Gunsten, Magali."

„Zu meinen auch! Ich wäre eingegangen, als Platzanweiserin, als sonst was, mir war ja alles vollkommen egal."

„Jetzt nicht mehr?"

„Jetzt nicht mehr."

Ich ging gern an ihrer Seite, ihre Nähe tat mir gut. Als ich sie damals aus dem Kino zerrte, hatte ihr Gesicht etwas Maskenhaftes, unbewegt, eine festgehaltene Schrecksekunde. Alles an ihr schien sich dem Elend ergeben zu haben, sogar die Locken hingen stumpf und brüchig um den Kopf herum. Nicht, dass sie augenblicklich wie das blühende Leben aussah, aber im Laufe der letzten Tage hatte sich die Verkrampfung gelöst, und obwohl man dem Gesicht den Kummer noch immer ansah, setzten sich Jugendlichkeit und Leben allmählich wieder durch, auch die Stimme klang nicht mehr so gepresst. Und manchmal lachte sie wieder ihr altes ansteckendes Lachen. Wir schlugen jetzt etwas schmalere Pfade ein. Es begann dunkel zu werden, die Vogelstimmen verstummten allmählich. Das Rascheln in den Gebüschen rechts und links ließ eifrig herumstreifende Igel und Eichhörnchen vermuten. Am Himmel, von leichtem Wind bewegt, veränderten die Wolken ihre Formen. Magdalene schaute hoch. „Als Kind habe ich in den Wolkenformen irgendwelche Tiere gesehen."

„Ich auch, wenn man so auf der Wiese lag und in den Himmel guckte."

„Auf einer Wiese lag ich eigentlich selten. Wir hatten ja nur Wohnungen, immer kleinere und dann auch ohne Balkon. Aber vom Fenster aus..."

„Wir machen uns hier eine schöne Zeit", sagte ich schnell, weil es mir jedes Mal zu schaffen machte, wenn sie auf ihre Kindheit zu sprechen kam. Außerdem wollte ich ihr die Melancholie ersparen, die mit Sicherheit zu Agnes geführt hätte. Aber sie ging nicht darauf ein. Vielmehr steuerte sie die nächste Parkbank an. „Lass uns ausruhen." Aus einem Seitenweg tauchte eine Familie auf. Daddy, Mom, drei Kinder. Die Kinder waren müde, das jüngste saß auf den Schultern des Vaters, der ein weißes Baseballhemd und grüne Bermudas trug. Seine Frau, im Partnerlook, war vollgehängt mit Spielsachen. Beide grüßten freundlich im Vorüberschlendern.

„Eigentlich wie bei uns", meinte Magdalene, „nur dass man bei uns nicht so selbstverständlich grüßt." Ich sagte es noch einmal: „Wir werden uns hier eine schöne Zeit machen, Magali!"

Statt einer Antwort sprang sie auf und verfiel in einen Stepptanz. Dann zog sie mich hoch, umfasste mich und drehte sich mit mir, etwas atemlos den Kaiserwalzer summend, im schnellen Walzertakt über den Waldweg. „Natürlich machen wir's uns schön", sagte sie später auf dem Rückweg, „ich habe noch ungeahnte Reserven!"

„Du solltest nur nie ins Grübeln kommen. Nächste Woche muss ich zum ersten Mal in die Akademie. Begleitest du mich?"

„Das ist doch wohl selbstverständlich."

Ich machte mir Gedanken, wie ich Magdalene während meiner täglichen Übzeiten so beschäftigen konnte, dass sie nicht herumhing. Sie erriet meine Sorgen. „Ich werde natürlich nicht Däumchen drehen. Vielleicht suche ich mir was als Kindermädchen, 'schwarz' sozusagen, denn ich habe ja keine Arbeitserlaubnis. Zum Beispiel bei so Leuten wie eben."

„Musst du aber nicht unbedingt, unser Geld reicht, wenn wir ein bisschen rechnen."

„Ich will es gern, was meinst du, wie ich Kinder mag! Und weißt du, was ich noch gern täte? In der Uni herumschnuppern und mal eine Psychologie-Vorlesung hören, zum Beispiel. Und sehr viel Englisch pauken. Schließlich gehöre ich ja irgendwie hierher, als farbige Lady."

„Du bist schön, Magali, wie die meisten Mischungen aus Dunkel und Hell."

„Trotzdem gäbe ich was drum, wenn ich wäre wie du – aber das ist ein weites Feld."

„Ein beackertes Feld?"

„Oh ja, beackert mit Kummer, manchmal mit Verzweiflung, am Rande auch mit der Einsicht, dass es schlimmer sein könnte. Immerhin ist ja mal eine deutsche Mutter im Spiel gewesen."

Mein Magen krampfte sich zusammen. Ich müsste es ihr sagen, jetzt zum Beispiel könnte ich an ihre Bemerkung anknüpfen. Weißt du was? Ich kenne deine deutsche Mutter, sogar gut! Aber wie dann weiter? Wie vorsichtig ich auch formulieren würde, es liefe doch für Magdalene immer auf die gleiche Erkenntnis hinaus: Hanna hat sie haben wollen, mich nicht. Mich hat sie abgegeben in ein ungewisses Schicksal. Ich muss mich mit meiner Hautfarbe herumschlagen, mich beglotzen und begutachten lassen, Hanna nicht. Und das alles nur, weil unsere gemeinsame Mutter sich in meinem Fall den falschen Mann ins Bett gezogen hat.

Meine Angst vor dieser Reaktion schnürte mir fast die Kehle zu. Angst, dass sich Magalis Zuneigung allmählich in Abneigung verwandelt und ich sie verloren hätte. Und das durfte nicht passieren. Sie war meine Freundin, meine Schwester, ein wichtiger, vielleicht der wichtigste Mensch in meinem Leben. Und außerdem, es war jetzt sowieso schon zu spät. Sie würde mir nicht glauben oder mich für verrückt erklären oder sich von mir trennen, weil ich ihr nicht von vornherein die Wahrheit gesagt habe, die sie jetzt wie einen hinterhältigen Überfall empfinden müsste.

Als wir in den Supermarkt kamen, war es zehn. Aber es brodelte von Menschen. Vor den Kassen, deren Piepstöne sich jagten, standen endlose Schlangen, in den Einkaufswagen schliefen oder schrieen kleine Kinder, die Mütter unterhielten sich, in einer Ecke klirrten und schepperten Getränkekästen, aus den Lautsprechern dröhnte Rockmusik.

„Für dich ein Graus, was?“ lachte Magdalene.

„Oh nein, wer Klavier spielt, darf sich Lärmempfindlichkeit nicht leisten.“ Wir kauften Lebensmittel und einen großen Tulpenstrauß für Miss Marple. Mit vollgestopften Papiertüten in den Armen gingen wir nach Hause, ganz so, wie man Amerikanerinnen aus den Filmen kennt. „Du“, sagte Magdalene im Treppenhaus, „wir machen uns eine tolle Zeit.“

Klaus steuert sein Auto ruhig durch den abendlichen Münchner Großstadtverkehr. Hanna schaut den Sohn von der Seite an, er erwidert kurz ihren Blick und lächelt ihr zu. Sie kommen aus einem Konzert, zu dem er seine Mutter eingeladen hat. Hauptattraktion für sie: das Klavierkonzert von Beethoven in c-moll, gespielt von einer noch sehr jungen Pianistin, nicht so jung jedoch wie sie damals, als sie zum ersten Mal öffentlich auftrat. Jeden Ton kennt sie auswendig, noch heute, jeden Einsatz auch der Orchester-Instrumente. Sie hat es oft gespielt, es gehörte lange Zeit zu ihrem festen Repertoire.

„Ich weiß noch ganz genau", erzählt Klaus, „aus welchen Takten du dir Fingerübungen zurechtgebastelt hast."

„Aus dem letzten Satz, der ist technisch der schwierigste."

„Deine Überei, ich hatte sie eigentlich ganz gern, trotz der Lärmbelästigung oder milder gesagt, trotz der Geräuschkulisse."

„Du hattest sie gern, wahrscheinlich weil du dann wusstest, die Alte ist zu Hause, stimmt's?"

Zärtlich legt er den Arm um ihre Schultern. „Stimmt. Schließlich warst du mir der vertrauteste Mensch in meinem Kinderleben."

„Blieb dir ja nichts anderes übrig, bei meiner Ehepleite."

„Na gut, aber unser Verhältnis hätte trotzdem schlechter sein können, denn du hast mir meinen geliebten Paps weggeschickt damals. War's aber nicht. Außerdem bin ich stolz gewesen auf meine Pianistenmutter." Er denkt an die Konzerte, in denen er in der ersten Reihe sitzen durfte, auf einem Sonderstuhl ganz an der Seite, er denkt an die schönen langen Kleider, die seine Mutter trug, an den Applaus und daran, dass er sie hinterher im Künstlerzimmer abholen und mit ihr essen gehen durfte, während sich die Zuhörer nach der Pause noch einmal im Saal versammelten, um sich irgendeine Symphonie anzuhören. Dann war auf einmal die Pianistin, die eben noch auf dem Podium am Flügel gesessen und für das Publikum gespielt hatte, sein privates Eigentum. Sie redete mit ihm, lächelte ihn an, studierte mit ihm die Speisekarte, erkundigte sich nach seiner Klassenarbeit in Mathematik. Und der Hauch von Fremdheit, der die Künstlerin während der letzten Stunden umgeben hatte, löste sich langsam auf, für ihn wohlig in dem Bewusstsein, dass sowieso keine Gefahr bestand, weil sie als seine Mutter nie fremd bleiben würde.

Sie kommen jetzt an die große Kreuzung, von der aus sie nach rechts zur Schnellstraße abbiegen müssen. Der Verkehr lässt nach. An diesem Abend sind nicht mehr viele Autofahrer unterwegs, die an den See hinauswollen. Klaus ist ein schneller Fahrer. Bald bleiben die letzten Wohnanlagen mit den immer ärmlicher vor sich hinflimmernden Lichtreklamen zurück – die Buchstaben einer Reinigungsfirma leuchten schwach zuckend auf, als kämpften sie mit einem Wackelkontakt – die Straßenlaternen werden abgelöst von schmächtigen Baumreihen, bis sich rechts und links Felder und Wiesen ausbreiten, in der Dunkelheit freilich nur am Rande zu erkennen. Hanna hat sich von Klaus abgewandt und versucht, ihre Augen an die Nacht zu gewöhnen. Sie ahnt, was ihn im Augenblick beschäftigt, dass er zurückdenkt an seine Kindheit, in der sie, die Mutter, einen wichtigen Platz einnahm; einen stabilen, unverrückbaren? Sie stellt ihm diese Frage besser nicht, denn die Antwort weiß sie schon vorher. Eine Zeit lang war Magdalene, die kranke Magdalene, das Problem, für den Sohn, für den

Mann, für das Familienleben überhaupt. Klaus, ohne Alternative wie jedes Kind, hat mit verstärkter Anhänglichkeit reagiert und die Mutter mit seinen Ansprüchen fest an sich gebunden; eine Art von kindlicher Rigorosität, die den Lohn in sich trug. Im Hotelzimmer liegt das unfertige Manuskript. Morgen früh wird sie sich weiter mit ihrer Geschichte beschäftigen, mit der Geschichte von Hanna und Magdalene.

Kapitel 9

Unsere ersten Wochenenden in New York hätte man „Frühling im Central-Park“ überschreiben können. Die Werktage dagegen gestalteten sich zu ganz normalen Arbeitstagen, wenn ich auch meine Übzeiten, Magdalene und mir zuliebe, einschränkte. Mein Stundenplan in der Julliard School setzte sich aus einer ganzen Reihe von Pflichtfächern zusammen, an der Spitze der Hierarchie, natürlich, Klavier. Charly Fisher, einer der Dozenten der Meisterklasse, war nicht nur ein fantastischer Klavierlehrer, sondern auch ein von seinen Schülern heißgeliebter und verehrter Mensch. Ich reihte mich schon in der ersten Stunde in die Kette seiner Verehrerinnen ein und gab mir die größte Mühe, keinen seiner musikalischen Hinweise oder technischen Ratschläge durch die Maschen meines Gedächtnisses schlüpfen zu lassen. Die Mühe hatte sich gelohnt für mein ganzes Leben. Winzig klein, dünn und quirlig, radelte er auf dem Fahrrad über Nebenstraßen zur School, die flatternden Hosenbeine mit Klammern gebändigt, die rechte Klavierhand an einer lärmenden Klingel, die London's Big-Ben-Glocke anschlug, sobald in der Ferne ein Mensch den Weg kreuzte. „Man kann die Passanten gar nicht früh genug warnen“, meinte er, wenn man ihn darauf ansprach, „mein Fahrrad war früher immerhin ein Rennrad.“

„Dann ist es aber von Grund auf umgebaut worden“, lachten seine Schüler, „mit Gepäckträger und Gesundheitslenker und Halterung fürs Einkaufskörbchen!“

„Well“, erklärte er, „my bicycle is as old as I am.“ Da gegen diese Unlogik, im Brustton der Überzeugung vorgetragen, nicht anzukommen war, widersprach ihm niemand. Und wenn er Schumann spielte, der kleine Mann mit den großen Händen, Chopin oder Tschaikowsky, dann vergaß man alles, das Fahrrad, die Hosenklammern, seine Big-Ben-Klingel – und sogar ihn selbst.

Schöne Stunden für mich. Für Magdalene weniger, denn die plagte sich während meiner Abwesenheit mit zwei kleinen Buben aus einer Nachbarsfamilie herum, vier und fünf Jahre alt, zu deren Lieblingsbeschäftigungen es gehörte, Sofakissen gegen Gemälde zu schmeißen und die Kissen dann mit irgendwelchen Gegenständen, deren sie gerade habhaft werden konnten, aufzuschlitzen. Als sie ihnen dieses Handwerk schließlich gelegt hatte, verlagerten sie ihr destruktives Tun auf das Zerreißen von Bilderbüchern. Beide Eltern waren Psychologen, berufstätig, überbeschäftigt und sehr liberal. Magdalene gab jedoch nicht auf – das wäre ja gelacht! – und freute sich um so mehr auf das Einläuten des Weekends am Freitagnachmittag.

In der glücklichen Erfahrung, uns in allem, was an Unternehmungen lockte, einig zu sein, so dass es noch nicht einmal ansatzweise der einen oder anderen Abstimmung oder Diskussion bedurfte, gerieten wir in eine Art Rausch der Gemeinsamkeit. Am Samstag ausgiebiges Spätfrühstück zu Hause oder, ausgerüstet mit gefülltem Korb und Plastikgeschirr, im Central-Park. Anschließend Subway und Stadtbummel ohne Einkauf (dafür reichte das Geld nicht). Nachmittags, als Kombination zwischen Mittag- und Abendessen Einkehr bei McDonalds mit Cheeseburger und Mayo und einer Tasse

Cappuccino. Später wieder das Abtauchen in die Unterwelt der Subway, wo wir uns fest an den Händen hielten, um im Gewimmel nicht getrennt zu werden. Die Heimfahrt dann so eng aneinandergequetscht mit wildfremden Menschen, dass Magdalene jedesmal in Gelächter ausbrach, wenn wir uns ansahen. Im Treppenhaus später ein paar Worte mit Miss Marple und schon am frühen Abend wieder Ansteuern des Parks. Magdalene hatte dort einen kleinen Platz mit Schiffschaukeln ausfindig gemacht. Dort saßen wir uns gegenüber, beobachteten das Leben ringsherum, schaukelten dabei sachte hin und her. Erst wenn in der Dämmerung das Gelände unübersichtlich wurde und sich eine leise Ängstlichkeit einschlich, machten wir uns auf den Weg nach Hause. Unsere Nächte wurden kurz, denn wir saßen oder lagen noch lange auf Magdalenes Bett, unterhielten uns und hörten aus dem Kassettenrekorder Tanzmusik.

Oft sprang Magali auf, packte mich an den Händen, zog mich hoch, und im nächsten Moment tanzten wir Rumba oder Cha-Cha-Cha, barfuß, leise, trotzdem so wild, dass wir uns hinterher atemlos zum Fenster hinaushängten, um nach Luft zu schnappen. Einmal, bei einer solchen Gelegenheit, strich Magali zärtlich meine Haare zurück und flüsterte mir ins Ohr: „Ich bin so glücklich." Einen Augenblick sahen wir uns an, irritiert, erschrocken beide. „Wir mögen uns halt", sagte ich leichthin, „und passen zueinander." Es war schon um Mitternacht. Die Stadt, wie immer hell erleuchtet, brodelte und dampfte wie ein riesiges Wasser. Wir suchten am Himmel nach einem Sternenbild; vergeblich, denn der nächtliche Himmel über New York hält sich fast im Verborgenen. Nur hier und da blinkert ein Stern (oder ein Flugzeug?) etwas verloren vor sich hin.

„Ich habe es durch dich geschafft“, sagte Magali, „dass die Erinnerung an Agnes nicht mehr so schlimm ist. Und du hast mittlerweile schon etwas ihre Stelle bei mir eingenommen.“

„Was ist das für eine Stelle, ich bin nie so richtig hinter eure Beziehung gekommen.“

„Kann ich auch nicht definieren, nenne es meinetwegen Schwärmerei, Anhänglichkeit oder Abhängigkeit, wie du willst.“

„Oder eine besonders intensive Freundschaft?“

„Wenn ich nicht wüsste, dass sie eine Frau war, würde ich sagen, Liebe. Aber so kann das ja nicht sein.“

„Kann schon.“

„War aber nicht.“

„Es gibt ja verschiedene Arten von Liebe“, sagte ich zögernd, „zum Beispiel Geschwister untereinander.“ Magdalene lachte. „Na ja, zwischen Geschwistern, das ist ja wohl eine ziemlich ruppige Angelegenheit.“

„Nicht zwischen Schwestern, Magali.“

„Wenn sie sich gut verstehen, ja, aber doch mehr nach dem Motto: rau, aber herzlich.“

Mir wurde glühend heiß am ganzen Körper, mein Mund war plötzlich ausgetrocknet. Die letzte Gelegenheit, es ihr zu sagen! Wenn ich es jetzt nicht tue, ist die Chance endgültig verpasst. Sie kann mir später mit Recht vorwerfen, unsere Beziehung monatelang mit einem Geheimnis belastet zu haben. Wenn es aber kein „Später“ gibt, weil sie den Gedanken dann nicht erträgt, im Vergleich zu mir immer auf der Schattenseite gestanden zu haben? Trotzdem lief ich in die Küche, holte zwei Gläser und die angebrochene Flasche mit dem billigen Rotwein. Vielleicht konnte ich mich mit Hilfe von Alkohol zu einer Entscheidung bringen und die wenigen Worte endlich aussprechen, die schon bei der ersten Begegnung hätten gesagt werden müssen, weil diese Worte nichts so schlecht vertrugen wie ihre Überfälligkeit.

Magdalene fand die Idee mit dem Rotwein gut und füllte schwungvoll die Gläser. „Auf Amerika, auf den Abend, auf das Leben“, sprach sie feierlich, „und darauf, dass ich Wein einschenke, ohne dass ich Kellnerin bin.“

„Auf unsere Freundschaft“, fuhr ich fort, leise, unsicher, bedrückt von der Vorstellung, Vertrauen zu missbrauchen, eine Lügnerin zu sein und diesen Zustand, verdammt noch mal, nicht beenden zu können.

Ich kam mir vor, als hätte ich damals unerlaubt dem Schicksal in die Zügel gegriffen und würde nun dafür bestraft. Magdalene als Schwester war für mich nicht vorgesehen, nie. Wäre sie es gewesen, dann hätte meine Mutter sie nicht weggegeben, abgeschrieben, aus ihrem Leben entfernt. So einfach war das. Und nun hatte ich sie mir erzwungen, einen Besitz mir angeeignet, mit dem ich nicht umgehen konnte. Meine Schwester: als Kind hätte ich sie gebraucht, in der Ackergasse, meinem Rapunzelturm unter Erwachsenen, wäre sie mir wahrscheinlich wie ein hilfreicher Engel vorgekommen, einer, der sich auf die Klaviertasten gesetzt und sie blockiert hätte, demonstrativ. Schluss mit der Überei, wir spielen jetzt zusammen Schuhverkäufer oder Mutter und Kind. Wir hätten ein Zimmer geteilt, uns abends im Bett unterhalten, gewettet, wer länger wach bleiben kann, keine Angst gehabt, wenn die Eltern nicht da waren. Wunschvorstellungen, so heiß begehrt, dass sie oft zu Tagträumen geworden waren und eine Scheinwelt hatten entstehen lassen, in der ich mich einrichtete. Freilich, ich als die jüngere hätte mehr von ihr profitiert als sie von mir. Und heute? Es hielt sich wahrscheinlich die Waage. Ich genoss ihre Nähe, die schwesterliche, ihr Lachen, ihre Anhänglichkeit, die Unkompliziertheit und das Zutrauen, mit denen sie sich auf meine Ideen einließ. Und ich war nicht mehr allein! Und sie freute sich wahrscheinlich an meiner Freundschaft und der damit verbundenen neuen Freiheit. Würde es mir denn gelingen, sie wirklich – nicht nur scheinbar – aus ihrer Trauer um Agnes zu lösen? Oder saß nicht der Kummer bei ihr viel tiefer, war Agnes das wichtige Pflaster gewesen auf der chronischen Wunde ihres verkorksten Kinderlebens? Und war unser Amerikaaufenthalt nicht wiederum nur ein Pflaster auf Agnes' Tod?

Nach einem Klavierabend der Solistenklasse, bei dem ich eine Beethoven-Sonate gespielt hatte, anschließend als Zugabe ein leicht verjazztes Bach-Präludium, war ich von mehreren Kommilitonen bestürmt worden, sie in ihrem Jazz-Keller zu besuchen und, da ihr bisheriger Piano-Spieler sein Studium beendet und New York verlassen habe, als seine Nachfolgerin in der Siebener-Band mitzumachen. Nicht nur Summertime-Jazz, Dixie und Swing, auch Modern Jazz und anderes, okay? Magdalene, die dabei stand, sagte sofort für mich zu, denn darauf hatte sie schon lange gewartet.

Zweimal pro Woche traf man sich in drei miteinander verbundenen Kellerräumen eines alten, schon etwas baufälligen Mietshauses in der Nähe der Julliard School. Es wimmelte von Studentinnen und Studenten, die dicht gedrängt auf dem Boden hockten, rauchten, lachten, diskutierten, Sandwiches herumreichten und Berge von Pommes Frites aßen, die billigen Wein tranken – und mucksmäuschenstill wurden, wenn wir unsere Instrumente zu stimmen begannen und schließlich loslegten. Im gleichen Moment verwandelte sich das gesellige Brodeln in eine knisternde Atmosphäre, die sich an die Nerven heftete und sie vibrieren ließ, als stünden sie unter Strom. Von den Wellen einer schon fast rauschhaften Begeisterung getragen, spielten wir oft die ganze Nacht hindurch. Wir spielten uns regelrecht heiß, wie Motoren, die irgendwann zu glühen und zu dampfen anfangen und für einen Augenblick aus dem Verkehr gezogen werden müssen, um abzukühlen. Draußen, in einem engen, verkommenen Hinterhof liefen wir dann zwischen Mülleimern und Autos wie im Slalom auf und ab, meine Bandmitglieder und ich, tranken Cola, atmeten genüßlich die kühle Nachtluft ein, stritten uns wegen unterschiedlicher Auffassungen aus der Harmonielehre, die den Jazz betrafen, einigten uns im Kompromiss, bis wir uns, jubelnd in Empfang genommen, wieder in den verqualmten Untergrund stürzten.

Magdalene, die in New York und insbesondere innerhalb dieses aus vielen Nationalitäten und Farben sich zusammensetzenden Studentenkreises zum ersten Mal ihre Hautfarbe gelassen akzeptieren konnte, fühlte sich ganz und gar in ihrem Element. Das Leben versprach schön zu werden, interessant, aufregend, anstrengend, jung und unvernünftig. In unseren Pausen stand sie meist in der Mitte einer großen Gruppe, oder sie saß auf dem Boden, dort, wo das Gewühl am dichtesten war, Unterhalterin, Stimmungsbombe, ganz selbstverständlich Mittelpunkt. Englisch konnten wir mittlerweile beide ganz gut, es machte Magdalene aber auch nichts aus, fehlende Wörter durch deutsche zu ersetzen, immer zum Vergnügen ihrer Zuhörer, vor allem, wenn sie selbst schallend darüber lachte, um sogleich in den nächsten Sprachmischmasch zu verfallen. Irgendwann winkte sie mir zu, bahnte sich mühsam einen Weg, stellte etwas zu essen oder zu trinken auf das Piano, nahm mich in die Arme und drückte ihre Wange gegen die meine. „Du bist mein Glücksbringer“, raunte sie mir einmal ins Ohr, „ich habe das Gefühl, als würde mein Leben plötzlich explodieren – es gibt ja auch Blumen, die in einer einzigen Nacht aufgehen.“

„Eine bestimmte Orchidee, Königin der Nacht heißt sie.“

„Na gut, dann bin ich eine Orchidee und du hast sie gezüchtet.“

Was ich damals nicht sagte, sondern nur dachte: Der Vergleich wird dir nicht ganz gerecht, du bist schöner als die Blume und du bist intelligent, charmant, du sprühst vor Lebenslust. Aber eine Königin der Nacht bist du tatsächlich, auch das mit dem Explodieren stimmt. Und das Fantastische daran ist, dass auch mein Leben explodiert, dass ich mich in meiner neuen Rolle kaum noch wiedererkenne, auch gar nicht wiedererkennen will. Wer ist für wen der Glücksbringer?

Ende der Pause. Der Kammerton A schwirrt durch die Räume, unser Saxophonist spielt sich quäkend ein, die Oboe hetzt in schnellen Läufen heiser hinter ihm her, die Trompete näselt, die Geige zirpt, die Zupftöne des Kontrabasses verlieren sich in tiefsten Tiefen, das Schlagzeug verschafft sich die Vorherrschaft mit hartem, blechernem Wirbel, gibt damit den Auftakt – und wir fetzen wieder los, schnell, das Tempo immer höher treibend, vom Rhythmus in die Zange genommen.

Keine schalldämpfenden Filzeinlagen im Piano, ich genieße seine volle Lautstärke, ich genieße überhaupt alles. Gegen Morgen dann der allgemeine Aufbruch. Wem es nicht gelingt, ein Yellow Cab zu ergattern, quetscht sich in eines der Privatautos, bis die Wagentür nur noch mit Gewalt von außen zuzudrücken ist. In Schichten hocken wir übereinander, die missliche Lage durch ersticktes Gelächter aufwertend, bis wir uns an irgendeiner Ecke in der Nähe unserer Wohnung hinauszerren und auf die Straße befördern lassen. „I see you soon again!“ Das alte Auto rumpelt weiter, immer noch hoffnungslos überlastet, sein Hinterteil mit dem ohnehin schon angeknacksten Auspuffrohr schleift fast am Boden.

Oft steht eine Flasche Milch vor unserer Wohnungstür, von Miss Marple spendiert und mit einem Zettelchen versehen: „Good morning, girls, and good appetite!“ Die kühle Milch tut unseren verräucherten Kehlen gut, und meist schließt sich ein ausgiebiges Frühstück an mit starkem Bohnenkaffee, der unsere Müdigkeit in Angriff nehmen und überlisten soll. Wir sind ja noch jung, also gelingt uns das. Und es wird wieder ein schöner Tag.

Vorbei unsere gemütlichen Weekends im Central-Park, vorbei auch die langen Erzählnächte. Die Jazz-Fans laden ein in winzige Dachkammern oder feuchte Keller von alten Mietshäusern, in luxuriöse, sonnige Wohnungen hoch über dieser gigantischen Stadt, in Lokale am Meer, billig oder teuer, aufs Land hinaus mit Hilfe von Subway und Bus. Magdalene nimmt jede Einladung an, zieht mich hinter sich her, zunächst. Bis ich nicht mehr gezogen werden muss, weil ich mich gewöhnt habe an das neue Tempo, an die sprudelnde, alles überschwemmende, mit sich reißende Gesellschaft. Meine Eltern, die Ackergasse, Oberursel, die Holzhausenstraße, Frankfurt, gelegentlich blitzt die Heimat in meinen Gedanken auf, vertraut, freundlich, doch in der Distanz einer frühen Kindheitserinnerung.

In diesem Jahr brach der Sommer mit einer wahrhaft atemberaubenden Hitzewelle ein. Innerhalb weniger Tage und Nächte verwandelte sich die Stadt in einen brodelnden Schmelzkessel. Ob auf den Straßen oder in der Subway, im Park, in der Hochschule oder in unserer Wohnung, es gab, außer im Meereswind am Strand, keinen Ort mehr, an dem wir der Hitze hätten entkommen können. Und da es am Strand von Menschen wimmelte wie auf einer Kundgebung, ergaben wir uns stöhnend der Hitze, wie viele andere auch, bewegten uns langsamer, reduzierten unsere Aktivitäten auf ein Minimum und warteten ab.

Das Semester ging seinem Ende zu und damit auch mein Stipendium. Vier Wochen Ferien in New York waren mir von meinen Eltern noch in Aussicht gestellt und pünktlich vorfinanziert worden. Vier Wochen Galgenfrist also, dann würde sich unser Leben, zumindest im äußeren Ablauf, wieder getrennt vollziehen. Dieser Gedanke schien mir so unmöglich, dass ich ihn jedes Mal energisch wegschob, noch bevor er zur Entfaltung kommen konnte, und es ängstlich vermied, mit Magdalene darüber zu sprechen. Aber auch der bevorstehende Abschied von meinem Klavierlehrer Charly Fisher, dem kleinen Mann mit den großen, wunderbaren Klavierhänden, machte mir zu schaffen. Durch die Stunden bei ihm, lebhaft und konzentriert, war ich ein ganzes Stück voran gekommen, obwohl ich doch meine Übzeiten reduziert hatte. Das 2. Klavierkonzert in f-moll von Chopin, unter seiner Regie einstudiert, gehört immer noch zu meinen besten Werken im Repertoire. In seinen virtuosen, fülligen 1. Satz hat er mir Fingersätze eingeschrieben, durch die die technischen Schwierigkeiten nahezu aufgelöst wurden. Die innige Melodie im 2. Satz, dem Larghetto, wollte er mit „feinen, duftigen Figuren" umspielt haben, und er ruhte nicht, bis ich es begriffen und geschafft hatte. Im Schluss-Satz, dem Konzertwalzer in Rondoform, sollte der Flügel mittanzen ... Jedes Mal, wenn ich diesen Chopin spiele und die Zuhörer begeistere, denke ich an dich, lieber Charly. Ich habe nie wieder in meinem Leben einen so genialen, erfolgreichen, humorvollen und bescheidenen Mann kennengelernt wie dich. No matter, if you are still on this earth or not, you live on in our Chopin concert; and I will always hold you in deep reverence.

Kapitel 10

Ein kühler Regen, herbeigesehnt wie Wasser in der Wüste, erlöste uns, erlöste die Stadt, ließ uns erleichtert aufatmen und neue Pläne schmieden. Meine Zeit in der Julliard School gehörte nun schon der Vergangenheit an. Wir machten Ferien, und mit ihnen schwappten die Einladungen, Partys, Jazz-Nächte heftig auf die Wochentage über. Hatte jemand nach draußen aufs Land eingeladen, so blieben wir gleich über Nacht, in Billigunterkünften oder in Studentenzimmern, die mit Decken und Luftmatratzen mehr oder minder bequeme Schlafmöglichkeiten boten. Land, das bedeutete dort: endlose Autostraßen, vereinzelte Häuser, wie zufällig in den weiten Flächen abgestellt, Hütten, Blechschuppen, Fabriken, Hotels, Schrottplätze, hier und da Tankstellen mit wehenden Fahnen. Eine Landschaft, weiß Gott nicht zum Träumen, aber in ihrer großzügigen Willkürlichkeit witzig und jedenfalls ganz und gar unverwechselbar. Irgendwo mitten drin saßen wir, fünfzehn oder zwanzig Musikstudenten und Fans, grillten, machten Musik, tanzten oder diskutierten bis in die Nacht hinein. Magdalene war noch immer unser Mittelpunkt, daran gab es keinen Zweifel. Niemand konnte ihrem Charme widerstehen, ihrer Schönheit, ihrem Schwung, der strahlenden Laune, und niemand mochte mehr auf ihre Hilfsbereitschaft verzichten und auf die Phantasie, mit der sie schwierigen Situationen so lange zu Leibe rückte, bis sie erträglich wurden oder sich in Wohlgefallen auflösten. Während unserer Diskussionen, besonders wenn sie in Streit auszuarten drohten, ernannte sie sich kurzerhand zur Präsidentin und erteilte mit Hilfe eines Glöckchens jedem das Wort. „Auf diese Weise kann doch auch ich mit einem Musikinstrument aufwarten", erklärte sie, während sie dem nächsten Redner ins Ohr bimmelte. Dabei nannte sie niemanden bei seinem Namen, sondern nach dem Instrument, das er spielte. Eine Idee, die sofort von allen übernommen wurde. So hießen die Boys „Saxophone", „Violin", „Oboe", „Trumpet", „Double bass" und „Drums". Magali selbst hieß nach ihrem Glöckchen „Bell", und ich hieß „Piana".

Natürlich war nicht zu übersehen, dass die schöne Magdalene von den Männern in unserem Kreis nicht nur als der strahlende Kumpel betrachtet wurde. Allen voran Saxophone (bürgerlich: Henry) heftete sich an ihre Fersen, beschenkte sie mit Blumen, Gedichten, Pralinen und schließlich mit einem Sturzhelm, um sie auf seinem Motorrad herumkutschieren zu dürfen. Sie ließ es sich gerne gefallen, baute aber mit Hilfe einer spürbaren Distanz von Anfang an ein unsichtbares Mäuerchen um sich herum. Ähnlich erging es mir mit Violin, einem sensiblen jungen Geiger, der mir zwar Sturzhelm und Motorrad ersparte, mich jedoch mit Eintrittskarten für alle möglichen gemeinsamen Kinobesuche zu erfreuen versuchte. Ein gut aussehender junger Mann, dazu der beste Geiger seines Jahrgangs. Ihm hätte man eine große Karriere zutrauen können, wenn er nervlich stabiler gewesen wäre. Vorspielabende, an denen er beteiligt war, endeten für ihn jedes Mal in einer Katastrophe. Entweder der Bogen zitterte so, dass er ihn hüpfend auf die Saite setzte, oder er irrte sich im Einsatz oder aber, wenn die Panik ihn gepackt hatte, vergaß er ganze Melodienfolgen. Ach, und wenn er für sich alleine spielte, manchmal für mich, war sein Ton so vollendet schön und die

Technik auch in den schwierigsten Lagenwechseln so perfekt, dass es mir in der Seele Leid tat, ihn mir eines Tages als Orchestergeiger vorstellen zu müssen, hinter einem der vielen Pulte sitzend, müde und angenervt ins Publikum schauend. Die elektrische Gitarre war sein Hobby, und er verstand etwas davon! Ich habe mich nicht in ihn verliebt, auch nicht in andere aus unserem Kreis. Vor einem Musiker als Partner, für eine lange oder auch nur vorübergehende Zeit, schützte mich wahrscheinlich mein Instinkt. Wenigstens einer von beiden musste fest auf der Erde stehen, um im täglichen Leben einigermaßen über die Runden zu kommen. In der Beziehung meiner Eltern war es, trotz seines künstlerischen Berufes, mein Vater. Er gehörte zu den soliden, eher biederen Musikern, die ihr Instrument beherrschen wie ein sorgfältig erlerntes Handwerk. Und ich selbst, wie war es mit meiner Kunst? Die Julliard School, an der sich viele Hochbegabte tummeln, hat Maßstäbe gesetzt. Sie einigermaßen erfüllt zu haben, war der größte Erfolg, den ich nach diesem Semester verzeichnen konnte. Ich glaube aber, dass ich den Rapunzelturm nicht losgeworden bin, dass ich Magali nicht nur liebte, sondern sie auch brauchte, ganz besonders hier in New York, meinem ersten Abenteuer.

Und nun mussten wir es schon wieder beenden. Der Rückflug war gebucht, unsere liebe und nette Miss Marple lud zum Abschiedsessen ein. Es war der Abend vor Magdalenes dreißigstem Geburtstag. Miss Marple hatte mit Hingabe gekocht und einen festlichen Tisch gedeckt. Draußen ging ein warmer Septembertag zu Ende. Während unsere Gastgeberin noch in der Küche herumhantierte, schauten wir aus dem Fenster ihres Livingrooms hinaus über die Dächer in die zwei Baumkronen und in einen wolkenlosen Himmel. Magali wirkte beunruhigt, das Gesicht übermässig schmal und angegriffen. „Ich werde dreißig, Agnes ist tot und irgendwo in der Welt läuft ein Kind von mir herum, das ich im Stich gelassen habe. Eine traurige Bilanz, findest du nicht?"

Ich schüttelte den Kopf. „Nein. Es ist nämlich nicht das einzige, was dein Leben ausmacht."

„Na gut, da ist natürlich noch mehr, zum Beispiel, dass ich irgendwo eine leibliche Mutter habe, vielleicht sogar Geschwister, von denen ich nichts weiß. Du hast ein stabiles Elternhaus, kannst das alles nicht verstehen. Manchmal fühle ich mich wie eine Feder im Wind."

Schnell nahm ich sie in die Arme, sie sollte aufhören zu reden, nur endlich aufhören! Es war wohl noch einmal der Moment, es ihr zu sagen – war er es wirklich? Wie anders hätte sie denn reagieren können als mit Ungläubigkeit und dem Vorwurf, in der Auswahl meiner spaßigen Bemerkungen in Zukunft etwas taktvoller zu sein? Musste ich es trotzdem riskieren? Mein Herz begann zu hämmern, es dröhnte in den Ohren, meine Gedanken führten sich auf, als wären sie reißende Filmbänder, deren Bilder nie ganz erkennbar zu Stande kommen: Wie mag Magalis Tochter aussehen? Wie sah sie selbst aus, als unsere Mutter sie weggab? Miss Marple klappert so blödsinnig mit den Töpfen, September draußen, Miss Marple sollte endlich reinkommen, Magalis Haut duftet nach einem weichen, warmen Parfüm, das ich von irgendwo her kenne, Magdalene ist ein altmodischer Name aus der Bibel, Hanna auch, ich darf jetzt nicht den Faden verlieren, Miss Marple muss gleich fertig sein – schnell konzentrierte ich mich auf diesen letzten Gedanken, machte ihn mit größter Anstrengung zu einem Geländer, an dem ich mich festhielt. Sie wird gleich fertig sein und das Zimmer betreten, mit dem

Essen, das so gut duftet. Sie wird sich freuen, wenn es uns schmeckt. Alles ganz normal.

Ich hatte Magali losgelassen. Sie war ein Stück zurück getreten und schaute mich lächelnd an. „Keine Angst, Hanna, jeder hat mal so einen Durchhänger…", weiter konnte sie nicht sprechen, Miss Marple erschien mit einer dampfenden Suppenschüssel und bat uns, Platz zu nehmen. Ahnungslos und lebhaft plauderte sie drauflos, so dass ich genügend Zeit hatte, mein aufgestörtes Gewissen wieder zu beruhigen. Magali trug einen schwarzen Baumwollpullover. Ihre braune Haut nahm im Schein der Kerzen einen pastellfarbenen Schimmer an. Schöner kann ein Mensch nicht mehr sein, dachte ich, auch nicht sympathischer. Sie schaute mich manchmal prüfend an, zugleich etwas abwesend, als müsste sie sich mit einem Problem herumschlagen.

Später, während Miss Marple in der Küche den Nachtisch in kleine Schüsselchen verteilte, ließ Magali die Katze aus dem Sack. „Ich bitte dich, Hanna, lass uns in diesem Winter noch hier bleiben, Punkt!"

Erschrocken stand ich auf. „Wie stellst du dir das denn vor, Magdalene?"

„Ich habe mit den Wohnungsinhabern, euren Freunden, schon telefoniert. Sie wären einverstanden – weiterhin mietfrei."

Ich lief zu Miss Marples kleiner elektronischer Orgel und spielte vor Schreck eine Tonleiter. „Du hast mit denen telefoniert, nach Brasilien?"

„Warum denn nicht?"

„Ohne vorher mit mir darüber zu sprechen?"

„Ich wollte das Hauptproblem erst mal alleine abklären."

„Und mein Klavierstudium? Das Stipendium ist abgelaufen, und leben müssen wir auch von etwas!"

„Von mir, Hanna."

„Du hast keine offizielle Arbeitserlaubnis."

„Das nicht, aber meine Psycho-Eheleute wollen das irgendwie drehen. Ich hüte ihre Kinder sozusagen schwarz, wie bisher, nur öfter. Ein bisschen illegal ist das natürlich. Aber wenn wir erwischt werden, schiebt man uns halt ab. Das ist alles."

„Lieber Himmel – wie soll ich diesen Wahnsinnsplan meinen Eltern erklären?"

„Erstens bist du erwachsen, zweitens kannst du ihnen sagen, dass du weiterhin tüchtig übst, das geht doch auch mal ohne Stunden!"

Weil ich nicht wusste, wohin mit meiner Aufregung, setzte ich mich jetzt an die Elektroorgel und spielte ein Präludium von Bach, es war genau das, was ich jetzt brauchte. Miss Marple stellte mir leise den Nachtisch auf das Instrument und setzte sich zu Magali, um mit ihr gemeinsam zuzuhören. Am Schluss nickte ich den beiden zu, und Magdalene spürte, dass dies bereits eine Zusage war.

Um Mitternacht dann Magalis dreißigster Geburtstag. Ich fühlte mich ziemlich durcheinander, und es war schwierig zu entwirren, was genau in mir vorging. Übrig blieb ein unbestimmtes Glücksgefühl, wenn auch eines, das sich mit Bedenken herumschlug.

Um zwölf Uhr ließen wir die Gläser klingen, Miss Marple und wir zwei, auf das neue Jahrzehnt des Geburtstagskindes und auf die Fortsetzung unseres New Yorker Lebens.

Miss Marple war begeistert. „I will support you, children, in every way."

Und darauf war Verlass.

Meine Eltern würden unsere Entscheidung als einen Vertrauensbruch ansehen. Hoffentlich ließ Papa sich nicht einfallen, angeflogen zu kommen, um die entgleiste Tochter persönlich abzuholen! Hatte Magdalene mir ins Steuer gegriffen und meinen Lebenswagen gewaltsam in eine neue Richtung gelenkt? Gewaltsam, das würde ja heißen, sie hat mir etwas aufgezwungen gegen meinen Willen. Aber das stimmte nicht. Das Leben hier, mit ihr an der Seite, faszinierte mich so, dass ich den bevorstehenden Heimflug gar nicht richtig in mein Bewusstsein hatte eindringen lassen. Als gehorsame, immer noch ferngesteuerte Tochter hatte sich nicht der leiseste Zweifel anzumelden gewagt, ob es denn wirklich nötig sei, nach so kurzer Zeit die Zelte abzubrechen. Erst jetzt, nachdem es ausgesprochen worden war und ich mich vom ersten Schrecken erholt hatte, wurde mir richtig klar, was dieser doppelte Abschied für mich bedeutet hätte.

Drüben, in meinem Zimmer, hatten wir noch einmal ausführlich über unseren neuen Plan gesprochen. Noch einmal steuerten wir auf eine gemeinsame Zeit zu!

Hanna nimmt noch einen Schuss Rum in den Tee und schüttet zwei gehäufte Teelöffel Zucker hinterher. Dann rührt sie genüsslich um. Hartmut Korn lächelt. „Wie früher, nichts hat sich geändert.“ „Die kleinen Gewohnheiten“, sagt sie nachdenklich, „sie bedeuten eigentlich ganz viel im Leben, weil sie uns immer treu bleiben.“

Er zieht seine Schachtel mit den Zigarren aus der Jackentasche. „Leider bleibt mir auch das Rauchen treu, aber irgendein Laster muss der Mensch ja haben.“

„Hat mich nie gestört, du weißt ja, deine gemütlichen Rauchwolken hatten's mir angetan.“

„Das war aber auch das einzige, was es dir antat!“ Sein Feuerzeug funktioniert nicht, also angelt sie in ihrer Handtasche nach Streichhölzern. Auch das wie früher.

Heute nachmittag hatte er überraschend in ihrer Tür gestanden. Nach anfänglichem Schrecken – er störte ihre Erinnerungen – nahm sie seine Einladung ins „Café Seeblick“ an und machte mit ihm die kleine Dampferfahrt dorthin. „Schließlich müssen wir uns ja auch mal über unser gemeinsames Kind unterhalten“, meinte er, „wie sich das für Ex-Eheleute gehört.“

„Körnchen wird vierunddreißig.“

„Ja nun.“

Sie sitzen draußen, obwohl heute ein kühler Wind weht. Er hat ihr fürsorglich seine Jacke umgehängt. Schön sieht sie aus, findet er, das schmale, blasse Gesicht, die grauen Locken und immer noch die starken, geraden Augenbrauen.

„Schade, dass es mit uns nicht geklappt hat“, sagt er mit seiner heiseren Stimme, „wir sind doch eigentlich ein attraktives Paar.“

„Mag sein – aber andere Frauen fanden dich halt offenbar zu attraktiv.“

„Alte Kamellen.“

„Alt oder jung, deine Kamellen waren jedenfalls für mich nicht akzeptabel.“

Eine Weile schweigen sie, schauen nur auf das bewegte Wasser. Überall Segelschiffe, zwei sich jagende Motorboote, in der Ferne ein Dampfer.

„Ich hatte Geburtstag, Hanna.“

„Ich weiß, und ich wollte dir etwas schenken.“

„Beethoven und Chopin, du würdest nicht vielleicht in der Hotelhalle für mich spielen?“ Er rechnet mit einem entschiedenen Nein.

Aber Hanna hält es in den letzten Tagen ohnehin kaum noch aus ohne Klavier. Jedes Mal, wenn sie an dem schwarzen Flügel in der Hotelhalle vorbeigeht, kribbelt es ihr in den Händen. „Ich habe fast schon Entzugserscheinungen", sagt sie ehrlich, „und es ist außerdem ein Versprechen. Aber vorher muss ich natürlich den Hotelchef fragen."

„Der wird das mit Kusshand erlauben, bekannt wie du bist. Ich werde, leider, nicht der einzige Zuhörer bleiben."

Sie schaut ihn freundlich an. Seine Untreue während der späteren gemeinsamen Jahre war schlimm und hat ja schließlich auch zur Trennung geführt, aber seine Liebe zu ihrem Klavierspiel hatte nie nachgelassen. Da hatte er jedes Opfer gebracht, auch dann, wenn gelegentlich Konzertreisen auf dem Plan standen und er sich vermehrt um Körnchen kümmern musste. Sie hatte sich auf ihn verlassen können, obwohl er als Betriebswirt in einem größeren Frankfurter Unternehmen sehr eingespannt war und es ihm nicht immer leicht fiel, das Kind zu versorgen. Meistens ließ er es von der Schule abholen, aß mit ihm in der Kantine und brachte es hinterher zu Freunden. Abends spät nahm er den schlafenden Buben auf den Arm, um ihn dann zu Hause ins Bett zu bringen. Die Scheidung von der Frau war für ihn eine Scheidung von dem Kind. Und die schmerzte ihn mehr als alles andere.

„Wie war dein Geburtstag", fragt sie unvermittelt, „mit wem hast du ihn gefeiert? Überhaupt, mit wem lebst du zur Zeit zusammen?"

Er tut einen tiefen Zug an der Zigarre. „Viele Fragen auf einmal. Also: Der Geburtstag war ganz okay, nachmittags kamen Diehls, und ich lebe nicht 'zur Zeit', sondern schon lange mit Sophia zusammen."

„Immer nur mit Sophia?"

„Fast immer nur mit Sophia. Seit du mich verlassen hast, bin ich unruhiger ...“

„... noch unruhiger? Du lieber Himmel! Und wer wen verlassen hat, mein Guter, darüber ließe sich streiten.“

„Streite nicht, Hanna, spiel’ mir lieber nachher was vor.“

Zwei Stunden später ist es soweit. Die Gäste, die das Klavierspiel hören, wissen sofort, wer am Flügel sitzt. Leise versammeln sie sich in der Halle, viele lehnen sich oben über die Balustrade. Sie spielt Beethoven, Schubert, Brahms und Chopin, alles, was Hartmut sich gewünscht hat. Und sie fühlt sich in ihrer Musik so glücklich, als wäre sie endlich wieder einmal nach Hause gekommen.

Kapitel 11

Bei meinen Eltern schlug die Nachricht von der verlorenen Tochter ein wie eine Bombe. Ein ganzes Semester ohne Hochschule, seit wann gab es denn so etwas? Mit ihrer weiteren finanziellen Unterstützung für New York brauchte ich nicht zu rechnen, und diesen hirnrissigen Plan könne sich nur „die Andere" ausgedacht haben. Meine guten Eltern! Ich glaube, das Zukunftsbild der berühmten Tochter stand für sie auf einem Altar, und diesen zu erschüttern kam einem Erdbeben gleich. Da sich aber bei uns schon bald darauf die Ereignisse überschlugen, überließ ich meine Eltern ihrem Schicksal und hoffte auf unsere Versöhnung zu gegebener Zeit.

Um unser zweites Leben in New York gebührend zu feiern, kratzten wir alles Geld zusammen und fuhren wenige Tage später zum Broadway. Zwei Musicals hatten wir uns bis dahin schon gegönnt. Jetzt stand Gershwins „Porgy and Bess" auf dem Plan, und wenn man am Tag der Aufführung im Time Square Schlange stand, lustig unterhalten von allen möglichen Musikanten mit Jazz, Rock oder klassischer Musik, von Jongleuren und Portraitmalern, so konnte man die Tickets zum halben Preis bekommen. Wir standen bis zum Abend – und hatten Glück. Zwei Plätze, weit hinten zwar, aber immerhin, wir waren dabei! In der verbleibenden Zeit bis zur Aufführung schlenderten wir unter den zuckenden, flimmernden, kreiselnden Lichtreklamen dahin, gedrängt, geschubst und beiseite geschoben, von Rollschuhfahrern elegant umkurvt, als wären wir Slalomstäbe. In einem Stehlokal leisteten wir uns dicke Sandwiches und Cola. „Das Beste an 'Porgy and Bess' wird sein, dass wir mal wieder sitzen dürfen," stöhnte ich. Nach meiner Zeitrechnung waren wir seit sieben Stunden auf den Beinen. Die Aufführung dann, Magali, ich werde in Erinnerung an unsere Begeisterung nie wieder in meinem Leben Lieder aus „Porgy and Bess" hören können, ohne dass mir die Tränen kommen! Noch in der Nacht habe ich ihr alle Lieder, vor allem aber „Summertime" immer und immer wieder auf dem Filzklavier vorgespielt. Leise sang sie mit, und sie kannte alle Texte.

Wahrscheinlich durch unser Musical-Erlebnis angeregt, hatte Magdalene auf einmal die Idee, unsere Jazz-Band müsse zu Ruhm und Ehren gelangen, am besten über einen Fernsehsender. Sie wolle höchstpersönlich die Vermittlung übernehmen. Saxophone, unser Bandleader, griff diesen Plan mit Feuereifer auf und machte sich sogleich an die Arbeit. Proben über Proben wurden anberaumt. Hundertprozentige Profis sollten wir werden! Da wir alle mittlerweile vom Jazz-Fieber gepackt waren, hatte er es nicht schwer mit uns. Pünktlich erschienen wir in unserem verräucherten Keller, immer wieder pünktlich und bis zum Umfallen einsatzbereit. „Die Konkurrenz ist eisenhart und schlafen tut sie schon überhaupt nicht", tobte er, wenn die einzelnen Passagen nicht hundertprozentig klappten, „und ihr werdet euch, verdammt nochmal, am Riemen reißen!" (Das alles nur sinngemäß und abgeschwächt. Mein feiner Stift würde streiken, sollte er Saxophones amerikanische Redensarten wörtlich übersetzen). Die Vorstellung unseres künftigen Ruhmes gefiel uns rundherum, und wir sahen uns schon als steinreiche Ladies and Gentlemen in üppigen Villen am Meeresstrand residieren. Deshalb durfte er uns ruhig schikanieren. Im Gegenteil, er sollte es, denn das schien uns die Gewähr zu sein für den sicheren Erfolg.

Mein Klavierlehrer Charly Fisher, mit dem ich telefoniert hatte, um zu fragen, ob ich hin und wieder eine Privatstunde bei ihm haben könnte, sagte sofort zu. Außerdem wollte er mir ein paar Klavierschüler schicken, „zur Aufmöbelung des Taschengeldes, einverstanden?"

„Sehr einverstanden."

Er hielt Wort. Für Charly Fisher selbstverständlich. Vier Schüler, drei Mädchen und ein Junge, die bei ihm trotz beachtlicher Begabung nicht mehr unterkommen konnten, strömten jetzt in unsere kleine Wohnung und plagten sich mit dem Filzklavier ab. „Tut ihnen nur gut", erklärte Charly, mit dem ich öfter über sie sprach, „du weißt ja, alles, was den Anschlag erschwert, trainiert die Hände."

Mit mir wollte er in diesem Winter Debussy, Ravel und das 1. Klavierkonzert in b-moll von Tschaikowsky studieren. Auf den Tschaikowsky freute ich mich besonders. Technisch hatte ich es schon in den Fingern, ahnend, dass unter der Regie dieses Klavierlehrers etwas entstehen würde, das sich mit meiner Urform nicht mehr vergleichen ließe.

In meinen späteren Jahren, wenn ich den Charly Chaplin-Film „Limelight" sah, immer und immer wieder, dessen Hintergrundsmusik sich unseres Tschaikowskys bedient, vor allem mit dem gravitätisch daherschreitenden Anfangsmotiv, setzte ich mich hinterher an den Flügel, spielte es nach und schrieb dann auf dem geschlossenen Flügeldeckel an Charly einen Brief. Er schrieb auch zurück, und meistens endeten seine Briefe mit der Bitte, ihn bei einer meiner Konzerttourneen durch Amerika nicht zu vergessen. Ich könnte auch bei ihm wohnen, sein Junggesellennest sei zwar unaufgeräumt, dafür aber fühle man sich bei ihm wesentlich besser aufgehoben als bei Hilton's.

Ach Charly! Die Stunden damals gab er mir umsonst, und in seinem Verhalten mir gegenüber schwang eine leise, schüchterne Verliebtheit mit. Ich habe sie nicht erwidern können, vielleicht spielte dabei meine Ehrfurcht eine Rolle, die ich vor diesem hochkarätigen Musiklehrer hatte. Um Ausreden vor mir selber war ich nicht verlegen. Jedenfalls haben sich Charlys Spuren verwischt, nachdem er seine Tätigkeit an der Hochschule beendet und, wie man mir erzählte, sich nach Texas begeben hatte, mit dem Flügel – und sicherlich auch dem Fahrrad – in das Haus seiner verstorbenen Mutter.

Es gelang der findigen Magdalene tatsächlich, von irgendwo her eine Dame vom Fernsehen aufzutreiben, die sich unsere Band, die aus sechs Männern und mir bestand, anhören wollte. Höchstpersönlich stieg sie hinunter in unseren Räucherkeller, eine hübsche Frau Mitte Fünfzig, setzte sich an mein Piano und begann sofort zu improvisieren, zusammen mit Saxophone, der vor Aufregung in seinen ersten Passagen voll daneben blies. Vanessa, so hieß sie, die bald unsere Freundin wurde, lächelte nur und nickte ihm beruhigend zu. Wir spielten trotzdem gut, im Laufe der langen Nacht immer besser, und Vanessa, die etwas von der Sache verstand, machte uns Hoffnung, uns ein Mal im Nachtprogramm ihres Senders für fünfzig Minuten unterbringen zu können. Mehr sei nicht drin, beim besten Willen nicht, da es viele gute Jazz-Bands gäbe, die auf der Warteliste stünden.

Nach Plattenmillionär klang das zwar nicht, und unsere Beach-Villen zerbröckelten im heißen Sand von Kalifornien, aber vielleicht würde uns der Auftritt etwas Ehre einbringen, das doch wenigstens.

Vanessa lebte am Wochenende bei ihrem Bruder, einem Tankstellenbesitzer auf dem Land, drei Stunden vom Stadtrand entfernt. Steve sei ein guter Gitarrist, schwärmte sie, und er habe sich eine kleine Lagerhalle zum Tonstudio ausgebaut, das sich für unsere Aufzeichnungen eigne. Ein gutes Piano sei vorhanden. Wir sagten sofort zu, denn wie sonst hätten wir zu einem Tonstudio kommen sollen? Als Termin wurde ein Tag Ende November vereinbart. Bis dahin blieb uns noch viel Zeit. Und die haben wir genutzt.

Magali machte eines Tages wahr, wovon sie schon immer geträumt hatte: sie ging zu einem Gebrauchtwagenhändler und kaufte für ein paar Dollar einen Autokarren, der jeder Beschreibung spottete. Saxophone, der den Kauf fachmännisch beaufsichtigte, hatte ihr angeboten, ihn wieder fahrtüchtig zu machen, falls er auseinanderbrechen sollte. Das Auto war einer der riesigen Kähne, die man aus dem amerikanischen Kino kennt, die mit einem gewaltigen Hinterteil und einem noch gewaltigeren Vorderteil gleich meine halbe Ackergasse zugestellt hätten. Ein Benzinschlucker obendrein, aber das wollte sie mit ihren Verdiensten aus der Kinderbetreuung bewältigen. Magalis Begeisterung ließ irgendwelche Bedenken oder gar Befürchtungen gar nicht erst aufkommen, also schob ich die meinen beiseite und vertraute unser künftiges Leben in New Yorks Straßenverkehr dem lieben Gott an und allen Schutzengeln, deren er habhaft werden konnte.

Gleich am darauffolgenden Samstag fand die Premiere statt. Mit von der Partie war Miss Marple, die sich über alle Maßen freute und sich für diese Unternehmung ganz groß in Schale geworfen hatte. Sie trug eine rosaseidene Flatterhose, oben eine Art Stola mit angedeuteten Ärmeln, fliederfarben, bedruckt mit gelben Fischottern. Auf den lilafarbenen Haaren thronte ein pinkfarbener Strohhut. Da es aber keineswegs mehr warm war – Anfang Oktober – hüllte sie all die wehenden Gewänder in ihren weiten, hellblauen Wollmantel. Sie saß vorne neben Magali, fast unsichtbar in ihrem Sitz versunken, nur der Hut ließ darunter ein menschliches Wesen ahnen. Ich selbst verlor mich im weitläufigen Fond des Autos, und obwohl eigentlich alles an unserem Gefährt autogemäß klapperte und rumpelte, hatte ich mehr das Gefühl, in einem Schiff auf einer riesigen Meereswoge dahinzuschippern. Magali, auf dem Schoß einen Stadtplan, lenkte ihren Kahn erstaunlich geschickt und nervenstark durch den Wahnsinnsverkehr, umflutet von Hupen, Sirenen, quietschenden Bremsen und aufheulenden Motoren, in die Mangel genommen durch ein Gewirr von Spurenwechseln, Hinweisschildern und nicht enden wollenden Straßenfluchten. Für die heutige Premiere hatten wir uns eine Fahrt in die Berkshires vorgenommen, die Hügellandschaft mit den schönen Wäldern, von vielen New Yorkern geliebt wie ihr zweites Zuhause.

Der New Yorker Stadtrand, er wirkte auf uns wie ein Saum von schier unermesslicher Breite, mit Fransen dran und wieder Fransen an den Fransen ... und doch ließen wir die Stadt irgendwann hinter uns, Magali atmete auf. Durch die allgemein übliche Geschwindigkeitsbegrenzung wurde es nun eine sehr angenehme ruhige Fahrt. Miss Marple sang Schlager und die amerikanische Hymne, ich selbst, in meinem breiten hinteren Sofa versinkend, fing zu träumen, oder zu schlafen? an, und nahm wenig von der Umgebung wahr.

Erst als wir, von Miss Marple zwischen ihren Gesängen gelotst, an einem der „Inn's" hielten, einem großen, außerhalb von Great Barrington gelegenen wunderschönen Gasthof im viktorianischen Stil, wurde ich wieder hellwach. Miss Marple kannte den Wirt von früher, und wie gut sie ihn kannte! Aufgeregt erzählte sie von ihm, rutschte auf ihrem Sitz hin und her und konnte es gar nicht erwarten, dass unser Kahn endlich anhielt. Dann zog sie uns hinter sich her, um ihn zu suchen. Als sich die beiden endlich in den Armen lagen, unser kleiner bunter Paradiesvogel und der braungebrannte, ebenfalls kleine Willy mit dem feschen Lippenbärtchen und dem dichten grauen Haar, hätte man sie für ein Liebespaar halten können. Und warum auch nicht? „Er sieht aus wie ein geschrumpfter Rhett Butler“, flüsterte mir Magali zu, „nur Miss Marple hat halt nicht so viel Ähnlichkeit mit Scarlett O'Hara!“

„Nein, hat sie nicht“, flüsterte ich zurück, „aber vielleicht war sie ja mal ganz sexy.“

„Mit Flatterhosen und Schmetterlingsärmeln?“

„Vielleicht war das damals ja Mode.“

„Glaub ich nicht, kann ich mir nicht vorstellen.“

Jedenfalls wollten die beiden, nachdem wir großzügig auf der überdachten hölzernen Veranda zu Kaffee und Kuchen eingeladen worden waren, noch ein Weilchen alleine plaudern, und wir sollten uns doch bitte die Gegend anschauen und Miss Marple später abholen.

Ich saß nun vorne neben der noch immer begeisterten Fahrerin – ich selbst nahm mir fest vor, endlich den Führerschein zu machen – und wir fuhren dahin auf schmalen Straßen durch dunkle oder bunte Herbstwälder, durch kurvenreiche Täler, vorbei an kleinen Dörfern, auf Anhöhen hinauf, die endlich einen Blick freigaben: wiederum über Wälder, Hügel, Täler und Dörfer. In einem der Dörfer machten wir Halt. Die zwei- bis dreistöckigen Holzhäuser, weiß oder blau angestrichen, alle mit mehreren Giebeln und einer kleinen überdeckten Veranda ausgestattet, gefielen uns. Und die ebenfalls weiß angestrichene Holzkirche erinnerte vertraut an amerikanische Fernsehserien. Niemand gaffte uns nach, als wir durch die Straßen schlenderten, die Leute lachten uns an und grüßten, als wären wir alte Bekannte. Magali strahlte. „I love America!“ In diesem Augenblick hüpfte ein winziges schwarzes Katzentier auf mich zu, strich mir um die Beine, maunzte, schaute mit grünen Augen zu mir hoch, angelte nach den Schnürsenkeln meiner Turnschuhe, sprang in kleinen Bocksprüngen vor uns her. Sofort nahm ich es hoch und drückte es an meinen dicken, weißen Baumwollpullover. Die Bäuerin, der es offenbar gehörte, ergriff die gute Gelegenheit beim Schopf. „It belongs to you, what are we supposed to do with so many cats?“ Erschrocken setzte ich das Tier wieder ab, aber wir hatten keine Chance mehr. Es lief uns laut miauend nach, über die Dorfstraße zurück zum Auto.

„Es braucht unsere Hilfe“, entschied ich, „am Ende gehen die hier mit Katzen genauso schlecht um wie bei uns!“ Und schon saß der Kohlschwarze mit den grünen Augen hinten auf meinem Sofa und putzte sich mit einer Hingabe, als wollte er damit die Rigorosität seiner Kontaktaufnahme verschleiern. Weil wir nicht wussten, ob Kater oder Katze – bei einem Katzenbaby, so viel wusste ich, ließ sich das noch nicht so leicht feststellen – nannten wir es „Hans-Herta“, und dabei blieb es, auch als der Tierarzt einige Monate später feststellte, dass es sich um ein Mädchen handelte.

Miss Marple, noch glühend vor Willy und genossener Zweisamkeit, war von unserem neuen Familienmitglied begeistert. „If I weren't that old, I would take it at once!“ Aber ich schüttelte energisch den Kopf. „Too late – I can't give it away any more.“

Da das Katzentier während unserer ganzen Heimfahrt im Auto herumsprang, auch über das Gaspedal und die Bremse hüpfte, sich in Miss Marples Flatterhosen verfing, aus meinem Pullover Fäden zog und Magalis Halstuch davontrug, verlor New Yorks Straßenverkehr an Bedeutung. Irgendwie sind wir nach Hause gekommen. Und während das Katzenkind auf leisen Sohlen, dramatisch wie ein Indianer, der eine Spur aufnimmt, durch unsere Wohnung schlich, lief ich mit festem Schritt durch den abendlich hell erleuchteten Supermarkt und suchte ein Kästchen, Katzenkies und Futter und einen Korb.

Ein schöner Tag ging zu Ende, wir hatten viel gesehen und erlebt. Aber das einzige, was zählte, war Hans-Herta. Endlich besaß ich ein Tier!

Kapitel 12

Jahreszeiten, die man sehen und spüren konnte, spürte man eigentlich nur im Central-Park. Die beiden Baumkronen, die sich von unserer Wohnung aus betrachten ließen, gaben vom Herbst wenig preis. Bunte Blätter, etwas verstaubt, ein zögerliches Kahlerwerden der Äste, das war's auch schon. Und in den Straßen erinnerten nur die Schaufensterauslagen der Modegeschäfte daran, dass es kühler geworden, der Sommer schon vergessen war.

Ich wollte den New Yorker Herbst erleben, wenn es sein musste, auch allein. So stapfte ich, Hans-Herta auf dem Arm, durch die dicken weichen Blätter, schob sie gelegentlich geräuschvoll vor mir her und beobachtete, wie sie allmählich meine dünnen Stoffschuhe durchnässten. Sie waren zusammen mit Magali gekauft worden, die rotkarierten, für wenig Geld im Supermarkt. „Die musst du unbedingt nehmen", hatte sie mir zugeredet, „in Sachen bequeme Schuhe weiß eine ehemalige Kellnerin schließlich Bescheid. Und billig sind sie obendrein." Um mich zu überzeugen, hatte sie sich die gleichen gekauft. „Partnerlook ist angesagt, und mit diesen Zwillingsschuhen werden wir sogar den Herbst bestreiten." Was die Stabilität der billigen Schuhe betraf, sollte sie recht behalten. Nur den Partnerlook gab es nicht mehr; Magali war kaum noch zu Hause. Am späten Nachmittag, wenn sie ihren Dienst bei den Kindern beendet hatte, setzte sie sich in ihr Auto und brauste davon. Nun schon seit Wochen.

Ich blieb zurück wie ein verwundetes Tier, das sich allein nicht weiterbewegen kann. Oder auch wie jemand, der sich nicht entscheiden will zwischen Wut und Kummer und sich schließlich eine dritte Möglichkeit aussucht: die Resignation. Etwas anderes wäre auch gar nicht in Frage gekommen, denn Magali war ja nichts vorzuwerfen.

Wir hatten während eines unserer Jazz-Abende im Räucherkeller Steve kennengelernt, den Bruder von Vanessa, einen Mann, der mit seinem lockeren Charme Sympathien einheimste wie ein Jongleur die schnell zugeworfenen Bälle, lachend, mühelos, selbstverständlich. Kein tobender Musiker, kein Fantast oder Romantiker, eher ein Weltenbummler, abwägend, gelassen, neugierig, unterschied er sich deutlich von unserem quirligen Grüppchen. Im Grunde genommen war ich ihm genauso schnell verfallen wie Magali. Aber ich zweifelte keine Sekunde daran, dass sie es sei, meine schöne Schwester, die er bevorzugen würde. Also hielt ich mich zurück und ließ die beiden ziehen, Abende lang und schließlich auch Nächte lang – und war auf einmal wieder allein. Wie früher, nur dass ich jetzt nicht mehr damit umgehen konnte. Wenn ich nicht auf meinem Bett saß, wenigstens die Katze auf dem Schoß, und vor mich hinstarrte, ein paar sinnlose Akkorde in das Filzklavier haute, oder im Eisschrank nach Schokolade suchte, lief ich durch den Central-Park, stundenlang.

Die Tageseinteilungen gerieten mir aus den Fugen, nichts mehr hatte seinen festen Platz. Auch dieser Herbsttag war vorübergegangen, ohne dass ich irgendetwas geleistet oder gar erlebt hätte. Und so stapfte ich durch die feuchten Blätter, zufrieden, dass die Abenddämmerung alle Konturen verwischte und den langen Tag endlich ausklingen ließ.

Unser kleiner Spielplatz war inzwischen fast leer, nur noch ein Grüppchen junger Leute saß auf dem Rand des Sandkastens, rauchend, in ein Gespräch vertieft. Ich kletterte in unsere alte rote Schiffschaukel, bewegte sie langsam hin und her.

Es war kühl geworden, ein leichter Wind kam auf und ließ ein paar welke Blätter neben mir zu Boden trudeln. Wie schön hatte die Zeit in New York angefangen, wie hatte ich mich von dieser neuen Gemeinsamkeit tragen lassen, vertrauensvoll und so naiv zu glauben, nun müsse alles so bleiben. Mein bisheriges Leben, behütet und geordnet, hatte mich verwöhnt, zumindest, was die Berechenbarkeit der Ereignisse betraf. Und ich trauerte ja nicht nur Magali nach; es gab noch Steve, der mit abhanden gekommen war, ehe unsere gegenseitige Sympathie auch nur eine Chance gehabt hätte, über sich hinaus zu wachsen. So leicht war es nicht, liebe Magali, ihn dir zu überlassen!

Kaum hatte ich ihren leichten Schritt gehört und erkannt, saß sie auch schon mir gegenüber in der Schiffschaukel.

„Ich dachte es mir …“

„Was?“

„Dich in unserer Schiffschaukel zu treffen.“

„Hier bin ich gern, freilich lieber zu zweit. Wenn ich Hans-Herta nicht hätte …“

Wir begannen zu schaukeln, wie immer. Magali trug unsere Partnerlook-Schuhe, Jeans und einen weiten dunkelblauen Pullover. „Ich weiß natürlich, Hanna, dass du sehr enttäuscht bist von mir.“

„Ach Gott, Magali, was soll ich dazu sagen? Du warst es schließlich, die eine Verlängerung wollte. New York hatte so schön angefangen.“

„Und jetzt geht's für mich allein schön weiter, das meinst du doch."

„Wahrscheinlich."

„Was Steve betrifft, so bin ich mir seiner gar nicht so sicher, wie du denkst."

„Warum läufst du dann dauernd hin?"

„Weil ich ihn haben möchte, darum. Kannst du das nicht verstehen?"

„Verstehen schon – nur hilft mir das nicht weiter."

„Auch dann nicht, wenn ich dir sage, dass schließlich du es bist, der ich mein Glück zu verdanken habe?"

„Auch dann nicht, Magali, ich bin halt mal wieder allein, oder fast allein. Gott sei Dank hab' ich ja die Katze!"

„Und wenn Steve sich für dich entschieden hätte?"

„Dann wäre ich wahrscheinlich auch abgehauen."

Wir schauten uns an und mussten lachen, auch wenn mir gleichzeitig die Tränen in die Augen stiegen. Aber die konnte sie in der Dunkelheit nicht sehen.

„Lass nur, Hanna, diese erste Verliebtheit wird sich schon bald wieder legen, oder zurückweichen vor all den Zweifeln und Bedenken, die sich bei mir immer einstellen, wenn ein Mann im Spiel ist. Irgendwie fängt's schon an."

„Ich will das gar nicht, Magali, ich gönne es dir ja. Nur, ich glaube, allein bin ich dem Leben nicht gewachsen und in New York schon gar nicht. Ich brauche dich wie ein Kindermädchen – und muss auf einmal solo durch die Gegend watscheln. Und einfach nach Hause fliegen, das will ich auch nicht, das wirkt so feige. Also eben allein."

„Das lernt sich, das Alleine-Watscheln, erstens, und zweitens musst du es gar nicht, denn ich bin ja nicht ganz weg vom Fenster."

„Wörtlich genommen doch. Es war immer so schön, wenn wir abends aus dem Fenster hinaushingen und uns gewissermaßen über Luftlinie außen herum unterhielten."

„Kommt alles wieder, zum Beispiel heute bleibe ich da."

„Bist du glücklich mit ihm?" Obwohl ich Angst vor der Antwort hatte, musste ich ihr diese Frage stellen. Es war wie eine Flucht nach vorn. Wenn schon Abschied von Magali und Steve, dann wollte ich es gleich wissen.

„Soweit ich glücklich sein kann, ja. Weißt du, die Sache mit Fiffi, überhaupt mein bisheriges Leben, vielleicht fehlt mir so eine Art Urvertrauen, das zur Liebe wohl dazugehört."

Wieder, wie jedes Mal, wenn sie von ihrer Kindheit sprach, wurde mir heiß, bekam ich Herzklopfen, und es vertiefte sich der Graben, der mich davon trennte, ihr die Wahrheit über uns zu sagen. „Wir sollten nach Hause gehen," Magali sprang von der Schiffschaukel, „es wird kalt und auch zu einsam." Jetzt erst merkte ich, dass die jungen Leute am Sandkasten nicht mehr da waren. Der leichte Wind hatte sich verstärkt, er rauschte in den Bäumen. Magali nahm meine Hand. „Komm, mein Schatz, wir gehen nach Hause, ich habe tolle Sachen zu essen mitgebracht. Es wird wieder mal ein richtiger Magali-Hanna-Abend mit Klavier, Tanz und Gesang. Nichts kann uns trennen, und schon gar nicht ein Mann!"

Etwas später, Ende November, an einem Wochentag, starteten wir zu unserer Fernsehaufnahme in Steve's Tonstudio. Hans-Herta blieb in der Obhut von Miss Marple. Saxophone hatte einen VW-Bus gemietet, in dem wir uns und unsere Instrumente verstauten. Er übernahm auch das Steuer und setzte unser Gefährt in Gang. Neben mir saß Magali, die nur mit Mühe von ihrem Psychologen-Ehepaar frei bekommen hatte.

Saxophone steuerte uns zuverlässig durch die tobenden Straßen, hupte genauso laut und anhaltend wie die anderen Autofahrer, wenn jemand den zügigen Verkehrsfluss behinderte oder ein Betrunkener auf die wahnwitzige Idee gekommen war, die Straße zu überqueren. Ich musste lachen. „Das wenigstens haben wir von New York zur Genüge mitgekriegt: die Hupkonzerte!"

„Und herrliche Broadway-Musicals, vergiss das nicht! Und wir sind durch die Bronx gelaufen und über den Hudson getuckert und durch die Häfen geschlendert, haben im siebzigsten Stockwerk zu Abend gegessen – es war doch toll!"

„Bis Steve kam, Magali."

„Genau, bis Steve kam und mit ihm tausend Probleme."

Ein ernstes Gespräch wollte ich dann doch nicht aufkommen lassen, nicht hier im rumpeligen Bus. „Bei mir findet Liebe wohl nie statt. Sie ist vermutlich im Klavier oder im Filz hängen geblieben, aber vorstellen kann ich sie mir durchaus."

Eine Zeitlang schauten wir hinaus in das Gewühl. Es wurde nicht so richtig hell an diesem nasskalten Novembertag. Ich dachte über Magali nach, über die ganze Bandbreite ihres widersprüchlichen Wesens, all das, was mich von Anfang an so fasziniert hatte, ohne dass ich es konkret hätte benennen können. Allmählich lernte ich sie kennen. Magdalene befand sich in einer Dauerfehde mit sich selbst. Sie wusste, dass sie schön war, gleichzeitig hasste sie, ihrer Hautfarbe wegen, ihr Aussehen. Sie suchte die Geselligkeit, in der sie als fröhlicher Kumpel, als Geliebte, als charmante, witzige Frau, als Stimmungsbombe auftrat, dann zog sie sich plötzlich zurück, auch vor Steve, wurde spröde, unzugänglich, gab sich ihrer Melancholie hin, blieb in unserer Wohnung und wollte niemanden sehen.

Ich betrachtete sie von der Seite. Sie hatte den Kopf zurückgelehnt, die Augen geschlossen. In der Hand hielt sie, für alle Fälle, ihr Glöckchen, falls sie nachher als Präsidentin Bell für Ordnung zu sorgen hatte. Das gleichmäßige Gerumpel unseres kleinen Busses machte angenehm schläfrig. Es wurde immer stiller im Gehäuse. Nur der arme Saxophone am Steuer musste wach bleiben, um sein Musikantentrüppchen unbeschadet ans Ziel zu bringen. Aber nicht nur damit war er beschäftigt, sondern vor allem mit seinem nimmermüden Versuch, durch den sorgsam eingestellten Rückspiegel einen Blick von Magdalene zu erhaschen. Trotz der Vergeblichkeit seiner Bemühungen gab er nicht auf, sondern setzte wohl auf die Hoffnung, seine glühend geliebte Bell werde mit Hilfe von gelegentlichen Schlaglöchern mal wieder die schönen Augen öffnen. Sie tat ihm den Gefallen nicht, schon gar nicht, als wir endlich auf freier Strecke eintönig rumpelnd durch den grauen, nasskalten Novembertag fuhren.

Kein Wind weit und breit, nur eine lückenlose, tiefgraue Wolkendecke und feuchte, schwere Luft.

„Woher den Wind nehmen", lachte Steve, als wir uns beschwerten, dass seine Fahnen nicht zur Begrüßung wehten, sondern schlaff herabhingen. Wir waren endlich da. Vanessa, Steve's Schwester, die wir als elegante Frau mit streng zurückgekämmten Haaren kannten, lief in Jeans und Pullover herum, trug kräftige weiße Gummistiefel und auf den offenen blonden Haaren einen Cowboyhut. Hübsch sah sie aus und jung für ihr Alter. Sie arbeitete für ihren Fernsehsender, indem sie viel herumreiste, Stoffe sammelte, Vorschläge machte und schließlich, wenn ihre Vorschläge Anklang fanden, die Aufnahmen beaufsichtigte. Es handelte sich also nie um Live-Sendungen, ein Umstand, der die Akteure, in diesem Fall uns, zutiefst beruhigte.

Beide Geschwister waren geschieden, daher wieder enger zusammengerückt. Am Wochenende schlief sie sich hier draußen aus und brachte seinen Haushalt in Ordnung, zu dem auch Jonathan, ein riesiger schwarzer Neufundländer gehörte.

Publizistik hatte sie studiert und mit der Anstellung beim Sender großes Glück gehabt.

Steves Weg lag kurvenreicher hinter ihm und zeigte Spuren vom amerikanischen Traum. Wenn er auch nicht als Tellerwäscher angefangen hatte, so doch als Zeitungsjunge, Einkaufsgehilfe, Gitarrist in verschiedenen Bands. Später dann nach der Schule eine technische Ausbildung, Arbeit als Ingenieur in einer New Yorker Firma, Heirat, gleichmäßiges Leben – und damit immer vordringlicher die alte Sehnsucht nach dem einfachen Leben, der eigenen Tankstelle mit Reparaturwerkstatt weit draußen, nach einem Tonstudio und schließlich nach einem riesigen schwarzen Neufundländer. Keine Nachbarn, keine eng bebauten Grundstücke, nur Wiesen, Wind, Wälder, Wasser, Weite, die W's, die eine Nur-Hausfrau in das nächste „W" hineintreiben, nämlich in den Wahnsinn. Den Traum hatte er sich irgendwann erfüllt, die Frau darüber verloren. Und damit hatte der Traum an Leuchtkraft empfindlich eingebüßt.

Steve war ein großer, breitschultriger Mann Mitte Vierzig, also jünger als seine Schwester. Seine kurzen drahtigen Haare standen wie eine graue Bürste vom Kopf ab. Er hatte einen energischen Gang und war einer, der zupackte. Unter seinen Händen bleibe nichts, aber auch gar nichts unrepariert, erzählte Vanessa, auf ihn sei hundertprozentig Verlass, und überhaupt sei er ein Bruder zum Anlehnen. Steve erwies sich tagsüber als freundlicher, aber energischer Chef seines kleinen Betriebes, als Spaßvogel, optimistisch und gut gelaunt. Abends verwandelte er sich zum Gitarristen, ernst und konzentriert der Musik hingegeben, die kräftigen Hände immer etwas im Kampf mit den Saiten.

Er tat für uns, vor allem aber für Magali, was er konnte, wir sollten uns wohlfühlen. Und dass wir sein perfektes, mit allen nur denkbaren Raffinessen ausgestattetes Tonstudio bewunderten, machte ihn glücklich.

Zwei Kameramänner waren schon da und sogar eine Dame aus der Maske, die sich mit viel Puder und Lidschatten unserer Verschönerung annahm. Bell-Magali sorgte für die nötige Disziplin, die immer wieder unserer Aufgedrehtheit zum Opfer fallen wollte. „Freunde", erklärte sie streng, „ihr werdet euch jetzt zusammenreißen und den besten Jazz in die Bude klimpern, blasen, röhren, zupfen, streichen, den ihr je zu Stande gebracht habt, Punkt! Noch seid ihr halbwegs jung, denkt an eure alten Tage, für die ihr rechtzeitig Moneten anhäufen müsst."

Die schmelzende Schminke unter der Hitze der Lampen, die wackeligen Mikrofone, die Anweisungen der Kameramänner taten ein übriges, uns zahm werden zu lassen. Und dann musste Violin sich auch noch umziehen, weil der Unglücksrabe eine phosphoreszierende, grell gestreifte Jacke trug, die der Kamera farbliche Probleme bereitete. Steve lieh ihm einen blauen Pullover, in dem der arme Kerl versank wie in einer Mülltonne.

Aber schließlich glätteten sich die Wogen, alle Störfaktoren verloren etwas an Bedeutung, und wir spielten Summertime-

Jazz mit Dixie und Swing, Evergreens von Duke Ellington, den alten New Orleans Standard „Makin' Whoopee", unsere Lieblinge „It don't mean a thing", „Deed I do", das berühmte „It's wonderful", „Sun Moon" mit seinem melancholisch-abwärtsführenden Motiv, das elegische „I wish you off" und vieles, vieles mehr.

Als befänden wir uns in unserem Räucherkeller, spielten wir bis tief in die Nacht hinein. Mein Anschlag war sehr gut an diesem Abend, die Finger liefen präzise über die Tasten, ich konnte jedes Tempo meiner Improvisationen riskieren und es durchhalten. Mein ganzer Körper vibrierte mit unseren harten Rhythmen.

Steve, Magali und Vanessa waren unser geduldiges Publikum. Hund Jonathan erhob sich nach einer Weile gähnend, schüttelte sich kräftig und verließ gravitätisch den Raum. Wir vermuteten, dass er das Kassenhäuschen aufsuchte, um Jimmy Gesellschaft zu leisten, der Steve vertrat. Der macht wenigstens nicht so einen Höllenlärm wie die Boys, dachte er wahrscheinlich.

Nach Mitternacht, nachdem die Lampen und Kameras schon eine Weile abgestellt waren, wir aber immer noch weitertobten, läutete Magdalene das Ende ein. Unsere Gastgeber hatten ein verführerisches kaltes Büfett und viel Wein und Cola bereitgestellt. Wir fühlten uns fantastisch, aufgekratzt und hungrig. Trumpet ließ sein Instrument austropfen, putzte und wischte daran herum, Violin entspannte den Bogen, lockerte dann die linke Hand, ich schüttelte beide Arme, Oboe konnte noch immer nicht aufhören, duddelte Tonleitern auf- und abwärts, Drums ließ noch einmal sein Blech scheppern, Double bass leistete ihm Gesellschaft und rutschte mit der Hand über die beiden tiefsten Saiten. Saxophone äugte durch das Fenster in die Nacht hinaus nach seinem VW-Bus, träumte aber vielleicht auch nur von Bell-Magali.

Magali stand neben Steve, schaute aber zu mir herüber. Unsere Blicke trafen sich für einen Moment. Attraktiv sah sie aus in ihrem engen schwarzen Baumwollkleid. Sie trug gern schwarz, weil sie damit ihre Haut optisch aufzuhellen hoffte. Es tat mir immer wieder leid, dass sie sich mit der Hautfarbe, die doch einen Teil ihrer Schönheit ausmachte, so gar nicht anfreunden konnte.

Steve schaute sie lange von der Seite an, bis sie es spürte und sich zu ihm hinwandte. Sie lächelten sich zu. Jonathan kam wieder angetrottet, angelte mit der Schnauze nach der Hand seines Herrn. Der streichelte ihm zärtlich über den Kopf.

Es wird eine Familie werden, dachte ich: Magali, Steve, Jonathan. Für Vanessa wahrscheinlich ein Problem, doch sie wird es verkraften.

Aber ich? Ich merkte plötzlich, dass ich es nicht verkraftete, schon jetzt. Magali gehörte mir, ich wollte sie nicht hergeben. Bisher, in den vergangenen Wochen war sie nur einfach nicht da. Nun aber musste ich mit ansehen, wie sie mir gestohlen wurde, noch dazu von dem attraktiven Steve. Ging es mir nur um sie? Oder auch um ihn?

Die Stimmung im Raum war überreizt, wie immer, wenn wir lange gespielt hatten und die Musik noch in den Ohren dröhnte. Die Jungs hefteten sich an Vanessa, versuchten zu flirten oder sie für den Rest der Nacht zu gewinnen. Steve brachte Magali ein Glas Wein. Sie prosteten sich zu, er wirkte dabei etwas abwesend. Ich suchte noch einmal ihren Blick. Sie erwiderte sofort. Diesmal hielten wir uns länger fest, und dabei glaubte ich in ihren Augen die dringende Frage zu lesen: wie findest du ihn?

Da stand er nun mit seiner grauen Haarbürste und den hellen Augen, lächelte auch mir zu, war so stark und vertrauenserweckend wie sein großer schwarzer Hund. Er sagte etwas zu Magali, sie machte eine enttäuschte, wegwerfende Bewegung und wandt sich ab. Einen Augenblick zögerte er, dann bahnte er sich den Weg zu mir mit einem Glas Rotwein und einem Teller Sandwiches. Magdalene redete mit Saxophone. Steve führte mich in die Ecke des Raumes zu seiner Bar-Theke. Wir setzten uns auf die hohen Hocker, prosteten uns zu. Weil sich nun auch die anderen zur Bar hingezogen fühlten, ging er hinter die Theke und betätigte sich eine Zeitlang als Barkeeper. Steve mixte aufregende Drinks. Er machte das schnell und routiniert und unterhielt sich dabei mit seinen Gästen. Ich sah ihm gern zu und vermied es, nach Magali Ausschau zu halten. Obwohl mich das schlechte Gewissen plagte, ließ es immer mehr den Gedanken zum Zuge kommen: Wenn ich seine Aufmerksamkeit auf mich lenke, schlage ich zwei Fliegen mit einer Klappe, er wird mir Magali nicht wegnehmen und ich hätte noch obendrein, endlich, einen Flirt, einen Mann, eine heiße Haut, kein Filzklavier, keinen Fingersatz, keine Melodie im Ohr, sondern vielleicht so etwas wie Liebesgeflüster ...

Später setzte er sich wieder zu mir, noch einmal mit einem Wunder-Mix, in dem ein langes Fahnenstängchen mit der amerikanischen Flagge steckte. Seufzend ließ sich Jonathan wieder zu seinen Füßen nieder. Er gab ihm einen freundlichen Klaps. „Der gute Kerl, wenn ich den nicht hätte!" Der Hund beruhigte vorübergehend meine aufgeregten Nerven, ließ mich zur geduldigen Zuhörerin und Gesprächspartnerin werden. Nur der Alkohol machte es mir etwas schwer, nicht abzuschweifen in eine wogende, leichtsinnige, flimmernde Welt. Steve erzählte mir von seiner geschiedenen Frau, von dem Ehekrieg, der untergründig immer geschwelt hatte und hier draußen dann so richtig zum Ausbruch kam. Ich konnte mir das alles bei diesem Unruhegeist ganz gut vorstellen. „Weißt du, Steve, Erfahrung hab' ich zwar keine, aber was man so hört, müssen die Frauen oft eure Abenteuerlust ausbaden."

„Wieso ausbaden? Ich hätte ihr hier draußen den Himmel auf Erden geboten."

„Ihr wollt immer etwas 'bieten'. Aber vielleicht wollte sie nicht den Himmel geboten kriegen, sondern sich ein Stückchen Welt selbst schaffen."

„Ist das hier etwa keine Welt?"

„Deine Welt, Steve, deine Tankstelle, deine Werkstatt, dein Tonstudio, dein 'Draußen'. Sie hat wahrscheinlich etwas anderes gebraucht."

Er schaute mich belustigt an. „Woher weiß die Pianistin das denn alles so genau?"

„Auch Pianistinnen machen sich gelegentlich Gedanken."

„Na gut. Jedenfalls, sie konnte einkaufen, kochen, sich an der Wohnung freuen, einen Garten anlegen, Freundinnen einladen."

„Das ist der Punkt, Steve. Du glaubst doch wohl selbst nicht, dass Freundschaften sich pflegen lassen, wenn jeder Weg, um sich zu treffen, drei Stunden dauert."

Steve lachte. „Ja, ja, ich weiß, Frauen brauchen den Gartenzaun-Schwatz, morgens, mittags, abends."

„Sie brauchen Kontakte. Und nicht nur wie ihr Männer, einmal pro Woche am Stammtisch, weil ihr beruflich Kontakte bis zum Anschlag habt."

„Sie können ja ebenso ihrem Beruf nachgehen."

„Hier draußen? Und wie steht's dann mit eurer Gemütlichkeit und nach Feierabend, wenn die Frau erst mal zwei Stunden im Stau steckt?"

„Hast schon recht, Piana – so wirst du doch genannt? – Aber ich bin ja lernfähig."

Warum hatte ich eigentlich eine Lanze für Ehefrauen gebrochen? Ich wusste es selbst nicht. Magali wird es gewesen sein, deren Schicksal ich mir an Steves Seite ausmalte.

Als ich mich umschaute, waren einige der Jungs nicht mehr da. Auch Bell war verschwunden. Steve und Vanessa hatten im Keller Schlaflager hergerichtet. Für Magali und mich war je ein eigenes kleines Zimmer über der Werkstatt vorgesehen. Sie würde sich kaum darin aufhalten, sicher lag sie schon jetzt in Steves Bett und wartete auf ihn. Wo war noch etwas Alkoholisches für mich? Ich entdeckte ein paar herumstehende Gläser und trank sie aus.

„Deine Dame wird auf dich warten", sagte ich aggressiv, „also geh schon!" Er schaute mich irritiert an. „Warum sollte sie?"

„Warum sollte sie nicht?"

„Weil die Dinge zwischen uns keineswegs so klarliegen, wie du vielleicht denken magst."

Mühsam versuchte ich mich zu konzentrieren. „Ihr lauft doch schon seit langem hintereinander her, ich sehe sie doch kaum noch."

„Wir sind seit Wochen zusammen, und seit Wochen gibt es Schwierigkeiten."

„Ich will eure Schwierigkeiten gar nicht wissen."

„Ich will sie dir auch gar nicht erzählen."

„Es reicht, dass du mir Magali wegnimmst. Ich hatte mir nämlich mein Leben in New York anders gedacht, und überhaupt, du bist ..." Ich wusste nicht mehr, was ich sagen wollte.

Er stellte sich vor mich hin, nahm meine beiden Hände und zog mich vom Stuhl hoch. Auch Jonathan erhob sich.

„Du hast phantastisch gespielt."

„Was tut das zur Sache?" Weil ich nicht mehr gerade stehen konnte, lehnte ich mich an ihn an. Mittlerweile waren wir allein in dem verrauchten Tonstudio. Es sah aus, als hätte eine Bombe eingeschlagen. Die Stühle kreuz und quer im Raum, leere Flaschen überall, Gläser, Coladosen, abgebrannte oder noch schwelende Kerzen, Papierservietten, Teller, abgelegte Instrumente.

Arme Vanessa, dachte ich noch. Dann ließ ich mich widerstandslos von Steve in sein Zimmer abschleppen. Vierundzwanzig bin ich, vierundzwanzig Jahre alt. Ich musste mich doch nicht rechtfertigen, vor niemandem, oder? Quatsch. Und Steve war kein Mann, mit dem man sich vergreift. Und verliebt war ich ja von Anfang an. Und schließlich, Magali wird mir auf diese Weise erhalten bleiben, dachte ich mit der ganzen Unklarheit meiner weinseligen Verfassung. Ihren zu erwartenden Kummer kann ich ausbügeln, leicht, easy!

Kapitel 13

Ladies and gentlemen…“ Was die Stewardess durch den Lautsprecher zu sagen hatte, rauschte an mir vorüber wie ein Gebirgsbach.

Ich saß, Hans-Herta in einem Körbchen auf dem Schoß, in der Lufthansa-Maschine, neben mir ein alter Mann, der mit weit geöffnetem Mund schlief, gelegentlich schnarchte, während ihm langsam die Zeitung von den knöchernen Knien rutschte.

New York musste längst im Dunst verschwunden sein. Obwohl ich am Fenster saß, hatte ich mich nicht mehr umgeschaut. Was ich zurückließ: Magdalene, Steve, ein unter meiner Regie zerstörtes Glück, einen wichtigen Zeitabschnitt.

Mitgenommen hatte ich die Katze, zwei Koffer, eine Handtasche und eine Traurigkeit, die mir fast die Luft abschnürte.

Es war der sechsundzwanzigste Dezember, um halb sieben abends würde die Maschine in Frankfurt landen. Meine Eltern wussten nichts von meiner verfrühten Heimkehr, aber sie hatten mir, wieder einigermaßen versöhnt, mein Holzhausenzimmer gehalten. Ich würde es aufsuchen, das Fenster zum Luftschacht öffnen, die Heizung anstellen, mich auf die Couch legen, abwarten, dass der Weihnachtsrest vorüberginge.

Und wie hatten wir uns auf den gemeinsamen Weihnachtsabend in New York gefreut! Wir wollten uns eine Tanne besorgen, sie mit Strohsternen, Glasketten und Lametta schmücken, Miss Marple einladen, um sie mit deutschen Weihnachten vertraut zu machen. Stille Nacht, heilige Nacht auf dem Filzklavier, als Zugabe fetzig verjazzt und durch sämtliche Tonarten – alles ein schöner Traum. Die Wirklichkeit hat sich herausgelöst und ein Eigenleben angetreten, das wir beide plötzlich nicht mehr steuern konnten.

Die Schuldige war ich.

Es wäre nicht nötig gewesen, ihr die Sache mit Steve anzutun. Nicht nur, weil es sich für diesen Preis nicht gelohnt hat – das wäre eine schäbige Erklärung – sondern weil ich hätte wissen müssen, dass solche Manipulationen, mit denen man etwas erzwingen will, gewöhnlich nicht aufgehen. So jedenfalls die Argumentation der vernünftigen Hanna. Die andere Stimme, die Stimme meiner Verliebtheit, meiner hellwachen Nacht, meiner Hingabe, ach was soll's! Ich hätte ihn der Magali nicht wegnehmen dürfen, Punkt.

Als ich am Morgen leise Steve's Zimmer verlassen hatte, um gleich bei Magali hereinzuschauen, war sie nicht da. Das Bett unberührt, nirgends die Reisetasche, kein Zettel oder auch nur der kleinste Hinweis. Im ersten Moment begriff ich nichts, nur: jetzt muss ich sie nicht anlügen oder irgendwie Rechenschaft ablegen. Gleich darauf, wie ein elektrischer Schlag, der wahnsinnige Schrecken. In meinem Kopf begann es zu hämmern. Bilder tauchten auf, reihten sich in rasendem Tempo aneinander, so dass ich keines von ihnen genau erkennen konnte. Zerstörte Häuser, Abgründe, Wassermassen, Magali verletzt, verkommen, allein, ertrunken, leblos. Der Aufruhr in mir ließ nicht einmal ein Stoßgebet zustande kommen. Ich formulierte es mit den Lippen, konnte es aber nirgends in meinen Gedanken etablieren. Lieber Gott, wende es zum Guten, dieses eine Mal noch, nimm mir die Magali nicht weg! Ohne Steve kann ich leben, aber nicht ohne sie!

Das allgemeine Frühstück sollte in der Wohnküche stattfinden. Also lief ich dorthin, in der lächerlichen Hoffnung, sie würde am Tisch sitzen, neben Saxophone zum Beispiel, und mir fröhlich zuwinken. Komm, setz dich zu uns, der Kaffee tut gut nach der verrückten Nacht! Die meisten hatten sich schon eingefunden. Bell fehlte. Vanessa reichte einen Korb mit frischen Brötchen herum. „Die habe ich extra für die beiden Damen aus Germany gebacken."

„Es ist aber nur noch die eine der beiden da, Vanessa. Magali ist weg." Ich stand an der Tür, als ich das mitteilte, und konnte keinen Schritt mehr weitergehen, so zitterten mir die Knie.

„Was ist mit dir?" Vanessa stellte den Brotkorb auf den Tisch und kam zu mir. Ich kämpfte mit den Tränen. „Bell ist weg, ihr Bett ist unberührt, die Reisetasche nicht da."

„Vielleicht hat sie mit Saxophone im Bus übernachtet", meinte Oboe, „oder die beiden joggen durch's Gehölz." Er hatte das nicht spöttisch gemeint, aber in meiner Aufregung konnte ich solche Bemerkungen nicht ertragen. Er erntete einen wütenden Blick.

Vanessa schob mich zur Tür hinaus. „Komm", versuchte sie mich zu beruhigen, „solche Situationen erweisen sich meistens als vollkommen harmlos." Draußen lief uns Steve über den Weg. Ach Steve! Die Verliebtheit der Nacht war nach Magalis Verschwinden wie weggeblasen, eine Sache, abgehakt jetzt und in die Vergangenheit geschoben. Er nahm mich fest in die Arme, kratzte mein Gesicht mit seinem Drei-Tage-Bart. Irgendetwas ist mit Magali passiert, dachte ich nur, und wenn sie nicht wiederkommt, nützt mir das alles nichts, auch nicht Steve. „Es war doch schön mit uns heute Nacht", flüsterte er mir ins Ohr.

„Ich weiß nicht, Steve, ich weiß gar nichts mehr ...“

Weiter kam ich nicht, weil Vanessa inzwischen unsere New Yorker Telefonnummer gewählt hatte. „Komm her, Hanna, falls Bell ganz gemütlich in eurer Wohnung auf dich wartet.“ Sie ließ lange durchläuten, aber niemand meldete sich. Ich rief bei Miss Marple an. Vergeblich. Wahrscheinlich schlief sie noch.

Wir gingen wieder zu den anderen, die in aller Ruhe frühstückten. „Bell wird schon kommen“, sagte Violin, der sich wahrscheinlich freute, mich unter diesen Umständen mal für sich allein zu haben. Ich wusste, dass sie nicht kommen würde. Die Abfahrt war auf zehn Uhr festgelegt worden. Unsere Präsidentin mit dem Glöckchen fehlte, das wurde nun jedem klar. Eine Stunde warteten wir noch, dann bat uns Saxophone, einzusteigen. Steve schaute mich traurig an, als ich mich verabschiedete. „Wir sehen uns wieder?“

Ich schüttelte den Kopf. „Du siehst ja selbst, wo mein Herz hängt.“

„Jedenfalls nicht bei mir.“ Er lächelte. „Das ist wohl mein Schicksal. Keine Frau hält es lange bei mir aus, Magali nicht, du nicht. Aus allem macht ihr Frauen ein Problem, das wird es wohl sein.“

„Und Fehler bei dir? Könnte man da vielleicht auch fündig werden?“

Statt einer Antwort küsste er mich zum Abschied zärtlich auf die Haare. „Immerhin habe ich eine wunderschöne Tankstelle und dazu ein Tonstudio.“

Als wir uns noch einmal umschauten, sahen wir, dass die Fahnen im Wind wehten. Steve und Vanessa winkten uns nach, zwischen ihnen stand der schwarze Jonathan.

Violin neben mir spürte meinen Kummer. Mit kleinen Anekdoten versuchte er mich aufzuheitern. Wäre er nur ruhig gewesen! Die vage Hoffnung, Magdalene könnte in der Wohnung auf mich warten, verwandelte sich immer mehr in einen Zustand, bei dem ich mich körperlich und seelisch wie unter Strom gesetzt fühlte. Ich hätte schreien mögen, Violin den Mund zuhalten und mir die Ohren.

Von der Fahrt habe ich nicht viel mitgekriegt. Irgendwann hielt Saxophone direkt vor meinem Haus. Ich griff nach Mantel und Tasche. „Bye-bye boys!"

Aber sie stiegen alle aus, denn mittlerweile machte ihnen das unerklärliche Verschwinden von Bell auch zu schaffen.

Zwei Stufen auf einmal nehmend, jagten Saxophone und ich die Treppen hoch. Er nahm mir die Schlüssel aus der Hand und schloss auf.

„Bell?" Keine Antwort.

Wir liefen durch die Zimmer.

Magalis Sachen waren weg, die Schränke und Regale leer. Auf dem Filzklavier lag ein Brief, den ich schnell aufnahm und unter meine Bettdecke schob. Ich wollte ihn alleine lesen.

„Gib mir Bescheid, wenn sie wieder da ist", bat Saxophone, der sich das Ganze nur als eine Augenblickslaune erklären konnte.

„Und vergiss nicht unser nächstes Treffen im Keller, nach Weihnachten!"

Als er sich verabschiedet und die Tür hinter sich zugezogen hatte, holte ich mit zitternden Händen den Brief hervor. Sie hatte ihn mit Bleistift und offenbar in großer Eile geschrieben. „Liebe Hanna, es tut mir leid, dass ich dich wahrscheinlich sehr erschreckt habe. Aber für mich war die Sache mit Steve – nein, du würdest mich wahrscheinlich nicht verstehen. Ich weiß, dass es unfair ist, einfach davonzulaufen, und du wirst meinen, ich wollte dich damit bestrafen. Aber wofür denn? Du hast dir ja nur geholt, was dir angeboten wurde. Er entschied sich für dich, an seiner Stelle hätte ich das auch getan. Du spielst toll Klavier, bist hübsch und keine Farbige aus dem Busch. Nur hätte er sich das eher überlegen können, oder? Mein Fiffi-Trauma, ich muss es dir trotz großer Eile schreiben, hängt auf mir wie ein festgewachsener schwerer Rucksack, der immer dann zu drücken beginnt, wenn Vertrauen im Spiel sein sollte. Ich kann mich einem Mann nicht richtig hingeben, oder wenn, dann mit tausend Ängsten und einem seelischen Kraftakt, der nicht zu verbergen ist. Damit habe ich Steve wahrscheinlich allzu oft verprellt. Manchmal möchte ich mich aufgeben, wie damals nach Agnes' Tod. Dann wieder denke ich an die schöne Zeit mit dir und daran, dass ich ja offenbar glücklich werden kann bis hin zu einer richtigen Liebe. Steve wäre es gewesen.

Bliebe ich in deiner Nähe, dann würde es mir jedes Mal so ergehen. Solche Erlebnisse verstärken mein Minderwertigkeitsgefühl, bis nichts mehr von mir übrig ist. Zwar ist es eigentlich egal, woran man in diesem Kotzleben kaputt geht, aber ich will mir unter allen Möglichkeiten, die einem so großzügig vom Schicksal angeboten werden, nicht ausgerechnet die schlimmste aussuchen. Ich werde in NY oder Umgebung bleiben, irgendwo unterkriechen. Ich habe die Adresse einer jungen Frau, die mal zu unseren Jazz-Fans gehörte. Bitte suche mich nicht.

Zu gegebener Zeit sollst du wieder nach Hause fliegen und dich nicht um mich sorgen. Typen wie ich fallen immer auf die Füße. Und noch etwas: Sag meinem Psycho-Ehepaar, ich hätte mich aus familiären Gründen Hals über Kopf verabschieden müssen. Das Geld, das sie mir noch zu zahlen haben, sollen sie dir geben. Und Miss Marple könntest du sagen, ich hätte mich für einen neuen Job außerhalb New

Yorks ganz schnell entscheiden müssen. Lauter blöde Lügen. Aber wer würde denn die Wahrheit verstehen? Ich möchte dir noch so vieles sagen. Eines wenigstens: Bleib deiner Musik treu! Und bei unserem Chopin, du weißt schon – denk an mich.

Wir werden uns bestimmt mal wieder sehen, aber erst, wenn ich endlich weiß, wo ich hingehöre. Magali"

Ich habe mich noch am gleichen Tag um ein Ticket für den Heimflug bemüht, leider aber erst für den Sechsundzwanzigsten einen Platz bekommen.

Wie diese Dezembertage bis zum Abflug vorübergingen, weiß ich gar nicht mehr so genau. Zu Charly Fisher bin ich nicht gegangen, aber meine Klavier-Kinder habe ich noch unterrichtet. Ich musste ja Geld verdienen, denn der Heimflug kostete die letzten Reserven.

Den Weihnachtsabend verbrachte ich, nachdem ich mit meinen Eltern telefoniert, ihnen aber nichts von meinem bevorstehenden Heimflug erzählt hatte, mit Violin im Kino. Er hielt verliebt meine Hand, hinterher aßen wir „Buddhas Fastenspeise" beim Chinesen. Er hätte gerne bei mir übernachtet, aber danach stand mir wirklich nicht der Sinn. Oboe hat mir später erzählt, dass er zwei Jahre danach geheiratet hat und sehr glücklich geworden sein soll.

Als die Maschine sehr früh am 26. Dezember endlich startete, hatte ich nur einen einzigen Gedanken: das ist der endgültige Abschied von Magdalene. Alles andere, Miss Marple, die Julliard School, meine Band, Vanessa und Charly Fisher, ja sogar Steve gingen nicht nur im Dunst dieser riesigen Stadt unter, sondern wurden auch in meinem Herzen zurückgedrängt von der Erinnerung an meine Schwester. Dieser Heimflug, Magali, er war grausam. Nicht ein einziger Vorwurf stand in deinem Brief, trotzdem hast du mich so bestraft, mir keine Chance gegeben, noch einmal mit dir zu sprechen und alles zu erklären. Wahrscheinlich wolltest du es uns ersparen, uns gegenseitig irgendwelche Rechtfertigungen um die Ohren zu hauen. Ich hätte mich aber gar nicht gerechtfertigt, sondern dir nur gesagt, wie leid es mir tut und wie sehr ich an dir hänge, wie schön es ist, neben dir auf dem Bett zu liegen, deine Stimme zu hören, dein Lachen, dir Eindrücke erzählen zu können, augenblickliche Empfindungen, die du schon spürst, ehe sie ausgesprochen werden. Ein Leben mit dir könnte ich mir jederzeit vorstellen, mit Steve wohl kaum. Und dabei gehört er ganz bestimmt zu den Männern, mit deren Sensibilität man rechnen kann.

Während dieses Heimfluges, der mich mit jeder Minute mehr von dir abtrennte, habe ich zum ersten Mal das Leben als eine Quälerei empfunden. Ich fühlte mich wie jemand, der durch einen stillgelegten endlosen Tunnel läuft, nirgends auch nur den Schimmer eines Lichtes sieht und nach vielen Stunden, wenn vielleicht ein Ende abzusehen ist, auch nur auf die Dunkelheit der Nacht trifft.

Mein Kellerzimmer. Nichts darin hatte sich verändert. Wie sollte es auch. Der Behang über dem Luftschachtfenster, die Kindertruhe, der Flügel, darauf das Holzpferd mit der Kerze; alles wie immer, dazu mit einer dünnen Staubschicht bedeckt. Als hätte ich nur mal eben einen kleinen Urlaub gemacht, nichts weiter, so gähnte mich der Raum aus tiefster Ruhe an. Ich nahm den Telefonhörer hoch. Gott sei Dank, das Freizeichen tönte beruhigend wie ein freundlicher Gruß von draußen. Meine Eltern hatten also das Telefon nicht abgemeldet. Wenn ich wollte, konnte ich mit der ganzen Welt sprechen, auch mit Miss Marple oder mit Saxophone, Steve und Vanessa. Alle würden zu Hause sein in den Weihnachtstagen. Wo aber war Magdalene? Im Haus hörte ich vereinzelte Stimmen. Also gab es doch Leben in meiner unmittelbaren Nähe, Leute, die hier und nicht irgendwo sonst Weihnachten gefeiert hatten.

Noch im Mantel, ließ ich mich auf die Couch fallen. Das gleiche Quietsch-Geräusch der Federn, ich konnte es tonal nie einordnen, weil es zu hoch war. Als Kind und auch in den späteren Jahren hatte ich mir nie vorstellen können, dass man es aushielte, in der Weihnachtszeit, diesen knisternden Abenden der Kerzen und Glaskugeln, der raschelnden Geschenkpapiere und seidigen Schleifen, des feinen Essens und der guten Laune allein sein zu müssen, oder gar, dass man es freiwillig auf sich nähme. Und vielleicht wäre ich jetzt auch in Tränen ausgebrochen, hätte es nicht Hans-Herta gegeben, die kleine schwarze Katze, die geduckt durch mein Zimmer schlich und sich erst an ihren Futternapf begab, als sie jeden Zentimeter einschließlich der Flügel-Pedale abgeschnuppert hatte.

Mag das Kellerzimmer noch immer meine Jugendklause sein, finanziert und eingerichtet von den Eltern, du kannst trotzdem nicht mehr sagen, Magali, dass ich mich noch als höhere Tochter aufführe oder als verwöhnter Nesthocker, der quirliges Familienleben braucht. Was ich, statt dessen, jetzt gebraucht hätte? Dich, dein Lachen, deine Stimme, deine Ideen, mit denen du innerhalb weniger Minuten dieses Zimmer verwandelt hättest in eine Glitzer-Bar. Meine Musik, dein Zuhören, deine Bewunderung, unsere Gespräche.

Ich starrte hoch. Das Nachttischlämpchen, wie immer, warf seinen Schatten in Form eines aufgeplusterten Vogels an die Zimmerdecke. Gütiger Himmel, es konnte doch nicht alles so sein wie immer! Ich sprang auf, knöpfte den Mantel zu, griff nach den Schlüsseln und lief hinaus. Ich war schon an der Haustür, da hörte ich mein Telefon klingeln. Magdalene? Wohl kaum, eher meine Eltern, die wahrscheinlich auch am zweiten Feiertag bei mir in New York angerufen und es dann bei Miss Marple versucht und von ihr Auskunft erhalten hatten. Mochten sie denken, ich wäre noch unterwegs. Ich konnte jetzt mit ihnen nicht sprechen.

Sehr kalt war es draußen und still, auch auf meiner sonst so belebten Eschersheimer Landstraße. Nur das tiefe, gleichmäßige Dröhnen zeigte an, dass irgendwo Autos fuhren und Bahnen, Flugzeuge landeten, dass es Nachtschichten gab im Henninger Turm, in den Banken-Hochhäusern am Opernplatz, in Fabriken und Krankenhäusern, in Polizeistationen und Wachdiensten, dass Mitternachtsmessen stattfanden – dass auch Frankfurt niemals schläft.

Über mir ein glasklarer Sternenhimmel, unendlich viel weiter als zwischen den Hochhäusern von New York, die einzelnen Bilder deutlich zu erkennen, der Drachen, die Jungfrau, der Große Wagen, unverrückbar und zuverlässig wie alte Bekannte. Ich schaute zu ihnen hoch, suchte das Reiterle auf dem Knick der Wagendeichsel, das sich immer nur als ein dünnes Blinken zu erkennen gibt, grüßte es freundlich: Hallo, ich bin wieder da, ich bin in Frankfurt, wo ich geboren bin, das mir vertraut ist, das ich liebe! Es war der erste Augenblick seit Wochen, in dem der Kummer etwas in den Hintergrund rückte und sich ein wenig Ruhe in mir auszubreiten begann. Und mit ihr schleuste sich Zuversicht ein. Wir kennen uns, Magali! Wir lieben die gleiche Musik und noch vieles mehr. Und wir gehören zueinander, wenn auch unter reichlich komplizierten Vorzeichen.

Ich schlenderte weiter, die Eschersheimer hoch, vorbei an einem Eis-Kiosk, bei dem ich mir im Sommer italienisches Eis hole. Die Bude jetzt im Winter verrammelt und ohne Licht, der kümmerliche graubraune Rasen davor ohne den Tisch und die Bank, die Äste der hohen Bäume kahl und sperrig, zwischen ihnen kein bunter Lampion. Aber so sicher, wie mit dem Sommer hier wieder Leben Einzug halten würde, so sicher wusste ich auch, dass Magali nicht verloren war.

Jemand zog im Parterre eines Mietshauses den Rollladen hoch, öffnete weit das Fenster, blieb einen Moment stehen. Kinderstimmen im Hintergrund.

Ein junger Mann, weißes Hemd und Krawatte, führte frierend und ungeduldig seinen Dackel Gassi. Eine aufgeplusterte rote Katze kletterte fauchend am nächsten Baum hoch und beobachtete von sicherer Warte aus mit glühenden Augen ihren Widersacher. Und während sie sich ungehemmt ihren feindlichen Attitüden hingab, fingen überall die Glocken zu läuten an. „Das sind die Glocken des Friedens“, rief ich lachend zur Katze hoch, „die gelten auch für dich!“ Da mittlerweile der Dackel kläffte, stimmte mir der junge Mann zu. „Ochs und Esel haben schließlich auch nicht so einen grauenhaften Radau gemacht. Wo kämen wir denn da hin mit unserer Weihnachtsgeschichte!“

„Und die Schafe auf dem Felde mit ihren Hirten“, sagte ich pathetisch, „hörten sich auch nur still die Botschaft des Engels an.“

Der junge Mann zog die Schultern hoch. „Aber die Hirten haben alle nicht so gefroren wie ich.“

„Die liefen ja auch nicht in Hemd und Krawatte durch die Winternacht.“

„Und Sie? Warum laufen Sie so allein durch die Nacht?"

„Luft schnappen."

„Hätten Sie was dagegen, wenn ich ein bisschen mitschnappe? Vorausgesetzt, ich darf mir meine Jacke holen und meiner Wirtin ihren Hund zurückgeben."

„Eigentlich wollte ich jetzt wieder nach Hause und meine Eltern anrufen."

Er lachte mich an, ein nettes, offenes Lachen. „Ach was, so eine angebrochene Nacht kann man doch nicht verpennen! Und eine Telefonzelle hat's hier auch."

Ich dachte an Magdalene, an mein Kellerzimmer und daran, dass morgen immer noch genügend Zeit zum Grübeln übrig bliebe, für Selbstvorwürfe und für das Ertragen der träge sich abspulenden Zeit zwischen den Jahren. „Okay, und ich heiße übrigens Hanna Forberg und bin Musikstudentin."

„Hartmut Korn", sagte er mit spaßig übertriebener Verbeugung, „frierender Student der Betriebswissenschaften an der Johann-Wolfgang-Goethe-Universität, 10. Semester und Examenskandidat." Hastig nahm er den Dackel hoch. „Komm, altes Aas, damit's schneller geht", und trabte davon.

Als er schon nach wenigen Minuten wieder erschien, in einem dickgefütterten dunkelgrauen Parka, strahlte er mich an. „Mensch, da hat sich das bescheuerte Monster von Dackel ja mal als Glücksbringer betätigt!"

„Der Hund Ihrer Wirtin?"

„Die quält sich mit Ischias herum, kann kaum laufen, deshalb nehme ich ihr das ab. Übrigens, unter Studenten sagt man 'Du'."

„Einverstanden, Hartmut."

Ich schaute ihn von der Seite an. Gut sah er aus, groß, schlank, dunkelhaarig, intelligent, nicht nur wegen der dicken Brille. Und im Laufe der Nacht wickelte er mich auch mit seinem Charme ein. Tatsächlich aber führte er mich zuerst ganz brav in eine Telefonzelle. Ich rechnete damit, dass meine Eltern durch den Bescheid von Miss Marple sehr in Aufregung versetzt worden waren. Das „Kind“ auf dem Heimflug am 26. Dezember, und ganz ohne vorherige Absprache!

Und so war es auch. Meine Mutter brach vor Erleichterung, als sie meine Stimme hörte, in Tränen aus. Sie hatte heute abend schon unzählige Male versucht, mich zu erreichen. Es tat mir so leid. Im Augenblick schien ich aller Welt weh zu tun. Auch ich mochte am liebsten heulen, als ich ihr wie beiläufig irgendeine fadenscheinige Erklärung wegen meiner verfrühten Heimreise abgab. Mein Vater kam erst gar nicht an den Apparat. Immer sind es die Mütter, die zuhören, großzügig verzeihen, helfen, im Notfall da sind und unbeirrbar sich bemühen, den Kontakt nicht abreißen zu lassen. Man sollte wissen, wo man zu Hause ist. Ich habe es immer gewusst, meine liebe, gute Mutter, auch wenn es Zeiten gab wie diese, in denen ich mich entfernt hatte.

Hartmut überredete mich, mit ihm in seinem Auto nach Sachsenhausen zu fahren, wo er eine Studentenkneipe kannte. Die Autoschlüssel hatte er schon dabei. Alles war mir recht, was mich heute Nacht nicht allein sein ließ. Also stiegen wir ein, und er rangierte mühsam den uralten VW aus der engen Parklücke heraus. Es lag kein Schnee, aber es war kalt, und durch den leichten Nebel fühlte sich die Luft feucht an, legte sich auf die Haut und in die Haare wie ein fieseliges Netz. Die Strecke war mir vertraut. Wir fuhren an der Musikhochschule vorbei, der ich einen grüßenden Blick zuwarf, vorbei an meinem italienischen Restaurant, ließen den Eschersheimer Turm links liegen, kamen in die Bockenheimer Anlage, bogen ein in den Reuterweg, fuhren vorbei am Opernhaus. Wer in

Oberursel groß geworden ist, der ist auch in Frankfurt zu Hause, am Opernhaus, im Bankenviertel, an der Hauptwache, am Römer, auf den Brücken.

Ich lehnte mich bequem zurück, der alte VW war laut wie ein Sägewerk. Taunusanlage, Mainzer Landstraße, Platz der Republik, Düsseldorfer Straße (mit den vielen Pelzgeschäften, nachts angestrahlt), und endlich der Bahnhof, unser Frankfurter Sackbahnhof, dessen gravitätisches Gebäude aussah wie ein verwitterter, im Laufe des Jahrhunderts immer mehr nachgedunkelter Staatspalast. Von hier aus fuhr ich immer nach Oberursel, wenn ich meine Eltern besuchte. Heute Nacht aber ging es weiter über die Baseler Straße, zur Friedensbrücke. Auf dem Main unter uns zog ein matt beleuchteter Schleppkahn langsam vorüber.

Auf der anderen Seite, in „Dribbdebach", angekommen, bogen wir links ab, fuhren am Städel vorbei, bis wir die Schweizer Straße, mitten in Sachsenhausen, erreicht hatten. Hartmut kurvte lange herum und entdeckte schließlich eine winzige Parklücke.

Der Lärm, der aus der Kneipe auf die Straße drang, machte uns beklommen, sie könnte vollbesetzt und für uns geschlossen sein. Aber wir hatten Glück. Mühsam bahnten wir uns einen Weg hinein, fanden in einer Ecke, weil andere zusammenrückten, noch zwei freie Plätze. Überwiegend Studentinnen und Studenten saßen eng gedrängt vor ihren Äppelwoigläsern, Bierkrügen, Sektkelchen, lachten, redeten, diskutierten, packten Päckchen aus, umarmten und küssten sich. Viele zündelten des guten Duftes wegen mit Tannenzweigen an den Kerzen herum, die zwar den Raum in ein wunderbar warmes Licht tauchten, ihm aber auch den letzten Sauerstoff nahmen. Wir tranken mit, schnappten nach Luft, fühlten uns trotzdem wohl. Ich trank mir Magali von der Seele, so lange, bis nichts mehr von ihr übrig war.

Als lange nach Mitternacht, Weihnachten war vorbei, trotzdem der Wunsch nach Weihnachtsliedern laut wurde, stand ich wackelig auf, ging wackelig zum Klavier und spielte – nicht wackelig – Weihnachtslieder. Ich glaube, selbst in volltrunkenem Zustand gehorchten mir die Finger auf den Tasten. Die Musik sitzt in ihnen drin, dachte ich verwirrt, geklaut von den Herren Schubert, Chopin, Bach und den Leuten, die Weihnachtslieder komponiert haben.

Hartmut war ein interessanter, sympathischer Mensch und charmant dazu. Er erzählte einiges aus seinem Leben, was ich in dem allgemeinen Lärm nur teilweise verstand. Sein Vater lebte nicht mehr, die Mutter musste mit einer kleinen Rente auskommen, vor einiger Zeit hatte sich Hartmut von seiner Freundin getrennt. Er war Stipendiat, wahrscheinlich machte er demnächst ein gutes Examen mit der Aussicht, anschließend für eine Weile nach Amerika geschickt zu werden.

„Da komme ich gerade her, Hartmut."

„Dann flieg' doch mit und zeig' es mir."

Statt einer Antwort küsste ich ihn auf den Mund. Bist ein netter Kerl, aber von Amerika habe ich erst mal genug. Außerdem muss ich jetzt bald in mein Kellerzimmer und schlafen – aber möglichst allein!

Seit Hanna Forberg für ihren geschiedenen Mann in der Hotelhalle am Flügel gesessen hat, kann sie nicht mehr daran vorüber gehen, ohne wenigstens ein paar Minuten zu spielen. „Es ist so etwas wie eine Sucht", erklärt sie Valentino, der andächtig lauscht, wenn er nicht gerade eine Bestellung aufnehmen und bedienen muss. „Eine gute Sucht aber“, lacht er, „und eine, die auch anderen gefällt.“ Er wünscht sich die „Capri-Fischer“ und gerät fast aus dem Häuschen vor Entzücken, als sie ihm auf der Stelle diesen Wunsch erfüllt. Mutig geworden, bittet er noch um weitere Ohrwürmer. Und immer das gleiche Schauspiel, ob Mozart, Chopin oder Ohrwurm: die Türen gehen auf, die Hotelgäste versammeln sich leise, um zuzuhören.

Heute abend freilich, soeben haben die Kirchenglocken der Insel das Wochenende eingeläutet, singen sie mit, wippen im Takt mit den Füßen. Die berühmten Schlagermelodien der letzten vierzig Jahre kennen sie alle.

Hanna legt los. Schließlich ist es ihre Stärke, auch weiche, sentimentale Lieder mit einem Rhythmus auszustatten, der den Zuhörer in Fahrt bringt und seinen Puls hochtreibt.

Sogar die Weihnachtslieder damals in der Studenten-Kneipe hat sie rhythmisch leicht skandiert, sie „angehoben“, wie Hartmut zu sagen pflegte. Immer schon war sie davon überzeugt, dass Rhythmus der Herzschlag der Musik sei und dass ihm damit die gleiche Bedeutung zukomme wie der Melodie. „Unsere heutige Jugend ist eine tanzende Jugend“, sagt sie während einer Spielpause zu Valentino, „ich beobachte das bei meinen Schülern.“

„Die haben den Rhythmus im Blut, stimmt's?“

„Stimmt. Solche Musiker zu unterrichten macht Spaß.“

Sie freut sich auf ihre Schüler, nachdem sie diesen ganzen Sommer ausgesetzt hat. „Wie lange sind Sie schon Dozentin an der Musikhochschule?“

„Ich war es, Valentino, über dreißig Jahre lang, jetzt bin ich pensioniert, hab' aber noch Privat-Schüler, und nicht zu knapp.“

„Und Konzertreisen nebenher?“

„Nur noch gelegentlich. Und früher war es auch nicht so wild, wissen Sie, mit dem festen Stundenplan in der Hochschule war ich nicht so frei. Aber es hatte auch manches für sich."

Sie spielt ihm noch „Besame Mucho", was er so liebt, was viele so lieben, dann schließt sie den Flügel und verlässt die Hotelhalle, um noch etwas am Strand spazieren zu gehen. Lächelnd denkt sie an ihr Manuskript, heute abend muss es mal ruhen, genau wie sie. Erinnerungen strengen an, wenn sie in einer Gemütsverfassung auftauchen, die dem nahen Zusammenrücken von Vergangenheit und Gegenwart nur mühsam Stand halten kann; denn die Zeitphasen leben ja eigentlich aus der Distanz zueinander, aus dem Abschluss und dem Neuanfang. Wo war der Abschluss ihres Lebens mit Magali?

Ein leichter Dunst liegt heute abend über dem See. Kraftlose, unscheinbare Wellen verlieren sich mit leisem Klatschen zwischen den Steinen. Trotz der Windstille ist es kühl, der rötliche Himmel am Horizont grenzt sich mit einer scharfen Linie vom Wasser ab.

Ein langer warmer Sommer geht zu Ende.

Auf dem Dampfer in der Ferne leuchten noch die bunten Lichterketten, aber es fliegen keine Melodienfetzen mehr herüber. Hanna läuft eine Weile am Ufer entlang, bis zu der Stelle, an der Magali sich damals ins Gras geworfen hatte mit dem Vorschlag: „Jetzt müsste hier ein Flügel stehen, direkt am Wasser, und Sie würden improvisieren!"

Bis zu dieser Stelle läuft sie jedes Mal, und immer allein. Ihre Menschenscheu, durch Magdalene und danach durch Hartmut und Körnchen unterbrochen, hat sie schon lange wieder eingeholt.

Auf dem Rückweg fällt ihr etwas ein. In der Hotelhalle steuert sie noch einmal leise den Flügel an. In zartestem Pianissimo, für niemanden sonst hörbar, spielt sie Magalis Lieblingslied, das sie – vor wievielen Jahren? – in der „Lahmen Ente" zum ersten Mal gesummt hatte: „Those were the days, my friend …"

Und wieder singt sie leise dazu: „Those happy days, my friend …"

Kapitel 14

Ich hatte Glück und durfte in der Musikhochschule gleich im Januar wieder beginnen, obwohl das Wintersemester schon längst auf vollen Touren lief.

Hartmut Korn blieb mein Freund nach dieser denkwürdigen Dezembernacht, aber zu seinem Kummer hatte ich mich noch nicht so richtig in ihn verliebt, wenn es auch hin und wieder schon so eine Art Wackelkontakt der Gefühle gab, ein Überschwappen für Momente. New York warf seine langen Schatten über meine Welt, in der Magdalene einen wichtigen Platz einnahm.

Bald fuhr ich, natürlich mit Hans-Herta, nach Oberursel und besuchte meine Eltern, die mich fest in die Arme nahmen, zufrieden, weil alles wieder seine Ordnung hatte, auch, weil „die andere" endlich das Weite gesucht zu haben schien und mich nun nicht mehr ablenken konnte. Nach dem Grund meines plötzlichen NY-Abbruches fragten sie nicht. Sie haben ihn nie erfahren. Ich bin auch diesmal nicht versucht gewesen, sie über Magdalene aufzuklären. Ein Geheimnis, nicht zur rechten Zeit gelüftet, bleibt besser, was es ist. Ich habe den Zeitpunkt nach beiden Seiten hin verpasst – oder verpassen wollen. Jedenfalls hätte eine solche Nachricht das in jungen Jahren so mühsam wieder hergestellte innere Gleichgewicht meiner Mutter in Gefahr gebracht und damit ihr geordnetes Dasein binnen weniger Minuten zerstört. Denn der Verlauf von Magalis bisherigem Leben, der ihr nicht verborgen geblieben wäre, konnte eigentlich nur Schuldgefühle erzeugen. Wozu das alles? Wem sollte es nützen? Aber ich schwärmte von ihr, der „anderen“, die ich vor ihnen „Martha“ nannte.

Die neue Freundschaft mit Hartmut dagegen fiel bei ihnen auf einen gut vorbereiteten Boden. Es würde Zeit für die Liebe, meinten sie, auch wenn es bei mir offenbar noch nicht gefunkt hätte, und der junge Mann sei doch hoffentlich aufgeschlossen für Musik? Ich konnte es guten Gewissens bestätigen. Und damit schon wurde ihm ein ordentlicher Platz in ihrem Herzen zuteil.

Als ich am Sonntagabend aus Oberursel zurückkam, lag ein dicker Strauß roter Rosen vor meiner Zimmertür. Ein Zettelchen steckte darin: „Liebe Hanna, leider hattest du mir nun doch nicht deine Ankunftszeit mitgeteilt. Ich wollte dich doch so gerne am Bahnhof abholen. Die Rosen liegen dir also stellvertretend für mich zu Füßen! Dein H.“

Später rief er noch an, um mich zu einem Spaziergang zu überreden. Zehn Minuten danach trafen wir uns am Holzhausenschlösschen. Kalt war es draußen, und die gefrorenen Schneereste auf den Bürgersteigen waren zu einem holprigen Eisbelag geworden. Hartmut führte mich am Arm, besorgt, ich könnte hinfallen und meine Klavierhände verletzen. „Solltest du mich mal heiraten“, erklärte er so beiläufig wie möglich, „dann werde ich mich abends still in die Ecke setzen und dir zuhören, am liebsten, wenn du Beethoven spielst oder Chopin. Und hinterher koche ich was Gutes für uns beide.“ Ich schaute ihn an, den hübschen großen Kerl neben mir. Einer zum Anlehnen, dachte ich, einer, dem ich vertrauen könnte. Ich war ihm eine Antwort schuldig, und die sollte spröde ausfallen. „Beethoven und Chopin kannst du schon jetzt haben, wenn du mit meinem eingefilzten Flügel vorlieb nehmen willst." Einen Moment blieb er stehen. „Nur Beethoven und Chopin?"

„Nein, nicht nur die beiden, du darfst dich auch noch an einer Fuge von Bach berauschen." Statt einer Antwort zog er mich an den Haaren und lachte. Und sein Lachen ging mir plötzlich durch und durch und nistete sich ein, ohne Wackelkontakt. Es hatte mich mitten ins Herz getroffen. Wohl doch nicht nur ein Freund zum Anlehnen ...

Als er mich später in die Arme nahm und küsste, statt sich auf die Fuge von Bach zu freuen, war ich mit dieser Lösung jedenfalls vollkommen einverstanden.

Hartmut hatte sich für das Ende dieses Semesters zum Staatsexamen gemeldet, und deshalb fielen unsere Verabredungen in den nächsten Wochen meist etwas kürzer aus. Tagsüber telefonierten wir miteinander, und spätabends, wenn es in seinem armen Kopf kochte und brodelte, leisteten wir uns noch einen kleinen Spaziergang rund um den Holzhausenpark. Der Amerika-Aufenthalt, der sich an sein Examen anschließen sollte, machte uns schwer zu schaffen. „So lange von dir getrennt zu sein, das halte ich gar nicht aus", klagte er mit einem mühsamen Lächeln, „nachdem ich so lange gebraucht habe, dich von mir und meiner Einmaligkeit zu überzeugen."

„Amerika ist schließlich nicht aus der Welt", meinte ich tapfer, „und du bleibst ja nicht so lange."

Energisch zog er seinen Schal fester um den Hals. „Wartest du auf mich?"

„Und wie ich auf dich warte! Außerdem kannst du bei mir sicher sein, dass ich mich nicht irgendwie ablenke. Erstens, weil ich dich liebe und dafür gibt's bekanntlich keine Ablenkung, zweitens, weil ich im Sommer meine Konzertprüfung mache. Außerdem hatte ich nie viele Freunde, genaugenommen nur eine einzige Freundin."

„Magdalene."

„Ja, Magdalene."

Er wusste noch nicht viel von ihr, nur, dass ich sehr an ihr hing und sie aus Amerika nicht mit zurückgekommen war. Mehr hatte ich ihm dazu noch nicht erzählt. Für meinen untergründigen Kummer um sie gab es keine passende Therapie, nicht die einer Aussprache und nicht die der „Zeit, die alles heilt." Solange ich nicht wusste, wo sie sich aufhielt, wie es ihr ging, was sie machte, solange die Dinge so in der Ungewissheit schwebten und kein klärendes Gespräch mit ihr zu Stande kommen konnte, fühlte ich mich abgetrennt, von der ablaufenden Zeit eher in die Enge getrieben als geheilt. Denn jeder Tag, der vorüberging, schlug sich auf die Seite meiner Angst, Magdalene könnte noch einmal in einen Zustand geraten wie nach Agnes' Tod, und niemand wäre da, um ihr herauszuhelfen.

Immer wieder leistete ich mir Blitzgespräche mit Miss Marple und Saxophone, in der Hoffnung, über diesen Draht ein Lebenszeichen zu bekommen. Vergeblich. Einmal rief Saxophone von sich aus an, und es durchzuckte mich die Hoffnung: Jetzt haben sie Magali am Schlafittchen! Aber er wollte nur erzählen, dass wir am Abend zuvor mit unserer Aufnahme im Fernsehen erschienen seien, in der Sendezeit gut platziert und durchaus eindrucksvoll. Hübsch hätte ich ausgesehen in meinem weißen Jeans-Kostüm, Violin sei ganz aus der Fassung geraten. Ach überhaupt, ohne uns sei die Band nicht mehr, was sie einmal war. Und der neue Mann am Piano tauge nichts, sie müssten sich einen anderen suchen. Übrigens, die

Kamera hätte einmal auch den schwarzen Jonathan im Bild gehabt, unser Riesenmaskottchen.

„Ich möchte euch mal wieder sehen", sagte ich leise, und ich war froh, dass er aus Kostengründen so schnell einhängen musste. Da mich ja niemand sah, ließ ich meinen Tränen freien Lauf.

Ende Januar, als ich spät abends von einem Konzert nach Hause kam, Hartmut hatte mich begleitet, aber nur bis zur Haustür gebracht, lag in meinem Briefkasten ein Brief. Der grüne Kuli, die Schrift – ich brauchte einen Moment, um zu begreifen: Magdalene hatte geschrieben! Ich nahm mir erst gar nicht die Zeit, meinen Mantel auszuziehen, sondern riss den Umschlag auf, zerrte den Briefbogen heraus und faltete ihn nervös auseinander. Der Brief stammte vom 20. Januar. „Samstag abend, Tankstelle. Hallo Piana, ich kenne eine alte Bauernregel, die heißt: Wenn die Saat erst eine Handbreit hoch ist, kann man noch Glück zum neuen Jahr wünschen. Ich habe die Saat mit der Hand gemessen, es geht noch. Also wünsche ich dir Glück und Erfolg, und das gleich tonnenweise. Wie du siehst, lebe ich noch, und auch gar nicht mehr so schlecht wie vor ein paar Wochen. Auch wenn du es sicher nicht nachvollziehen kannst, musst du mir glauben, dass ich sehr verzweifelt war und enttäuscht und dich unter diesen Umständen nicht mehr sehen wollte. Sorry, ich habe überreagiert, dir arg mitgespielt, ausgerechnet dir.

Was ich so getrieben habe? Chronologisch in Stichworten: Notunterkünfte hier und da. Schlafen in Kellern und auf Luftmatratzen, unterbezahlte Jobs in Hotelküchen oder Kneipen, finanziell bald am Ende. Eines Tages mit meinem Rumpelkarren zu Steve. Du siehst, ich konnte mir meine

Gefühle für ihn nicht abgewöhnen, im Gegenteil. Wie es in ihm aussieht, ob er der schönen hellhäutigen Pianistin noch nachtrauert, weiß ich nicht. Jedenfalls hat er mich nicht nur rührend untergebracht, sondern er kann mich auch brauchen. Ich bediene tagsüber die Kasse, bis ich abends abgelöst werde von Jimmy, dem netten Kerl mit Rauschebart und Sandalen aus Plastik in Größe 48.

Zu meinen Füßen liegt oft Jonathan und wartet geduldig, dass ich ihm ein paar gesalzene Erdnüsse von den meinen abgebe. Die schmatzen wir dann beide in stiller Gefräßigkeit. Eine Zeit lang war ich drauf und dran, die Zelte in den USA abzubrechen und wieder Old Germany anzufliegen. Ich dachte an Norddeutschland, Hamburg zum Beispiel. Aber Amerika ist ein attraktives Land, Steve ist ein Schatz und es wehen die Fahnen unserer Tankstelle so schön im Wind. Also Gründe genug, noch nicht das Weite zu suchen. Außerdem, wer, wenn nicht ich, sollte die Zapfsäulen beobachten und darüber wachen, dass niemand abhaut, ohne zu zahlen? Und wer würde Jonathan seine Erdnüsse reichen?

Meine Liebe – aber ehe ich jetzt sentimental werde, besser ein kurzes Lebewohl. Lebe wohl, grüß' mir Hans-Herta und vergiss nie deine Bell-Magali. P.S. Eure Aufführung im Fernsehen wollte ich mir nicht anschauen. Die Erinnerungen an den Abend damals müssen ja nicht unbedingt aufgewärmt werden. Du sollst am Piano sehr gut gewesen sein, hat Vanessa erzählt. Der Sender bekam viele anerkennende Briefe. Gratulation!"

Etwas benommen legte ich den Briefbogen auf den Flügel und beschwerte ihn mit dem hölzernen Kerzen-Pferd. Ich konnte es noch gar nicht recht fassen. Magali hatte geschrieben, den ersten Schritt getan, Kontakt aufgenommen.

Sollte ich mir sofort über die Auslandsauskunft Steves Nummer besorgen und dort anrufen? Hätte sie das gewollt, nach diesen verspannten Wochen? Immerhin hat ja auch sie nicht einfach angerufen. Irgendwann, im Frühling vielleicht, würde ich die amerikanische Nummer wählen, Magali an den Apparat bitten lassen, den Hörer auf den Flügel legen und ihr unseren Chopin spielen. Das Band auswerfen, mit dem wir uns doch schon einmal verknüpft hatten, vielleicht das haltbarste Band zwischen uns überhaupt. Denn nichts an mir liebte sie so sehr wie mein Klavierspiel.

Noch immer stand ich im Mantel da und schaute auf den auseinander gefalteten Brief unter dem Holzpferd. Er hatte etwas in mein Zimmer gebracht, das von Sekunde zu Sekunde lebendiger wurde: ihre Worte, das Präsidenten-Glöckchen, die dunklen Locken über der braunen Haut, die junge Frau an der Tankstellen-Kasse, die sich mit einem Neufundländer Erdnüsse teilt. Magali hatte sich selbst gebracht. In meiner Handtasche befanden sich noch Streichhölzer aus Steves Tonstudio. Ich zündete die blaue Kerze an, die im Sattel des Holzpferdes steckte. Für dich, Magali.

Hans-Herta sprang auf den Flügel, setzte sich vor das Licht und staunte.

Langsam zog ich meinen Mantel aus und hatte dabei das Gefühl, mit ihm fiele zugleich eine Last von mir ab. Alles, meine ganze Befindlichkeit war von ihr beschwert worden in den letzten Wochen. Von einer Schicht überzogen, unter der sogar meine Liebe zu Hartmut nicht so recht zum Vorschein hatte kommen können, obwohl sie mich innerlich doch mittlerweile heftig in Beschlag legte, all meiner Sprödigkeit und Unerfahrenheit zum Trotz. Ich hatte mich verliebt in seinen

Charme, seine Intelligenz, seine zähe Geduld, mit der er sein Ziel verfolgte; aber auch in seine Musikalität, mit der er mein Klavierspiel fast schwärmerisch verehrte.

Nach einem ausführlichen Telefongespräch mit ihm spielte ich bis in die Nacht hinein Klavier, eingefilzt und leise, aber so frei und schwungvoll und im Anschlag perlend, dass mein Lehrer seine Freude daran gehabt hätte. Mein ganzes Examensprogramm zog ich durch. Später, es war schon nach zwölf, stand Hartmut vor meiner Tür. Es war nicht die erste Nacht, die wir miteinander verbrachten, aber sicher die schönste, unbeschwerteste, verliebteste, heißeste. Bach, Beethoven und Chopin, ja sogar Magali hatten in diesen Stunden nichts, aber auch gar nichts mehr bei uns zu suchen, so beglückend hatten sich unsere Körper und Sinne im Gleichklang der vollständigen Übereinstimmung verloren.

Erst am nächsten Abend klappte ich den Flügeldeckel zu und schrieb darauf an Magdalene. Sie hat alle meine Briefe aufgehoben, ich besitze sie wieder.

„28. Januar, abends. Liebe Bell-Magali, dein Chopin, den ich soeben für dich gespielt habe, erfüllt noch den ganzen Raum. Wäre ich ein Schildbürger, dann würde ich die Töne im Briefumschlag einfangen und dir zuschicken. Ich bin aber keiner, und deshalb musst du sie dir abholen.

Seit gestern abend, als dein Brief im Kasten lag, bin ich wieder glücklich, und ich glaube, das wird in nächster Zeit eine ganze Kette von Glücksperlen ergeben, vor allem wird mir die Musik wieder Spaß machen.

Was ich dir damals angetan habe – Magali, würdest du mir denn glauben, wenn ich dir sage, dass ich es so sehr bereut habe? Und selbst wenn du es glaubtest, würde dir das helfen? Jemandem den geliebten Menschen wegzunehmen, das ist schon eine schlimme Sache; aber ausgerechnet dir? Du wirst es nie verstanden haben und bis heute auf eine Erklärung warten. Das ist das einzige, was ich dir dabei vorwerfe: dass du mir die Möglichkeit entzogen hast, mit dir darüber zu sprechen. Aber wahrscheinlich gibt es Enttäuschungen, die so einschlagen, dass sie ein Gespräch nicht mehr zulassen.

Hier also die Erklärung. Ich hatte Angst, du würdest dich wegen Steve von mir trennen, deshalb – na ja, alles weitere kannst du dir denken. Außerdem aber, ich hatte es ja auch mal angedeutet, hatte mich Steve ebenfalls von Anfang an interessiert, so dass ich damals gleich auf zwei Menschen verzichten musste. Und dieser Edelmut war wohl nicht stabil genug.

Jedenfalls war ich nach unserer Trennung zunächst angeknackst, eine Hälfte nur noch, irgendwie zurückgefallen ins alte Raster, Vater, Mutter, Tochter, Klavier. Mit dir an der Seite hatte ich es zum ersten Mal gewagt, neue Wege zu gehen, die Nase in den Wind zu stecken. Deine Nähe hat mich sicher gemacht. Und selbst wenn du mich nie wieder sehen wolltest, würde ich das später, aus der Erinnerung, so beurteilen.

Im Sommer will ich das Konzert-Examen machen, unter anderem mit deiner Chopin-Etüde und Charlys Tschaikowsky. Danach wird es hoffentlich das eine oder andere Konzertangebot geben. Ich werde mir eine gute Agentur suchen. Aber vor allem möchte ich mich um einen Lehrauftrag an der Hochschule bemühen. Es wurde mir schon signalisiert, dass es klappen könnte. Wäre natürlich eine feine Sache. Dann müsste ich nicht, weil ich money zum Leben brauche, jedes Dorf um ein Konzert anbetteln, in Schulen, Turnhallen oder gar bei Hochzeiten zum Mittagessen spielen. Du siehst, auch deine Piana kämpft demnächst ums Überleben. Unser guter Saxophone hatte schon recht, wenn er uns immer wieder anschrie: 'Die Konkurrenz schläft nicht!'

Ich schreibe und schreibe, aber das, was mich in Wirklichkeit bewegt – hier kommt's: Ich habe mich verliebt. Bei ihm, er heißt Hartmut, hat es sofort gefunkt, bei mir nur in Raten. Warum, das kann ich mir heute nicht mehr erklären. Vielleicht das alte Lied, nämlich dass zu viel Musik manchmal Traumtänzer hervorbringt, die ein bisschen blind durchs Leben tappen. (In der Hochschule gibt es solche Exemplare, die singen und summen sogar beim Essen, oder sie schreiben musikalische Einfälle auf Servietten, nachdem sie sie mit Notenlinien bekritzelt haben. Manche dirigieren auch ein imaginäres Orchester, fuchteln wild mit den Armen herum, wobei schon manches Weinglas zu Bruch ging. Und wenn man ihnen begegnet, schauen sie so abwesend drein, dass man es kaum wagt, sie zu grüßen.)

Alles in unserer Mensa erlebt, beim Italiener. Mit Hartmut hat man keine Chance, so zu sein. Er ist präsent, verliebt, realistisch. Das Leben mit ihm ist eine einzige große Glückssträhne. Wir essen miteinander, bummeln miteinander, am liebsten über den Eisernen Steg, dann am Main entlang, schwätzen miteinander und schlafen miteinander. Ein stinknormales Leben, das beste, was mir, endlich!, passieren konnte.

Trotzdem träume ich noch davon, manchmal im Central-Park dir gegenüber auf der Schiffschaukel zu sitzen, mit dir am Fenster unserer kleinen Wohnung zu stehen und den einzigen Stern am Himmel zu suchen, (der sich dann als Flugzeug entpuppt), dass ich dir vorspielen würde, mit dir im Gedränge der Subway stehen, nachmittags Cheeseburger essen, abends den Broadway ansteuern, auf Miss Marples Elektronen-Orgel „Summertime" schmachten, dass ich mit dir allein durch die Straßen schlendern und die Stockwerke der Hochhäuser zählen würde. Dann kommt so etwas wie Heimweh nach unserer Zeit auf. Immer Deine Piana."

Am nächsten Morgen, als sich der erste Schimmer des Tageslichtes durch den Fensterschacht zwängte, machte ich mich auf den Weg zum Briefkasten. Der Schnee war geschmolzen, hastig zogen leichte Wolken über den Himmel, die unablässig ihre Form veränderten. In der Luft lag ein erster Hauch von Frühling.

Kapitel 15

Jahre waren vergangen. In der Rückschau kam es mir so vor, als hätte sich der liebe Gott in dieser Zeit vor allem darum bemüht, Magalis und mein Leben in vernünftige, stabile Bahnen einzuschleusen.

Magdalene, nun doch von Steve beharrlich umworben, hatte eines Tages einen energischen Strich unter ihr angeschlagenes Selbstbewusstsein gezogen und ihn geheiratet.

In den ersten Wochen klang ihr Glück noch etwas ängstlich, als könnte es sich beim geringsten Anlass auflösen wie Schaum. Nach und nach aber schien sich Steve mit seinem Optimismus durchzusetzen und sie im Schlepptau seiner Lebenskraft ohne viel Federlesens hinter sich her zu ziehen. Ihre Briefe fielen immer vergnügter aus, und die Fotos, die sie schickte, zeigten eine glückliche Frau, entweder an der Seite ihres Mannes oder neben Jonathan unter den wehenden Fahnen, an einer der Zapfsäulen, an der Kasse oder im riesigen amerikanischen Auto vor dem Supermarkt.

„Als Mrs. Stanley bin ich hier jetzt die Chefin", schrieb sie, „wer hätte das je gedacht, dass ich auf der Lebensleiter noch einmal so aufrücken würde? Dass ich einfach sagen kann: ich liebe und ich werde zurückgeliebt? Drück' mir den Daumen, Piana, dass alles so bleibt, dass ich nicht mehr auf die Nase fallen werde. Dass ich in meiner permanenten Unruhe nicht wieder wie eine Hummel durch die Gegend schwirre und die Häuslichkeit darüber vergesse. Kinder? Schön wäre es für uns beide. Übrigens schaue ich zweimal in der Woche einer Kinderpsychologin bei der Arbeit zu. Bei kleinen Testspielen darf ich auch schon helfen. Das macht mir nun wirklich Spaß, vielleicht wird was daraus."

Dahinter steckte Magalis Traum, sich eines Tages als Kinderpsychologin zu betätigen. Ich traute es ihr zu.

Nun zu mir selbst. Nach dem Solistenexamen, das ich mit Auszeichnung absolviert hatte, war mir tatsächlich ein Lehrauftrag an der Hochschule angeboten worden. Ein großes Glück für mich, denn die Konzertverpflichtungen liefen so langsam an, dass ich noch nicht einmal die Miete fürs Kellerzimmer hätte zahlen können. So aber war es mir endlich möglich, meine Eltern aus ihren finanziellen Belastungen zu erlösen und für mich alleine aufzukommen.

Sie fingen an, schöne Reisen zu machen und überhaupt ihren Lebensstandard aufzubessern. Eine Wohltat für mein Gewissen.

Und eines Tages teilte dann auch die Hanna Forberg ihr Leben mit einem Mann, und nicht nur mit ihm, sondern auch dem großen Freundeskreis, den er sozusagen mit in die Ehe brachte. Nicht zu vergessen aber auch Hans-Herta, die schwarze Katze, die wir liebten wie ein Kind, die sich immer auf den Flügel legte, wenn ich spielte, und deren Schnurren als basso continuo fungierte. Und damit war aus dem so einseitig auf die Musik fixierten Geschöpf, das sich bisher hinter seinem Flügel wie hinter einer festen Mauer verbarrikadiert hatte, vor dem Standesamt im Römer eine Ehefrau geworden.

Ich liebte Hartmut sehr. Auch deshalb, weil er mich endlich herauslöste aus meinem Status der Besonderheit, und mich mit all dem konfrontierte, was ein normales, auf die täglichen Belange ausgerichtetes Leben ausmachte. Mein ewig schlechtes Gewissen, wenn ich einmal nicht geübt hatte, rührte sich nur noch leise, und schließlich überhaupt nicht mehr. Ich fing an, mich frei zu fühlen.

Hartmut übernahm die Nachfolge eines alten Industriemanagers, des Vaters seines besten Freundes Hansi Diehl, und bald konnten wir uns eine schöne Wohnung in der Justinianstraße leisten, im begehrten Holzhausenviertel, wiederum in der Nähe der Hochschule. Wir bauten unser Nest, und nicht nur das. Die Geburt von Klaus, meine Arbeit in der Hochschule, Konzertreisen, Opernbesuche, Ausflüge in den Taunus, Einladungen, immer wieder Einladungen – das Leben in seiner Fülle ließ auf einmal Ausblicke entstehen von so ungeahnten Dimensionen, dass die Jahre im Kellerzimmer und sogar meine Begegnung mit Magdalene langsam zu einem Traum verblassten, freilich zu einem, den man nie vergisst und von dem wie aus weiten Fernen eine eigenartige Faszination ausging. Nur manchmal am Abend, wenn sich Hartmut auf einer Dienstreise befand, das Kind schon im Bett lag und ich den Flügel geschlossen hatte, wenn ich innerlich zur Ruhe kam, dann tauchten alte Bilder auf, schoben sich in den Vordergrund, wurden bunt und lebendig und so intensiv, dass ich mich fragte, welche der beiden Lebensphasen denn nun der Traum und welche die Wirklichkeit sei.

Mit sechs Jahren kam unser Körnchen, so war Klaus von Anfang an im Freundeskreis genannt worden, zur Schule, an einem sonnigen, glasklaren Tag Ende August.

Eine Mutter unter vielen Müttern, stand ich viel zu früh bei meinem Sprössling vor der Holzhausenschule in der Bremer Straße 25, seinen leeren Ranzen in der Hand, während er selbst seine gewaltige Zuckertüte untersuchte. Fast verschwanden sie dahinter, die kleinen Knirpsinnen und Knirpse, und die

Fotografen hatten ihre helle Freude an so viel optischem Missverhältnis.

Als endlich eine hübsche junge Lehrerin auftauchte und die Namen ihrer Klasse aufrief, als Körnchen sich von mir ungeduldig den Ranzen aufsetzen ließ und im Gefolge der Schönen davonstapfte, ohne mich auch nur noch eines Blickes zu würdigen, konnte ich zufrieden nach Hause gehen. Aber ich liebte den späten August, und der Tag spendierte noch einmal sommerliche Wärme. Die gelben Blätter der Birken flimmerten in der Sonne, in den Vorgärten blühten Herbstblumen und noch immer Rosen. Deshalb schlenderte ich erst einmal auf Umwegen durch die stillen Straßen. Ich dachte an meinen kleinen Kerl und seine ungetrübte Freude, mit der er von jetzt an, ohne es zu ahnen, den Weg zum Erwachsenwerden angetreten hatte. Nie mehr in seinem ganzen Leben würde er die Pflichten loswerden, die heute ihren Anfang nahmen. Nie mehr würde er außer in den Ferien von morgens bis abends spielen können, ins Bett fallen und am nächsten Morgen den Spielfaden wieder aufnehmen, Zeit und Raum außer acht lassend, weil sie ihm selbstverständlich und bedingungslos und ohne Aufhebens zur Verfügung standen.

Nicht traurig sein, befahl ich mir streng, der Mensch ist schließlich darauf angelegt, sich mit Pflichten herumzuschlagen, hätte er sie nicht, würde er geistig und seelisch verkümmern.

Zu Hause, ich hatte gerade das Gartentürchen hinter mir geschlossen, hörte ich schon das Telefon in unserer Wohnung. Es musste etwas Dringliches sein, denn das Läuten hielt an, bis ich die Stufen hinaufgesprungen war und endlich den Hörer hochnehmen konnte. Am Apparat war mein Vater, der mir mit Unterbrechungen und stockend mitteilte, meine Mutter sei vor einer Stunde ganz plötzlich an Herzversagen gestorben. Es habe vorher nicht die geringsten Anzeichen dafür gegeben, sie habe sich fröhlich verabschiedet, sei dann zum Einkaufen in die Vorstadt gegangen. Offenbar sei ihr schlecht geworden, der Kreislauf habe versagt, jemand habe sie schnell ins Bad Homburger Krankenhaus gefahren. Als man ihn anrief, lebte sie noch, aber als er hinkam, war sie schon tot. „Ich bin noch mal schnell zurück nach Hause ... „ Weil er nicht weitersprechen konnte, hatte er eingehängt. Ich starrte den Schreibtisch an, die Stehlampe, den Sessel, die Dinge begannen sich zu drehen, in meinen Ohren rauschte es, das Herz hämmerte. Was redete er da – Mama sollte tot sein, mit 57? Ich zitterte so, dass ich mich bei dem Versuch zurückzurufen, zweimal verwählte. Erst als ich die rechte Hand mit der linken festhielt, kam die fehlerfreie Nummer zustande. Der Mieter der unteren Wohnung nahm den Hörer auf, begrüßte mich freundlich, aber sehr ernst. „Ihr Vater ist in einem schlimmen Zustand, vielleicht können Sie gleich kommen?“

„Richten Sie ihm doch bitte aus, dass ich sofort losfahre.“ Als ich eingehängt hatte, war mein erster Gedanke: Magdalene muss es wissen, auch wenn bei ihr noch Nacht ist, ich werde sie anrufen. Die Nummer kannte ich auswendig, wir hatten ja öfters miteinander telefoniert.

Offenbar stand ihr Telefon neben dem Bett, denn sie nahm schnell den Hörer auf. „Hier ist Hanna“, rief ich durch die Leitung, „ich hab' eine schlimme Nachricht, unsere Mutter ist tot!“

„Piana?“ Und nach einer Weile verwundert, „unsere Mutter? Ich habe deine Mutter ja nicht gekannt, Piana, aber es tut mir schrecklich leid für dich. Könnte ich jetzt bei dir sein.“

Es tut ihr leid für mich. Ich Idiot, warum habe ich es ihr nie gesagt. Dann könnten wir uns das Leid jetzt sozusagen geschwisterlich teilen. Zu spät, mit der toten Mutter kann ich sie nun erst recht nicht mehr konfrontieren. Aus und vorbei. Jetzt erst informierte ich Hartmut, der mir anbot, Körnchen von der Schule abzuholen und mich nach Oberursel zu fahren. Ich fuhr trotzdem selbst – ich war mittlerweile zur versierten Autofahrerin geworden –, denn ich wusste, wie schwer es Hartmut fiel, seinen termingedrängten Arbeitstag zu unterbrechen.

Als Körnchen später von seinem ersten Schultag nach Hause kam, er hatte noch lange im Büro des Vaters warten müssen, war keine Mama da, der er seine Erlebnisse hätte erzählen können. Die saß schon neben ihrem Vater, schaute hinunter auf die schmale Ackergasse, wurde von Erinnerungen an die Mutter in die Mangel genommen. Nichts in ihrer Kindheit wäre denkbar gewesen ohne sie. Nicht die Schulwege, nicht die Obsteinkäufe beim Gasser, nicht die Eistüten von Cortina, nicht die Wege zum Heller, um Pralinen zu kaufen, nicht die sorgsam vorbereiteten Frühstücke, das weiche Ei am Sonntag, die Spiele, die Radtouren nach Kronberg, nach Königstein, nach Oberhöchstadt, die Wege zur Klavierstunde. Gab es denn überhaupt ein Zuhause ohne sie? Und dann fiel es mir ein und presste mir das Herz zusammen, dass ich ihr nie mehr sagen konnte, wie lieb ich sie hatte, wie dankbar ich ihr war und mein ganzes Leben lang sein würde; dass ich es ihr viel zu selten gesagt hatte.

Mein Vater klammerte sich an mich wie an einen Rettungsring. Am ganzen Körper zitternd, schilderte er immer und immer wieder, wie er von einer Ärztin des Krankenhauses angerufen worden sei, er solle gleich in die Ambulanz kommen. Und dann sei sie schon tot gewesen. So wahnsinnig blass und erschöpft habe sie ausgesehen. Er redete sich den Schock von der Seele, die ganze Nacht hindurch, erzählte auch viel von ihrem Zusammenleben in den letzten Jahren und wie schön es gewesen sei. Ich hörte geduldig und aufmerksam zu, denn ich liebte ihn, und wir waren ja jetzt so etwas wie eine Notgemeinschaft. Auch Hartmut und Körnchen tauchten auf. Ich schickte sie aber wieder heim, um dem Kleinen die düstere Atmosphäre zu ersparen. Mit großen Augen schaute er mich an. Wie ist das möglich, schien er zu fragen, dass eine Mama stirbt.

Erst in den frühen Morgenstunden, als ich uns einen starken Kaffee braute und mein Vater am Küchentisch unter der tief herunterhängenden Lampe sitzend mein gemütliches Klappern mit dem Geschirr hörte, entkrampften sich seine Gesichtszüge und er wurde ruhiger, lächelte mich sogar gelegentlich an. Er nahm im Laufe des Tages dann auch die Abwicklung der Formalitäten in die Hand, telefonierte und vereinbarte Termine und lenkte sich damit ein wenig ab. Ich wollte meine Mutter nicht mehr sehen, und mein Vater zwang mich nicht dazu.

Fünf Tage danach, am 1. September, wurde meine Mutter auf dem Bommersheimer Alten Friedhof beerdigt. Der Tag so schön wie ein Bild. Etwas rauchig das Hellblau des Himmels, die Sonne weiß und kühl, auf den Gräbern die robusten Blumen des Spätsommers, hier und da, übrig geblieben aus wärmeren Zeiten, eine verwelkte Rose. Auf den Wegen ein paar Blätter von den hohen alten Bäumen, die sicheren Vorboten des Herbstes. Vogelgezwitscher. An so einem Tag läutet also die Totenglocke (in einem scheußlich unsauberen Fis) und man muss einen vertrauten Menschen mit Erde zuschütten. Kaum zu begreifen das alles. Aber wer kann das schon, gelassen mit dem Tod umgehen. Für mich war er ein Schreckgespenst, ein Killer, der absolute Feind, der unerträgliche Szenen erfindet.

Der 1. September zeigte sich aber noch von einer anderen Seite, und die hat tatsächlich etwas von der Schönheit des Septembertages wieder zurückholen können. Mein Vater hatte mich gebeten, die Musik für den Trauergottesdienst zu übernehmen, zum Schluss ein Präludium von Bach zu spielen. Ich saß also im hinteren Teil der Kapelle, etwas entfernt von ihm und der Gemeinde, an der Orgel. Vorne der Sarg, eingehüllt in dunkelrote Rosen. Kränze, Gestecke, Kerzen. Die unbeweglich stumme Trauergesellschaft, mein ganz zusammengesunkener Vater in der ersten Reihe, grauhaarig, der Rücken krumm, neben ihm Hartmut mit Körnchen, meine kleine Familie. Der Pfarrer, ein ruhiger freundlicher Mann, las den Psalm 121, den Lieblingspsalm meiner Mutter. „Ich hebe meine Augen auf zu den Bergen ..." Sehr eindringlich sprach er darüber. Und ich, unmittelbar betroffen, saß nicht unter ihnen, als hätte man mich zum Zuschauer degradiert, der sich ein Schauspiel ansehen muss. In dem Sarg Mama, meine liebe Mutter, die an mir alles hatte gutmachen wollen, was sie an ihrem ersten Kind ein Leben lang versäumt hatte, von der ich gehätschelt und verwöhnt worden war, die mich oft, als ich noch in die Grundschule ging, abgeholt und gleich zur Klavierstunde gebracht hatte. Immer auf der gleichen Parkbank hatten wir zu Mittag gegessen, ihre berühmte Kartoffelsuppe – meine Mutter, die in billigen Kleidern und abgewetzten Mänteln herumgelaufen war, um meine teuren Klavierstunden zahlen zu können. Ich haute meinen Kummer in die Tasten und empfand es als Erleichterung, etwas zu tun zu haben und Lärm zu erzeugen.

Das Präludium dann, zwischendurch musste ich improvisieren, weil ich durch meine Tränen die Noten nicht mehr sah. Da legte sich eine Hand auf meine Schulter, zart, leicht, warm. Ich spielte weiter, umschauen konnte ich mich nicht. Nach dem letzten Akkord kletterte ich von der Orgelbank und drehte mich um.

Hinter mir stand Magali.

Ungläubig starrte ich sie an, nur einen Augenblick. Dann fielen wir uns in die Arme. „Ich wollte dich trösten", flüsterte sie, „und nicht nur durchs Telefon. Da habe ich mir von deinem Hartmut die nötigen Informationen geholt und Steve hatte Glück mit dem Ticket. Komm!" Sie nahm mich an der Hand und zog mich eilig zur Trauergemeinde hin, denn das Schlussgebet wurde bereits gesprochen, nach dem sich der Trauerzug in Bewegung setzen sollte. Zu fünft liefen wir in der ersten Reihe hinter dem Sarg her, mein Vater, Magali und ich, Hartmut und Körnchen. Und ich fing an, im Stillen mit der Toten zu sprechen. Da hast du sie zurück, deine erste Tochter, du brauchst dir keine Sorgen mehr um sie zu machen. Sie ist meine Schwester, meine Freundin, mein Geheimnis. Ich verspreche dir, mit diesem Geheimnis gut umzugehen, wenn ich es schon nicht preisgeben konnte. Vielleicht bist du es ja gewesen, die sie mir hierher geschickt hat heute. Ich danke dir dafür, ich danke dir überhaupt für alles. Auf der Schleife unseres Kranzes stand „In Liebe, Dein Ernst und Deine Hanna". In Gedanken schrieb ich noch dazu „und Deine Magdalene".

Abends fuhren wir in zwei Autos nach Hause, Magali saß neben mir. Ihre Anwesenheit bedeutete nicht nur eine Besänftigung für meine aufgewühlte Seele, oh nein, damit würde ich sie weit unter ihrem Wert beschreiben. Sie bedeutete

Erinnerung, Leben, Glück, Zusammengehörigkeit, Vertrauen, Zukunftspläne, Freundschaft, das vor allem.

Unser erstes gemeinsames Frühstück, nach acht Jahren! Hartmut war schon im Büro, Körnchen hatte ich zur Schule gebracht. Die Hochschule fing heute erst um 2 Uhr an. Wir saßen uns gegenüber, rührten in den Kaffeetassen, Magali nahm immer noch so viel Milch. „Damit meine Haut heller wird", lachte sie, „du kennst ja mein Problem." Sie war noch schöner geworden, weiblicher, jetzt als fast 38jährige, das Gesicht weicher, die Augen aufmerksam, ruhiger als früher. Die Figur etwas fülliger, aber das Federnde in ihren Bewegungen war unverändert geblieben. In den schwarzen Locken schimmerten silbergraue Strähnen.

„Du warst für mich ein Glückstreffer", sagte sie unvermittelt, „und irgendwie bist du es noch heute, ganz gleich, wie viel Zeit darüber hingegangen ist und wie sehr wir uns vielleicht auseinander gelebt haben. Nur zu wissen, dass es dich gibt, sozusagen wie ein Fallnetz."

„Auseinander gelebt? Glaube ich nicht. Wir haben halt beide unsere Nester gebaut."

„Wie geht's mit Hartmut, ich meine, so das gemeinsame Leben?"

„Eigentlich gut, aber wir haben beide sehr viel zu tun, und in der Hektik hier und da gibt es dann schon so erste Verschleißerscheinungen."

Magali nickte. „Bei uns auch, und weil wir keine Kinder haben, die so was noch am ehesten auffangen würden."

„Wollt ihr denn Kinder?"

„Schon. Aber ich habe die Hoffnung mittlerweile aufgegeben. Für Steve bin ich dadurch bestimmt nicht das, was er sich von seiner Frau erträumt hat."

Ich schüttelte den Kopf. „Zunächst mal hat er dich um deiner selbst willen geheiratet."

„Mag schon sein. Aber Kinder gehören nun mal dazu." Sie lachte leise. „Ich scheine Kinder nur dann zu kriegen, wenn ich sie nicht will."

„Wie läuft es denn aber sonst zwischen euch?"

Nachdenklich rührte sie in ihrer Kaffeetasse herum. „Es geht so. Oder, wenn ich ehrlich sein soll, das große Glück ist eigentlich schon vorbei. Wir laufen halt nebeneinander her. Aber nach seiner ersten Ehe-Pleite ist er vorsichtig geworden, vielleicht auch genügsamer. Das kommt mir zu Gute, er lässt mir alle Freiheit."

„Mit der du aber doch gut umgehst."

„Hoffentlich. Ich glaube nur, je aktiver ich außerhalb des Hauses werde, desto gleichgültiger wird es ihm, was ich so treibe."

„Glaubst du das wirklich, oder bildest du dir's nur ein?"

„Ich weiß es. Aber komischerweise findet er mich immer noch schön, behauptet er jedenfalls." Sie lehnte sich zurück und tippte sich an die Stirn. „Außerdem bin ich ein guter Kassenwart, und kochen kann ich auch. Manchmal wasche ich sogar unsere Fahnen."

„Und ich glaube, er liebt dich auch noch, auf seine Weise. Akzeptiere doch mal, dass du geliebt wirst, nicht jeder Mann ist ein Onkel Fiffi, vergiss den endlich!"

„Warum sollte ich das? Warst du dabei damals?"

„Nein. Aber man kann doch nicht ein Leben lang misstrauisch bleiben und sein Liebesleben in Frage stellen, nur weil es irgendwann mal einen Fiffi gab."

„Und ob man das kann! Vor allem, wenn die Ehe daran kaputt geht, dass man sexuell völlig verkorkst ist, lustlos, bedürfnislos, abweisend. Es ist doch klar, wo da die Wurzeln liegen. Und wenn die Psychologie mir da helfen könnte, müsste ich schon längst gesund sein." Sie faltete ihre Serviette auseinander und wechselte das Thema. „Übrigens, meine Arbeit bei der Kinderpsychologin nimmt konkrete Formen an. Ich arbeite dreimal in der Woche bei ihr. Sarah heißt sie, bildet mich zur Helferin aus."

„Willst du dich selbstständig machen?"

„Das geht nicht, streng genommen. Ich habe ja keinen Titel. Aber als eine Art rechte Hand von ihr kann ich schon jetzt oft alleine arbeiten, wenn auch unter ihrer Fernsteuerung."

Ich goss ihr neuen Kaffee ein und legte ihr eine Semmel auf den Teller, da sie im Gespräch vergaß, sich zu versorgen.

„Hat sie ihre Praxis in der Nähe?"

„Du weißt ja, Hanna, was man in den USA alles unter 'Nähe' versteht. Ich fahre etwa anderthalb Stunden, vielleicht nehme ich mir dort ein Zimmer für den Notfall."

Zwischen uns auf dem Tisch stand eine Kerze, die ich jetzt anzündete. „Für meine Mutter, und weil du gekommen bist." Sie lächelte, und ich dachte, so freundlich und strahlend kann nur sie lächeln, und das liegt nicht nur an dem schönen Mund, das liegt auch an den Augen. „Ich hätte sie gerne kennen gelernt, deine Mutter, sei froh, dass du so gute Erinnerungen an sie hast. Das sind die Pfunde, mit denen man ein ganzes Leben lang wuchern kann. Meine eigene, die Frau Wilde, habe ich aus den Augen verloren. Ich kann ihr diesen entsetzlichen Kerl nicht verzeihen. Ein Therapeut zur rechten Zeit damals hätte mich bestimmt zurechtgerückt. Aber meine Mutter war absolut blind und an einer Nachsorge für mich nicht interessiert."

„Deshalb wirst du jetzt Kinderpsychologin."

„Kann schon sein, deshalb. Du glaubst gar nicht, was in einer Spieltherapie mit Kindern alles zum Vorschein kommt. Wie sie im Umgang mit kleinen Familienfiguren ihre Probleme herzeigen. Da wird so manches arme Mütterchen ins Puppenklo gestopft und runtergezogen, zum Beispiel." Sie erzählte noch viel von ihrem neuen Beruf. Mir war klar, sie würde vollkommen darin aufgehen eines Tages. Es konnte nur noch eine Frage der Zeit sein, dann hatte sie die wehenden Fahnen der Tankstelle vergessen und mit ihnen auch Steve.

Später machten wir uns auf den Weg, Körnchen von der Schule abzuholen, auf Umwegen. „Erinnerst du dich an dein Mozart-Konzert damals, zu dem Agnes und ich ohne Vorankündigung erschienen waren?" Sie blieb einen Augenblick stehen.

„Klar erinnere ich mich."

„Agnes hätte nicht sterben dürfen, genauso wenig wie deine Mutter."

Eine Weile schlenderten wir still nebeneinander her, ich dachte an meinen Vater, der nun wahrscheinlich täglich zum Friedhof fuhr, um mit seiner noch ganz ungelernten Einsamkeit fertig zu werden. Ich dachte an den Hügel von frischen Septemberblumen, unter dem meine Mutter lag, die ich nie mehr sehen würde, deren Gesicht in meiner Erinnerung langsam unterginge, wenn es nicht Fotografien gäbe. Ob sie uns sah, ihre beiden Töchter, einverstanden mit mir, weil ich das Band damals geknüpft hatte?

Körnchen rannte Magdalene in die Arme. Für schöne Frauen hatte er etwas übrig, genau wie sein Vater. Sie unterhielten sich laut, er erzählte von seinem neuen Freund, dem er heute böse war, weil er ihm Kaugummi in die Flöte geklebt hatte.

Kein Ton ist rausgekommen. Weil er die Erfindung dann aber doch lustig fand, hat er beides aufbewahrt. Er stellte den Ranzen hin, kramte die Flöte heraus und zeigte ihr den klebrigen Inhalt. Dabei musste er schon wieder so lachen, dass er über seinen Ranzen stolperte und erst einmal hinfiel. Magali half ihm hoch und wirbelte ihn wie ein Karussell im Kreis herum. Ich hob Flöte und Ranzen auf und schlug vor, zum Italiener essen zu gehen. Alle drei hatten wir Lust auf Spaghetti. „Hinterher Zuppa Romana!“ schrie Körnchen, der sich beim Italiener auskannte.

Die Zeit mit Magali verging viel zu schnell. Zehn Tage war sie da.

Unser Leben in New York blühte nicht nur in der Erinnerung noch einmal auf, sondern wir gönnten uns sozusagen eine Neuauflage. Man möchte denken, das sei gar nicht möglich gewesen. Schließlich waren wir älter geworden, etabliert, wir hatten hier keine Miss Marple, nicht den Charly Fisher, nicht unsere Band. Doch, es war möglich. Mit Magali ging alles, wenn man sich nur ihres Temperamentes bediente, ihrer Fantasie, ihrer Ideen und der Aktivitäten, mit denen sie die Ideen umsetzte. Jeden einzelnen Tag hat sie zu einem Fest gemacht. Schon beim Aufwachen wusste man: heute wird's schön. Sogar Hartmut ließ sich von unserer Unternehmungslust anstecken und machte das eine oder andere mit, wenn die Termine es erlaubten. Wir hatten sogar noch kurz bei Eltville im Rhein gebadet, die braune Magali im lachsfarbenen Bikini. Meine beiden Männer, der große und auch der kleine, sind fast in den Fluten untergegangen, weil sie vor lauter Hingucken ihre Schwimmbewegungen vergaßen. Wanderungen im Hintertaunus, am Grünwiesenweiher, am Meerpfuhl, auf der Billtalhöhe, Kaffeetrinken in Niederreifenberg, bei Kreiner in Königstein, sogar im Sonnenhof. Auch einen Zirkus für Körnchen hatte Magali ausfindig gemacht, wer weiß wo. Aber wir fanden ihn, das kleine Zelt auf der Wiese. Smarte Männer, deren Löckchen sich im Kragen kringelten, verkauften uns gelbe Papierstreifen als Eintrittskarten. Einen dressierten Esel gab's, zwei Affen und einen Pudel, von einer glitzernden Prinzessin vorgeführt. Der Clown trat auch auf, wahrscheinlich einer der gelockten Männer. Ob jemand ihm helfen wolle? rief er ins Publikum, das aus zwanzig Leuten bestand. Magali meldete sich und nahm Körnchen mit, der vor Aufregung ganz steifbeinig lief. Als der Clown in seine Trompete blies, entpuppte sie sich als Wasserpistole. Ein dünnes Strählchen spritzte den beiden ins Gesicht. Körnchens Begeisterung über diesen Witz kannte keine Grenzen.

Der letzte Abend. Hartmut führte uns in eine feudale Bar in der Goethestraße, wo er einen sehr hübschen Ecktisch hatte reservieren lassen. Eine kleine Kapelle von drei jungen Leuten spielte weiche Tanzmusik, auch in der Lautstärke verhalten. Wir saßen hinter unseren Weingläsern und Kerzen und bildeten ein seltsames Dreieck. Hartmut schaute die in schwarzem Samt besonders hübsche Magali an. Sie schaute mich an. Ich selbst wanderte unsicher mit meinen Blicken von einem zum anderen. Kein Zweifel, Hartmut war von ihr fasziniert und legte es darauf an, unter allen Umständen heute abend einen Flirt zu beginnen. Je mehr er trank, desto unverblümter verfolgte er sein Ziel, freilich nicht ermuntert von ihr, denn man spürte, dass sie an etwas ganz anderes dachte. Auch als er mit ihr tanzte, blieb sie unnahbar und betont gleichgültig.

Es war das erste Mal übrigens, dass er mich damit so deutlich konfrontierte. Normalerweise hätte ich wahrscheinlich Handtasche und Mantel geschnappt und wäre gegangen. Da es sich aber um Magali handelte, kam mir diese Reaktion gar nicht in den Sinn. Wahrscheinlich, weil ich beide liebte, wusste ich nicht, auf wen von beiden ich denn nun mit Eifersucht reagieren sollte.

Aber was war mit Magdalene? Irgendetwas hatte sich im Laufe des Tages mit ihr ereignet, was ich mir nicht erklären konnte. Mit Hartmut hatte es nichts zu tun, denn der war erst spät nach Hause gekommen. Als hätte sie sich wahnsinnig erschrocken, was aber niemand merken durfte, bewegte sie sich ängstlich, redete während unseres Nachmittags-Tees nur über Allgemeines, ließ immer wieder nachdenklich ihren Blick auf mir ruhen, fuhr sich nervös durch die Haare. Ich sprach sie darauf an, aber sie winkte ab. „Es ist nur der Abschied morgen, der mich drückt, wieder mal ein Abschied." Ich ließ mich gern davon überzeugen und sollte erst viel später erfahren, dass etwas ganz anderes dahinter steckte, etwas, das mit uns beiden zu tun hatte.

Am Flughafen nahm sie mich lange in die Arme, löste sich nur zögernd, und ich sah Tränen in ihren Augen. „Wir sehen uns jetzt öfter", versprach ich ihr, „in den nächsten Semesterferien mache ich mich auf die Socken Richtung USA und Tankstelle!"

Sie drehte sich noch zweimal um und winkte, ehe ihre langbeinige Gestalt im Gewühl verschwand.

Später dann die Wohnung ohne sie, öde, unvollständig, etwas fremd. Die Schritte klangen gedämpfter als sonst. Nicht einmal Körnchen's Lebendigkeit kam dagegen an. Aber wahrscheinlich spielte sich das in mir selbst ab, gar nicht in den Räumen.

Nachher wollte ich meinen Vater anrufen. Er war jedesmal erleichtert, wenn er meine Stimme hörte, denn allmählich fiel ihm die Decke auf den Kopf. Ich hätte ihm gern einen Urlaub spendiert, aber er lehnte ab. Er wolle jetzt vom Grab nicht weg. Also nahm ich mir einen Besuch bei ihm vor, vielleicht am Wochenende mit Körnchen.

Spät erst kam Hartmut nach Hause, mit einem Strauß roter Rosen für mich, als Abbitte für den vorangegangenen Abend. Ich hatte die Geschichte schon fast vergessen – sie blieb ja gewissermaßen in der Familie.

Abends rief sie noch an, sie sei gut gelandet, Gruß von Steve und Vanessa und von Jonathan. Und die Fahnen der Tankstelle hätten zu ihrer Begrüßung stürmisch im Wind geflattert.

Kapitel 16

„I am a bundle of energy, always on the go“, schrieb Magali als Motto über ihren langen Brief, den ich Ende Oktober erhielt. Zwischendurch hatten wir öfter telefoniert, wegen der hohen Telefongebühren aber niemals ausgiebig genug, um alles Wichtige voneinander zu erfahren.

Der Brief „Liebe Hanna, ich bin tatsächlich always on the go. Aber wenn du jetzt hier sein könntest, für dich würde ich mir Zeit nehmen, jede Menge, draußen einen Tisch decken, da, wo die Autos am lautesten vorüberflitzen, mit dir Tee trinken und schwatzen. Zu deinen Füßen natürlich der Hund. Wir haben übrigens jetzt auch eine Gans, eine echte, große, ausgewachsene, die mit ihm zusammen die Tankstelle bewacht. Im Ernst, sie wacht wie ein Hund, schnattert jeden an, der nicht brav zur Kasse schreitet, oder macht einen langen Hals und faucht hinter flatternden Hosenbeinen her. Die beiden sind ein tolles Paar, nachts schlafen sie zusammen auf Jonathans Decke im Kassenraum; der Hund ängstlich an den Rand gequetscht, um ja nicht mit seinem Gewicht den langen Hals der Dame zu erdrücken. Dafür macht sie es sich umso bequemer, breitet sich aus wie eine brütende Henne und vergräbt obendrein ihren Kopf tief in seinem Fell. Wir haben noch keinen Namen für sie. Aber eines ist sicher. Bei uns darf sie alt werden, auch ein Pflegefall dürfte sie werden! Hoffentlich wird sie nie überfahren. Steve unterhält sich mit ihr, so wie mit Jonathan. Er ist ein großer Tierfreund. Und sonst? Alles ganz in Ordnung. Wir gehen unsere eigenen Wege, sind uns aber in den wichtigen Dingen einig, meistens. Vanessa kommt nur noch selten, leider. Tankstelle und Werkstatt laufen gut, wenn auch mit einem wahnsinnigen Arbeitseinsatz verbunden. Steve ist von morgens bis abends in action, oft verzichtet er auf die einzige Ruhepause, das Mittagessen. Ich frage mich manchmal, ob das alles eine Flucht ist, weil ich so bin wie ich bin. Schuldgefühle, ich werde sie ihm gegenüber wohl nie ganz los. Er hat es nicht verdient, an so ein verrücktes Huhn wie mich gekettet zu sein. Da ist ja selbst unsere Gans ruhiger und ausgeglichener. Aber solche Vergleiche fallen wohl immer zu Ungunsten der Hühner aus, oder?

Meine Arbeit bei Sarah ist nun für mich ein richtiger Beruf geworden. Und macht mir Spaß. Wir behandeln in zwei getrennten Räumen, manchmal habe ich kleine Gruppen, meistens aber einzelne Kinder. Ich kann Sarah jederzeit fragen, wenn Probleme auftauchen, die ich nicht in den Griff kriege. Eine kleine Mary zum Beispiel, erst sieben Jahre alt, steckt so voller Aggressionen, dass sie mir alle meine kostbaren Drahtpüppchen verbiegt, ihnen am liebsten die Köpfe abreißen würde. Der 'Mutter', einer Puppe mit Knoten und Schürze, hat sie die Beine krumm gebogen, die Füße verdreht, ihr den Rock abgerissen, die Schürze dazu, und die Spitzenunterhose mit rosa Filzstift angemalt. Wir müssen sie gewähren lassen, Sarah hat mich überzeugt, und dann eben eine neue Puppenfamilie kaufen, wenn das Kind, hoffentlich bald, ruhiger wird.

Übrigens bin ich bei der Arbeit eine ganz andere Magali als die, die du kennst. Ich merke selbst, wie ich ausgeglichen und gelassen werde, geduldig wie ein Engel (das glaubst Du wohl nicht?) und auch sparsam mit Worten, wie es die Therapie verlangt. Wenn du es nicht für möglich hältst, komm, setz dich in die Ecke und überzeuge dich! Noch was ganz anderes:

Steve war mit mir in einem Jazz-Keller. Weil er im Augenblick gar nicht dazu kommt, Gitarre zu spielen, hörten wir uns auf diese Weise mal wieder etwas von unserem geliebten Wahnsinn an, diese schrägen, disharmonischen, halbharmonischen, fetzigen, stampfigen, angerissenen, abgerissenen, eisgekühlten, glühendheißen, niemals wohltemperierten Passagen.

Es war eine Wucht, auch wenn ich vor Heimweh nach unserer NY-Band fast verrückt wurde, nach Saxophone und Violin und dem Kasperle Oboe und dem bärbeißigen Drums. Nach wem noch? Well, sie waren alle nett! Und mit Miss Marple telefoniere ich auch noch ganz regelmäßig. Sie hat die Gicht, sagt sie, auch in den Fingern. Aber die leichteren Choräle auf der Elektroorgel gäben ihre Finger noch her. Über deine Briefe freut sie sich so, dass sie mich jedesmal anruft, wenn ihr einer in die vollgestopfte Wohnung flattert. Aber wie gesagt, wegen der Gicht fällt es ihr schwer, zurückzuschreiben. Ob du nicht mal wieder kommen könntest? Mal so eben vorbeischauen.

Jetzt muss ich abdüsen, meine Therapie-Kinder warten. Und Jonathan und die Gans brauchen ihr Essen. I love my life! For ever your Bell-Magali.“

Ich faltete den Brief zusammen und legte ihn in die größte Schublade meines Sekretärs, die ausschließlich für ihre Post reserviert war. Was sie geschrieben hatte, klang zufrieden, sogar glücklich. Immer fühlte ich mich für Magali verantwortlich. Und wenn sie glücklich war, ging es auch mir gut. An diesem Nachmittag fielen meine Stunden in der Hochschule wegen einer Studenten-Demonstration aus. Deshalb schnappte ich mir Körnchen und ging mit ihm ins Kino, wo wir uns einen Zeichentrickfilm anschauten über ein besonders lustiges Eichhörnchen-Leben.

Abends rief ich bei ihr an. Jimmy nahm den Hörer ab, der junge Mann an der Kasse. Mrs. Stanley sei gerade mit der Gans beschäftigt, erklärte er, die bekomme so eine Art Psychotherapie von ihr, weil sie immer wieder aus Steves Werkstatt alle Schrauben davontrage, auch Schraubenschlüssel und andere sperrige Gerätschaften, um sie in Jonathans Futternapf zu deponieren. Als er nach Magdalene gerufen hatte und sie, dem Geklappere nach zu urteilen, auf Holzpantinen herbeigeeilt kam, hörte ich im Hintergrund nicht nur Jonathans tiefes Donnergrollen, sondern auch das Geschnattere der Gans, und sie konnte es, was die Lautstärke betraf (nicht etwa den Wohlklang, da blieb sie weit hinter dem Hund zurück), mit Jonathan durchaus aufnehmen.

„Ja, der Brief stimmt noch", sagte sie vergnügt, „ich bin so richtig schön ausgelastet, wenn nicht überlastet, aber das tut mir nur gut. Das einzige, was mir fehlt, bist du."

„Wollen wir uns nächstes Jahr im Sommer treffen? Soll ich mit Körnchen kommen?"

„Ist das dein Ernst?"

„Aber sicher, wenn nicht irgendetwas ganz Blödes oder Dramatisches dazwischen kommt."

„Körnchen legen wir bei Jonathan und seiner Freundin ab. Im Kielwasser seiner hochsensiblen Künstlermutter kann der arme Junge etwas Animalisches nicht nur gebrauchen, sondern er hat's dringend nötig."

„Ist recht, Frau Stanley, solange er nicht Schrauben und Schraubenschlüssel aus Jonathans Futternapf essen muss, um seelisch stabil zu werden, will ich deine therapeutischen Maßnahmen dulden."

„Auf unser großes Treffen im Sommer! Von diesem Augenblick an freue ich mich drauf, Absage ein für alle Mal verboten."

Jetzt, da die Idee ausgesprochen war, wurde sie zu einem eingeplanten Ziel, dem nach menschlichem Ermessen nichts im Wege stehen konnte. Der Sommer stand fest. Wir würden nicht nur unter den wehenden Fahnen Tee trinken, sondern auch nach New York fahren, Miss Marple besuchen, Verbindung mit Saxophone aufnehmen, uns mit ihm und der Band treffen, falls es sie noch gab, vielleicht in unserem Keller spielen, nächtelang, oder in Steves Tonstudio. Mit dieser Aussicht wollte ich den bevorstehenden Winter mit doppeltem Elan auf die Hörner nehmen. Zwei Konzerte standen für den November auf dem Programm: Ein Sonaten-Abend in Heidelberg und das Klavierkonzert Nr. 2 in f-moll von Chopin im Konzertsaal des Bad Homburger Kurhauses.

Da Hartmut in den nächsten Tagen beruflich nach Japan fliegen musste, für vier Wochen, würden einige organisatorische Probleme auf mich zukommen; ganz zu schweigen davon, dass sich niemand um mein Lampenfieber kümmerte.

Am dritten November frühmorgens brachte ich Hartmut zum Flughafen. Die Straßen waren verstopft, es regnete in Strömen, wir kamen viel zu langsam voran. Hartmut vibrierte vor Nervosität. Am liebsten hätte er mir ins Steuer gegriffen oder selbst das Gaspedal betätigt. Immer wieder strich er sich stöhnend durch die Haare. Bis auch ich die Nerven verlor und ihn gereizt anfuhr. „Ich kann schließlich nicht alle anderen zu Schrott fahren, nur weil du nach Japan fliegen willst!"

„Erstens will ich nicht, sondern ich muss, und zweitens hättest du schon Mittel und Wege gefunden, rechtzeitig zum Flughafen zu kommen, wenn es sich zum Beispiel um Magdalene handelte, deine heißgeliebte Magali."

Mir verschlug es die Sprache. Mit verkrampften Händen hielt ich das Steuer fest und starrte geradeaus. Was ging in ihm vor, was hatte er plötzlich? Führten wir nicht ein ganz normales Familienleben, was hatte er auf einmal so vehement daran auszusetzen? Die berufstätige Frau war für ihn nie ein Problem gewesen, im Gegenteil, die Pianistin liebte er doch! Und Magdalene lebte in Amerika.

„Du bist ungerecht", antwortete ich schließlich so ruhig wie möglich, „was hat Magdalene denn mit unserem tagtäglichen Leben zu tun?"

„Nichts. Mit dem tagtäglichen Leben gar nichts. Der profane, von organisatorischen Problemen zerstückelte Alltag bleibt meiner Wenigkeit vorbehalten. Die Dinge, die das Leben gelegentlich verzaubern, sind für Magdalene reserviert, allenfalls noch für dein Klavier."

„Du weißt nicht, was du redest. Schließlich bist du es gewesen, der sich in sie verliebt hatte."

„Für einen Abend, nicht für ein ganzes Leben."

„Sag mal, spinnst du? Bin ich mit Magdalene verheiratet oder mit dir?"

„Wenn ihr könntet, wärt ihr verheiratet. Was dich mit ihr verbindet, ist jedenfalls keine normale Freundschaft. Kein Tag, an dem du nicht irgendetwas von ihr erzählst. Und jetzt bist du doch schon wieder ganz aus dem Häuschen vor Glück, sie im Sommer besuchen zu dürfen."

„Und das darf nicht sein unter Freundinnen?"

„Du weißt sehr gut, was ich meine. Und wenn wir schon darüber reden: Es ist mir bis zum heutigen Tag nicht gelungen, was Magdalene gelungen ist, einen inneren Zugang zu dir zu finden, ich meine, das Gefühl zu haben, dass du mir gehörst, mir vertraust, ohne Vorbehalt, ohne Abgrenzung, ohne Distanz. Immer ist da eine Sperre, mal mehr, mal weniger spürbar. Die finde ich allmählich zum Kotzen. Da müsst ihr Frauen euch nicht wundern, wenn wir Männer abhauen. Außerdem kriege ich meine Maschine nicht."

Jetzt wurde ich wütend. „Im Grunde willst du mir zu verstehen geben, dass du vorhast abzuhauen. Charmant wie du bist und gut aussehend obendrein, wird dir das nicht schwerfallen. Und so hoffnungslos wie mit Magdalene damals werden deine Flirts nicht immer ausfallen."

„Richtig. Die ist nämlich genauso auf dich fixiert wie du auf sie."

Ich schüttelte den Kopf. „Wahrscheinlich hast du schon längst eine Freundin, und weil du ein schlechtes Gewissen hast, greifst du mich an." Ich kämpfte mit den Tränen. Das Gespräch hatte mich mit der Wucht eines Überfalls getroffen, für den ich mir nicht rechtzeitig Waffen besorgt hatte. „Findest du das gut, so kurz vor deiner Reise?"

„Entschuldige. Aber es musste mal gesagt werden. Schwamm drüber."

„Für sowas, Hartmut, findet man keinen Schwamm, und ich schon gar nicht. Hast du eine Freundin?"

Er schaute zum Fenster hinaus und antwortete nicht. Der Verkehr hatte sich mittlerweile etwas gelockert, man kam wieder schneller voran. „Gib Gas, Hanna."

In letzter Minute am Flughafen angekommen, sprang Hartmut aus dem Wagen, schnappte sein Reisegepäck, wischte mir einen Kuss auf die Stirn und lief los. Einmal noch drehte er sich um. „Grüße an Hansi Diehl!" Dann verschwand er mit seinem hellen Trenchcoat im Gewühl.

In diesem Augenblick wusste ich, dass uns in Zukunft mehr trennen würde als die bevorstehenden vier Wochen Japan. Ich fühlte mich wie zerschlagen. Es hatte aufgehört zu regnen, doch der Tag, das sah man, würde heute in Nebel und Dunkelheit festhängen.

Langsam fuhr ich zurück. Als hätte ich noch immer Hartmut neben mir sitzen, hörte ich seine Stimme, die gekränkte Stimme. Und doch spielte sich unser Gespräch mit einmal in mir alleine ab, das heißt, Hartmuts Argumentation kämpfte gegen die meine, ich kam mit dem Umschalten und Stellungbeziehen kaum nach. Was er gesagt hatte, zog Kreise, die sich ausbreiteten wie Wasser, in das man ein Steinchen geworfen hatte. Alles geriet dadurch in Bewegung und wurde zittrig. Mein Selbstbewusstsein, meine Sicherheit und auch die Gewissheit, das Recht auf meiner Seite zu haben. Was war das mit Magdalene? Hatte ich zu viel von ihr erzählt? Hatte ich bei ihr nicht tatsächlich manchmal das Gefühl, kein Mensch auf der Welt stünde mir so nah wie sie? War mir Hartmut, mit dem mich immerhin ein Kind verband, jemals innerlich so nah gekommen wie sie? Die Monate mit ihr in New York, stellten sie in meinem bisherigen Leben, was Übereinstimmung und Nähe betraf, nicht den Höhepunkt dar? Oder auch nicht? Aber meine Ehe musste doch nicht deswegen kaputt gehen! Deine Ehe geht auch nicht durch Magdalene kaputt, sondern durch dich selber, durch deine Kontaktscheuheit – Schwäche? – mit der du dir ja bisher, trotz eurer Geselligkeit, alle Menschen vom Halse gehalten hast, also auch deinen Mann. Nur eben Magali ist es gelungen, den Zugang zu dir zu finden. Und sogar ihr gegenüber hütest du dein Geheimnis. Auch deine Mutter, von Hartmut ganz zu schweigen, wusste bis zum Schluss nicht Bescheid. Du öffnest dich nicht, weil du gar nicht weißt, wie man das macht. Warum?

Ja, wer weiß denn das. Ich stand an einer Ampel. Plötzlich wurde mir schlecht, vor meinen Augen kreiselten unzählige graue Behälter, klein, blechern und so nah, dass sie mich gleich erschlagen müssten, zuerst den Kopf. Im Nu war ich klatschnass geschwitzt, konnte gerade noch das Auto an den Straßenrand lenken und stehenbleiben. Die Behälter verdichteten sich mit ohrenbetäubendem Getöse zu einer undurchdringlichen dunklen Wand, die nur an einer einzigen Stelle ein winziges Lichtloch offen ließ, das ich mit weit aufgerissenen Augen mühsam festzuhalten versuchte, um nicht auch diese letzte Verbindung zur Außenwelt zu verlieren. Die Übelkeit war grässlich, ich wollte irgendetwas herauswürgen, das aber angewachsen war. Da schloss sich das Lichtloch, und ich konnte endlich, auf einem Luftkissen schwebend, für ein paar Sekunden oder Minuten, mir selber entkommen. Dann wieder merkte ich in meinem schwerelosen Dämmerzustand, was mit mir geschah, konnte aber nicht sprechen oder mich selbstständig bewegen. Fremde Männer wuselten um mich herum, sprachen in unverständlichen, rauschenden Lauten leise und laut, in Wellen, deckten mich mit etwas zu, das sich wie ein Spinnennetz aus Blüten anfühlte, so leicht war es und duftig. Sie schoben mich, als wäre ich ein Kuchenblech, scheppernd in die Autohöhle, jemand hielt meine wattige Hand.

„Vegetative Dystonie", sagte der freundliche Arzt im Markus-Krankenhaus und gab mir eine Beruhigungsspritze. Eine Zeitlang sollte ich Valium einnehmen, um das Nervensystem zu beruhigen.

Gegen Mittag, mit einer Taxe endlich wieder zu Hause, mein Auto hatte mir die Polizei gebracht, überlegte ich, ob ich Magali anrufen könnte. Ich tat es nicht. Sie sollte sich weiterhin glücklich fühlen und sich nicht mit unseren Problemen belasten.

Im Laufe der nächsten Tage, in denen Hartmut gelegentlich anrief und mit mir plauderte, als hätte es nie das Gespräch im Auto gegeben, ging ich mit dem Valium eine ganz sonderbare Beziehung ein. Es setzte mich unter eine Glocke, die den Kontakt zur Außenwelt erschwerte. Als müsste man mehrmals zugreifen, wenn man einen Gegenstand finden und festhalten möchte. Auch die Gedanken verloren fortwährend den festen Punkt, um den sie kreisen wollten, schwirrten planlos umher, zogen wie kleine Magneten neue Gedanken an und widersetzten sich mit ihnen erfolgreich meinem Versuch, Ordnung ins Gehäuse zu bringen. Ich fürchtete mich vor dieser chaotischen Veranstaltung, und gleichzeitig ließ ich sie immer wieder zu Stande kommen, weil sie Leichtigkeit und Auflösung der Probleme vortäuschte.

Ich werde mich nicht ändern können, also wird es die „Sperre", von der Hartmut gesprochen hat, weiterhin geben. Außerdem; er ist ein gutaussehender Mann, und er liebt die Frauen. Er wird sich von mir entfernen oder hat sich längst entfernt. Und wie soll es mit mir weitergehen, mit mir und Körnchen? Selbst diese Frage ließ sich nicht zu Ende denken, weil sie mir schon nach wenigen Sekunden entglitt, um irgendeinem zufälligen Eindruck von außen Platz zu machen.

Kapitel 17

Für den 15. November war mein Chopin-Konzert in Bad Homburg angesagt. Niemand war da, um mein Lampenfieber abzufangen. Körnchen gab sich während des Mittagessens redlich Mühe, hüpfte aber mit unserer Studentin, die ihn betreuen sollte, fröhlich davon, als sie ihm einen Nachmittag im Zoo in Aussicht stellte. Um 16.00 Uhr musste ich zur Generalprobe in Bad Homburg sein. In einer Viertelstunde würde die Taxe kommen. Nervös rannte ich in der Wohnung herum, kontrollierte zum zehnten Mal den Elektroherd, stellte mich an den Flügel, spielte den 2. Satz des Konzertes an, beendete ihn mit einer scheußlichen Fingerübung, rückte das Bild meiner Mutter etwas weiter nach vorne, wählte die Nummer meines Vaters, legte den Hörer wieder auf, lief ins Bad und drehte die Wasserhähne so fest zu, als befürchtete ich noch heute abend eine Überschwemmung, schob mir schließlich das erste Valium in den Mund und rief dann doch bei Magali an. Sie selbst nahm den Hörer ab. „Lampenfieber", hauchte ich, und sie verstand sofort. „Dein Chopin-Konzert. Hör zu, Piana, stell' dir einfach vor, du säßest in unserem Jazz-Keller, neben dir Saxophone und Violin, und du spieltest ganz locker und cool drauflos, so wie dort. Im Hintergrund ich, die an dich glaubt. Okay?"

„Hilft nicht."

„Doch, mein Schatz, es hilft."

„Das Taxi kommt gleich."

„Wo ist Hartmut?"

„In Japan, das weißt du doch."

„Also, dann mach jetzt einen Moment die Augen zu und stelle dir eine Sommerlandschaft vor mit weiten gelben Ährenfeldern, die im warmen Wind ganz leise wogen, leiser noch als dein leisestes Pianissimo ..."

„... bei Gelb muss ich an Van Goghs Sonnenblumenfelder denken und sein abgeschnittenes Ohr."

„Ach Hanna, verdammt! Also dann stell dir halt die Bergwelt vor, ganz oben, wo es absolut still ist!"

Sie sprach laut und energisch.

„Dann schrei aber nicht so, Magali!" Für einen Moment Funkstille – dann brachen wir beide in Gelächter aus. Unten klingelte der Taxifahrer. „Adieu, Bell-Magali, ich werde trotz van Gogh und trotz deiner kreischend angepriesenen ruhigen Bergwelt deine Ratschläge beherzigen." Sie lachte noch, als sie den Hörer auflegte. Unterwegs im Taxi, von ihrem Lachen lockerer geworden, dachte ich dann endlich doch an ihre Ratschläge. Ich stellte mir vor, mit ihr nach einer langen Bergwanderung am Gipfel angekommen zu sein, dort oben endlich ausruhen zu dürfen, mit angezogenen Beinen neben ihr zu sitzen, die Bergmassive rundherum betrachtend, deren ernste, groß angelegte Stille und Unverrückbarkeit ich wie ein gleichmäßiges Atmen empfand, das mit der Ewigkeit zu tun hatte. Aber Magdalene musste dabei sein. Mit ihr wurde jedes Erlebnis schön, erfüllt von einem Zauber, den ich mir nicht nur mit ihrem Temperament erklären konnte, sondern auch damit, dass es zwischen uns einen Gleichklang gab, der die Freude verdoppelte.

Jetzt hätte ich sie gebraucht, selten so sehr wie jetzt. Meine mühsam konstruierte Ruhe, auf ihre Anwesenheit bezogen, reichte gerade für die Generalprobe, die vor Schülern und

Studenten stattfand und mir viel Applaus und ein großes Lob des Dirigenten einbrachte. Der Dirigent, zwanzig Jahre älter als ich, groß, schlank, mit dichtem, grauem Haar, kam aus Mailand, sprach aber fließend Deutsch. Aus irgendeinem Grund, den ich nicht genau benennen konnte, denn bis dahin hatte ich jeden noch so gut aussehenden Dirigenten emotional unbeschadet überstanden, fühlte ich mich ihm gegenüber anfällig. Wie er mich ansah, wenn ich meine Einsätze hatte, wie klar er dirigierte, ohne Pathos, ohne Extravaganzen, ohne Originalitätshascherei, aber sensibel und eindringlich das Werk erfassend – ganz im Sinne von Charly Fisher –, das imponierte mir und steigerte meine eigenen Impulse.

Für den Abend, so hatte man mir berichtet, war der Saal bereits bis zum letzten Platz ausverkauft. Ein wunderbarer Steinway stand mir zur Verfügung, dessen gestraffter, gläsernharter Klang meine Pianistinnenhände begeisterte und ihnen neben einem überwältigenden Fortissimo exakt perlende Läufe entlockte. Andererseits, wie ein Tier, das man streichelt, gab er auch weiche, singende Töne her und ein zartes Pianissimo. Und ich beherrschte mein Stück, durch und durch, ohne eine einzige technische oder vom Gedächtnis ausgehende Unsicherheit. Doch als ich nach der Generalprobe mein Hotelzimmer betreten hatte und die Tür hinter mir geschlossen, sprang mich das Lampenfieber regelrecht an. Mein Herz begann zu jagen, ich schnappte nach Luft, mein Magen krampfte sich zusammen. Ich riss das Fenster auf, schmiss es wieder zu, stellte den Fernsehapparat an, stellte ihn wieder ab, geriet allmählich in Panik. Jemand von der Rezeption rief an, ob ich eine Kleinigkeit essen wolle? Nein, ich wollte nicht, man sollte mich nur in Ruhe lassen. Valium? Wie würde mein Gedächtnis reagieren, meine Konzentrationsfähigkeit? Magali jetzt bei mir zu haben, wurde zu einer Fata Morgana. Der Abend würde gelingen, wenn sie plötzlich hinter mir stünde, wie bei der Beerdigung meiner Mutter, und mich in die Arme nähme. Aber sie war weit weg, ebenso wie Hartmut, der mich nicht mehr mochte. Mama noch viel weiter weg, wenn überhaupt noch irgendwo, und mein Vater den ganzen Tag im Hessischen Rundfunk, wo sein Orchester ebenfalls ein Konzert hatte. Du bist vollkommen allein, geisterte es mir durch den Kopf, und oben auf dem Podium wird dir nachher die Einsamkeit alle zehn Finger lahmlegen. Die Zuhörer schauen allein auf dich, Dirigent und Orchester führen im Hintergrund ein Eigenleben. Du wirst jeden Einsatz verpassen oder vorausgaloppieren, die schweißnassen Hände werden auf den Tasten ausrutschen, das Makeup wird davonfließen, die Nase laufen, das Kleid platzen, das Gedächtnis plötzlich aussetzen, der Kopf wird sich verirren, du wirst auf einmal Hindemith oder die Capri-Fischer klimpern statt Chopin.

Wieder läutete das Telefon. Mit fliegenden Händen nahm ich den Hörer ab. „Hallo?“ schrie ich, „was ist denn jetzt schon wieder?“

„Piana?“ Magdalene war's. Ich ließ mich wie ein Sandsack auf die Bettkante fallen und atmete tief und erleichert durch. „Woher wusstest du, wo ich genau zu erreichen bin?“

„Hab' bei deiner Agentur angerufen, einfach aus dem Gefühl heraus, dass du mich brauchst.“

„So sehr wie noch nie.“

„Stimmt zu Hause etwas nicht? Ich meine, abgesehen davon, dass Hartmut jetzt nicht da ist?“

„Nichts stimmt mehr. Aber das erzähle ich dir ein andermal, wenn wir Zeit haben. Jetzt muss ich diese Bestie von Lampenfieber loswerden. Sie ist dabei, mich aufzufressen.“

„Schmeiß dich aufs Bett, Hanna, lege den Hörer ans Ohr und schließe die Augen. Ich mache mit dir jetzt Autogenes Training."

„Hilft bei mir nicht." Die Panik wollte schon wieder in mir hochschnellen wie eine Stahlfeder.

„Hilft, wenn ich es mit dir mache. Also tu jetzt, was ich sage."

Tatsächlich brachte sie mich in wenigen Minuten einigermaßen zur Ruhe mit Autogenem Training, mit gezielten Zwischenbemerkungen, die sich auf mein späteres Spiel bezogen, mit einer Gelassenheit, die sie aus der Ferne über mich ausbreitete wie eine warme Decke. Zum Schluss musste ich ihr noch mein Kleid schildern. Nachtblaue Seide, lang, gerade geschnitten, mit breitem dunkelgrünem Saum, die engen, dreiviertellangen Ärmel ebenfalls dunkelgrün.

„Traumschön wie immer, Piana. Und jetzt geh in Ruhe an die Sache ran. Ich bin ganz nah bei dir, vergiss das nicht."

Ich fühlte mich jetzt tatsächlich so entspannt, dass ich auf einmal Lust hatte, noch einen kleinen Stadtbummel durch Bad Homburg zu machen, mir zuerst die schönen Auslagen unten im Kurhaus anzuschauen, über den Kurhausplatz zu schlendern, danach über die Louisenstraße zu Hertie zu spazieren, jetzt Karstadt.

Schon war ich unterwegs, eingemummelt in meinen schwarzen Wollmantel. Ich liebte Spätnachmittage im November, nicht in der Natur, die mich traurig machte, aber in der Stadt. Als Kind war ich im November oft durch Oberursels gemütliche Vorstadt gelaufen, einfach nur so zum Gucken, oft auch mit meiner Mutter über Homburgs von Straßenmusikanten verwöhnte Louisenstraße, und später in Frankfurt über die elegante Goethestraße, die Hauptwache, die Zeil, immer und überall fasziniert von der voradventlichen Betriebsamkeit und den hell erleuchteten Schaufenstern, die so viel Wärme und Luxus ausstrahlten. Vor dem Kurhaus wurde natürlich musiziert. Zwei junge Russen sangen das Wolgalied, der eine begleitete sich mit der Gitarre, der andere mit dem Akkordeon. Nicht weit davon entfernt spielte ein junges Mädchen Querflöte, eine „Air" von Händel. Beides zusammen in ganz verschiedenen Tonarten kämpfte sich unstimmig und gedämpft durch die diesige Luft und verlor sich schnell, wenn man weiterging. Ich genoss meine Anonymität, ließ mich treiben, fand den Gedanken verlockend, die ganze Louisenstraße hinunter zu laufen, vorbei an Hertie, vorbei an Schimmelpfeng, an Möbel-Meiss, vorbei, vorbei, vorbei, bis Bad Homburg aufhörte und ich per Anhalter ... Natürlich kehrte ich bald ganz brav wieder um. Ich wollte schließlich niemanden sitzen lassen, nicht das Publikum, nicht das Orchester, nicht die Veranstalter.

Die Entspanntheit, von Magali eingeleitet und durch meinen kleinen Stadtbummel gefestigt, hat angehalten, auch als ich später, zusammen mit dem Dirigenten, am Orchester vorbei bis zur Rampe des Podiums lief und in die Tiefe des vollbesetzten Konzertsaales schaute. Die Menschen klatschten mit einer Herzlichkeit, die Vertrauen einflößte und auf uns übersprang. Sie waren uns wohlgesonnen, wir haben es gespürt.

Schon nach den ersten Takten hatte ich mich freigespielt, und von da an konnte ich mich ganz auf die Musik konzentrieren, meinen Anschlag, meine Einsätze, meine Tempi, die Dynamik, die Pedale. Und auf den Dirigenten. Zwischen ihm und mir, so intensiv hatte ich das noch nie empfunden, gab es eine Art Zwiegespräch, ohne Absprachen, ohne Diskussionen, ein Gespräch der absoluten Übereinstimmung. Als wären wir austauschbar, er der Pianist, ich die Dirigentin, ruderten wir zielgerichtet in ein und demselben Schiff auf einer Welle, die uns gemeinsam hochtrug und ruhen oder abstürzen ließ und neu erfasste, ohne dass wir auch nur für einen einzigen Moment das Ruder verloren hätten. Ich zweifelte nicht daran, dass er es genauso empfand, und ich zweifelte schon gar nicht daran, dass zwischen uns die Funken stoben, dass es zischte und knisterte und glühte und irgendwann brennen würde. Unser Spiel wurde ein großer Erfolg. Lächelnde Orchesterspieler, jubelndes Publikum, Blumensträuße, Händeschütteln, immer wieder aufbrausender Applaus, mit dem wir fünfmal auf das Podium zurückgeholt wurden. Für alle anderen danach die große Pause, anschließend Schuberts „Tragische Sinfonie Nr. 4". Ich aber lief hoch in mein Hotelzimmer, floh regelrecht vor meiner plötzlichen Verliebtheit. Ich dachte an Hartmut und Körnchen und Hans-Herta, schloss die Augen, wollte mich an den dreien festhalten wie an einem Geländer, merkte nur immer, dass das Geländer nachgab, weich wurde, biegsam, schließlich sogar sich in Luft auflöste, verdammt. Noch in voller Montur, auf dem Bett die unversorgten Blumensträuße, rief ich bei Magali an. Bedanken wollte ich mich, mich ablenken, ihr nichts von meinem Zustand erzählen, den Mann vergessen, hinterher nach Hause fahren zu Körnchen, der, bewacht von unserer Studentin, auf seine solide Mutter bauen sollte. Magali atmete erleichtert auf. „Das wäre doch auch gelacht, wenn eine gestandene Psychotherapeuten-Gehilfin mit Lampenfieber nicht fertig würde!"

„Es ist der richtige Beruf für dich, ich wünsche dir eine volle Praxis", sagte ich, noch immer atemlos.

„Die hab ich eigentlich schon, natürlich im Schlepptau von Sarah. Nur im Augenblick bin ich immer so müde und schlapp. Irgendetwas schleppe ich mit mir herum, deshalb wurde heute auch mal ein Ruhetag eingelegt."

„Du solltest dich gründlich untersuchen lassen."
„Keine Zeit."
„Und was macht Steve?"
„ Er macht mir Sorgen. Er redet immer öfter davon, dass er gerne für zwei oder drei Jahre nach Texas zu seinem Farmerfreund ginge. Eine Farm zu bewirtschaften gehöre noch zu seinen offenen Wünschen."
„Und du, wo sollst du bleiben?"
„Die Wohnung soll ich behalten, die Tankstelle will er verpachten."
„Der spinnt wohl!"
„Das dachte ich auch. Und wir haben nächtelang diskutiert. Aber noch mehr Tränen vergießen als bisher will ich nicht. Weißt du, im Grunde genommen muss sich doch jeder sein Leben so zurechtschneidern, dass es ihm auf den Leib passt. Ich tu's doch auch. Vielleicht ist es für mich die Chance, ganz zu Sarah überzusiedeln und damit näher an der Praxis zu sein."
„Wie ist sie?"
„Sehr nett. Sie hat sich viel Mühe gegeben, mich auszubilden, aber ich war auch eine gelehrige Schülerin und bin es noch. Im übrigen freue ich mich auf unseren gemeinsamen Sommer, ich kann's gar nicht erwarten, dich und Körnchen auf dem Flughafen abzuholen."
„Hätten wir nur erst den Winter geschafft."
„Du hast Sorgen mit Hartmut, ich weiß. Aber freu dich jetzt über deinen Erfolg und belaste dich nicht mit schweren Gedanken. Schlimm genug, dass ich dir meinen Mist erzählt habe. Demnächst rufe ich dich an, und wir reden über dich, einverstanden?" Nach diesem Gespräch hätte ich meine Sachen zusammenpacken können und mir ein Taxi bestellen, wie ich das auch ursprünglich geplant hatte. Ich wollte aber

hierbleiben, wenigstens noch für eine kleine Zeit meiner Verliebtheit nachträumen, in seiner Nähe. Als später mein Telefon klingelte, das Konzert musste zu Ende sein, wusste ich, dass er es war, und dass er mich auffordern würde, den Rest der Nacht mit ihm zu verbringen. Und ich hoffte es. Wir beide könnten doch noch irgendwo hinfahren, schlug er vor, den schönen Abend ausklingen lassen. „Hm“, antwortete ich gedehnt, denn er sollte meine Bereitwilligkeit nicht merken, „ich stecke aber noch im Konzertkleid.“

„Sehr gut. Dann fahren wir – ich weiß schon wohin, ich warte hier unten im Foyer, bis gleich.“ Schon hatte er eingehängt. Ich beeilte mich, rückte mir mit Makeup und Lippenstift noch einmal zu Leibe, bürstete die Haare, besprühte mich mit 'Cashmere'. Im Lift, Gott sei Dank gab es rundherum Spiegel, noch ein prüfender Blick, dann stand ich schon vor ihm. Er hatte sich umgezogen, trug einen dunkelblauen Anzug, der ihm genauso gut stand wie vorher der Frack. Und sein Rasierwasser – mein Gott, es muss eine wunderbare Mischung aus Zitrone, Moschus und Tabak gewesen sein. Sein Auto stünde schon vor dem Eingang, erklärte er, wir brauchten nur einzusteigen. Er gehörte zu den Männern, die sich auch in fremden Städten schnell zurecht finden. Und ich gehöre zu den Frauen, die in der allerersten Phase des Verliebtseins gar nichts mehr finden und auch sonst nur noch wenig mitkriegen. Bald standen wir auf der Promenade vor dem „Steigenberger“ und wenig später saßen wir in einem hübschen, schummrig beleuchteten Raum, in dem eine kleine Tanzkapelle spielte, leise, gedämpft, aber rhythmisch elektrisierend, unwiderstehlich. Mein schöner Dirigent hatte hier, was ich nicht wusste, bereits in der Konzertpause einen Tisch bestellt, einen Zweiertisch in der Ecke. Und da saßen wir nun, sprachen nicht viel, tranken italienischen Wein, schauten uns in die Augen und mir war klar, wo diese Nacht hinführen würde. Nicht über eine endlose seelische Schiene zu vorsichtigen Annäherungen, nicht über ausgeklügelte Gespräche zu des Pudels Kern, sondern über die von der Musik aufgepeitschten, vibrierenden, hellwachen Sinne zu wunderbarem Sex. Und dieses Mal, das war das Sympathische daran, musste ich weder vor Magali ein schlechtes Gewissen haben noch vor Hartmut. Ich nahm Magali nicht den Mann weg und Hartmut nicht die Frau. Er hatte sich von mir entfernt, und seine Erklärung, ich sei innerlich für ihn nie zugänglich gewesen, nahm ich ihm nicht ab. Zwar klang diese Erklärung originell, im Gegensatz zu der üblichen vom bösen Alltag, aber dafür stimmte sie nicht. Diese Konzertnacht jedenfalls gehörte mir und meinem Dirigenten, Hartmut adé.

Natürlich haben wir auch getanzt, sehr eng, langsam, manchmal nur auf der Stelle, und unsere Körper waren heiß, so wie unsere Lippen, wenn wir uns küssten, immer und immer wieder.

Gegen zwei Uhr brachte er mich ins Hotel, denn ich hatte, absichtlich, meine Sachen dort gelassen.

Als uns dann endlich das weiche Bett aufnahm und unsere aufgeheizten Körper zueinanderfanden, vollendete sich eine kurze, heftige, einmalige Episode, die ich nicht nur deshalb als so beglückend empfand, weil sie uns allein gehörte, sondern auch, weil sie in ihrer zeitlichen Begrenzung keine Angriffsflächen abgeben würde für Missverständnisse, Reibereien, Vorwürfe und sonstige Beziehungsfeinde. Wir hatten uns gegenseitig eine Nacht geschenkt, angefüllt mit Musik, Verliebtheit, Erotik, Sex, eine unvergessliche Nacht ohne Schatten.

Als spätnachmittags jemand an die Zimmertür klopft, ist Hanna Forberg gerade damit beschäftigt, nach bestimmten Eintragungen in ihren Tagebüchern zu suchen. Sie hat sich während der letzten acht Tage nur noch zum Abendessen sehen lassen, auf der Terrasse oder im Speisesaal, je nach Witterung. Die Geschichte von Hanna und Magdalene lässt sie nicht mehr los.

Etwas irritiert, aber dennoch höflich, ruft sie „Herein“ und schaut zur Tür, die sich leise und vorsichtig öffnet. Es ist Klaus, in Begleitung seiner Freundin Cornelia. Hanna erhebt sich, läuft ihnen entgegen und nimmt sie in die Arme. „Ihr beiden? Und einfach so?“

Klaus lacht. „O nein, nicht einfach so. Aber das soll dir Conny erzählen.“

„Wir müssen etwas feiern. Dazu brauchen wir ein schickes Abendessen und Sekt oder besser noch Champagner.“

„Hat mein Sohn etwa seinen Facharzt gemacht?“

Cornelia schüttelt den Kopf. „Der Facharzt ist auch nicht mehr weit. Wir können ihn ja gleich mitfeiern, sozusagen als Vorschusslorbeere. Nein, es ist was anderes, was du dir selbstverständlich überhaupt nicht denken kannst.“

„Überhaupt nicht.“ Also haben sie vor, zu heiraten oder ein Baby ist unterwegs, oder beides. „Was auch immer“, erklärt Hanna, „Valentino ist jetzt gefragt. Ich werde euch ganz groß einladen. Ihr könnt ja gleich selber zu ihm hingehen und ein Abendessen nach eurer Wahl bestellen. Für Körnchen Kakao mit Honigbrötchen!“ Sie lächelt Cornelia an. „Diese Leidenschaft kennst du?“

„Sie wandelt sich, die Leidenschaft“, erwidert sie, „beziehungsweise wird arbeitsaufwändiger. Jetzt sind's nämlich Dampfnudeln mit Vanillesoße.“

Klaus betrachtet den kleinen Schreibtisch seiner Mutter, der über und über bedeckt ist mit Manuskriptpapier, Tagebüchern und Briefen. „Bist du mit deiner Geschichte bald fertig?“

„Bald.“

„Greift's dich noch immer an?“

„Es war ein wichtiger Teil meines Lebens, Klaus.“

„Na gut, aber ein kleiner.“

„Jedenfalls für mich wichtig. Und das, was ich jetzt beschreiben werde, wird der schwierigste Teil sein, schwierig erlebt und schwierig darzustellen.“

Klaus schaut seine Mutter nachdenklich an. „Ich weiß.“

„Auf jetzt zu Valentino!“ Cornelia schiebt den großen Mann, der einmal Körnchen genannt wurde, mit sanftem Nachdruck zur Tür. „Valentino soll gleich wissen, dass wir essen und trinken wollen und feiern. Und möglichst auf der Terrasse. Die Witterung draußen lässt's noch zu.“

Klaus geht noch einmal zurück zu seiner Mutter, streicht ihr zärtlich über die grauen Haare und drückt ihr einen Kuss auf die Stirn. „Wir bestellen das Essen für neunzehn Uhr. Bis dahin bummeln wir noch etwas und ich zeige Conny die Gegend. Recht so?“

„Sehr. Wir treffen uns um sieben.“ Es bleibt ihr also genug Zeit, ihre Notizen zu ordnen und sich dann in aller Ruhe für den Abend umzuziehen. Sie freut sich auf die beiden und auf das, was sie zu erzählen haben.

Als sie sich später gegenüber sitzen am hübsch gedeckten, von Kerzen erleuchteten Tisch und von Valentino aufmerksam versorgt, ergreift Cornelia feierlich das Wort. „Liebe Schwiegermama, wir sind seit drei Tagen verheiratet und ich bin bereits im Begriff, ein neues Körnchen zu produzieren, männlich oder weiblich, das ist zwar von der Natur schon entschieden, aber für uns noch die große Frage."

„Du wirst also Großmutter", ergänzt Klaus etwas betreten, „damit muss sich ja jeder mal abfinden."

„Warum abfinden? Ach ihr zwei, ich freue mich doch!" Hanna nimmt ihr Weinglas und erhebt sich, um feierlich mit dem jungen Paar anzustoßen. „Auf eine glückliche, lange gemeinsame Lebenszeit, wofür wir euch leider ein schlechtes Vorbild waren, und auf ein gesundes Körnchen, wofür wir euch ein gutes Vorbild waren!"

„Im Februar kommt's." Cornelia streicht über ihren Bauch, der noch wenig ahnen lässt. „Bis dahin muss ich meine Referendarzeit hinter mich gebracht haben."

„Was sagt denn Hartmut dazu? Und warum ist er nicht mitgekommen?"

„Der freut sich. Conny gefällt ihm, ich glaube sogar, einen Flirt würde er nicht ausschlagen. Aber er hat Termine."

„Ich würde euch gern eine Hochzeitsreise spendieren. Aber im Augenblick werdet ihr keine Zeit haben, und ab Februar wird's eine Familienreise."

Klaus weiß Rat. „Dann schenke uns doch ruhig eine Familienreise. Die ist ja nur unwesentlich teurer."

„Gut, ihr habt mein Wort. Und ihr bekommt auch noch mehr. Schließlich bist du mein einziger Sohn, da lasse ich mich nicht lumpen." Auf leisen Sohlen bringt Valentino die Vorspeise. „Ihre Kinder sehen gut aus," raunt er Hanna ins Ohr, „bei der Mutter kein Wunder." Freundlich lächelt sie ihn an. „Wenn ich Sie nicht hätte, Valentino, gäb's für mich zur Zeit keinen einzigen Verehrer."

„Auf mich können Sie sich immer verlassen, Seniora, und sollten Sie später meine Eisdiele in Rom besuchen, bekommen Sie einen Wunderbecher gratis und einen Tisch mit Rosen." Schnell entfernt er sich wieder, er hat heute viel zu tun. Alle Tische sind besetzt, die Gäste nutzen die letzte Möglichkeit aus, noch unter freiem Himmel sitzen zu können. Die Berge hinter dem Wasser liegen in leichtem Dunst, in der Dämmerung könnte man sie auch für Wolken halten. Während Klaus seiner Frau die Namen der Berge erklärt, schweift Hanna mit ihren Gedanken wieder in die Vergangenheit ab. Auf dieser Hotelterrasse haben sie sich kennengelernt, hier hat Magali gearbeitet, hier saßen sie später, ein letztes Mal, zusammen. Und jetzt feiert sie, Hanna, die Hochzeit ihres Sohnes und die Aussicht auf das erste Enkelkind. Zwei Leben. Wir Schwestern hatten zwei völlig verschiedene Leben.

„Bleib' mal hier bei uns", sagt Klaus und ergreift ihre Hand, „du Träumerin bist schon wieder weit weg."

„Hast recht. Ich war und bin eine träumende Mutter. Aber wer weiß, vielleicht werde ich ja mal eine ganz handfeste und präsente Großmutter. Dann mache ich am neuen Körnchen wieder gut, was ich am alten versäumt habe."

„Hast du nicht. Und vergiss nie: ich war stolz auf dich."

„Nun hört schon auf", beklagt sich Cornelia, „du bist jetzt in erster Linie Ehemann und bald Vater, und nur in zweiter Linie Sohn! Und Hanna ist demnächst in erster Linie Großmutter und nur in zweiter Linie Mutter." Klaus lacht und streicht sich über den Dreitagebart. „Du siehst, wer hier schon heute das Regiment führt."

Später kommt etwas Wind auf, es wird kühl. Die Kerzen flackern unruhig. Die meisten Gäste brechen auf, rufen nach Valentino. Motoren werden angelassen. Cornelia schlägt vor, sich am See noch etwas warmzulaufen. Sie gehen rasch über den Weg, auf das dunkle, bewegte Wasser zu. Trotz der starken Wellen hören sie das Glockengeläut von der Insel, das die Klosterfrauen zu einer nächtlichen Messe ruft. „Ein wunderschönes Land hier um den See herum", sagt Klaus leise zu seiner Frau, „und auch für mich nicht ohne Erinnerungen an frühere Ferien."

Hanna bleibt einen Augenblick stehen. Ihre Kinder gehen weiter, Hand in Hand und im gleichen Schritt. Ich werde ihnen vom Geld meiner Schallplatten in dieser Gegend ein kleines Wochenendhaus kaufen, nimmt sie sich vor. Und es muss so stehen, dass man in jedem seiner Zimmer die Glocken von der Insel hört.

Kapitel 18

In der Adventszeit dann haben sich die Ereignisse überschlagen. Steve hatte schon Anfang Dezember eine günstige Gelegenheit beim Schopf ergriffen und seine Tankstelle mit der Werkstatt verpachtet, um zu seinen Freunden nach Texas zu ziehen und sich dort für drei Jahre als Farmer zu betätigen. Er ließ eine verstörte Magdalene zurück und mit ihr den unglücklichen Jonathan, der nicht nur seinen Herrn vermisste, sondern auch seine heißgeliebte Gänsefreundin, die ihm ein Lastwagen in den letzten Novembertagen bei dichtem Nebel überfahren hatte. „Mach' dir wegen dieser Hiobsbotschaften keine Sorgen, Piana", erklärte Magali am Telefon, „im Grunde passt das alles in mein komisches Leben, das nun mal aus lauter Abbrüchen besteht, warum auch immer." Sie erzählte das mit leiser Stimme und so schnell, dass sie sich häufig verhaspelte. Ich musste den Hörer fest ans Ohr drücken, um sie überhaupt verstehen zu können. Diese Art von Nervosität kannte ich nicht an ihr. Um sie zu beruhigen, nahm ich ihren Bericht scheinbar gelassen auf und schlug ihr vor, sie solle sich um ein Ticket bemühen, um über Weihnachten oder auch länger zu uns zu kommen. Sie wehrte ab. „Viel zu müde. Außerdem lasse ich Jonathan nicht allein."

„Den kannst du ja mitbringen. Für die großen Hunde gibt's Container."

„Nein, nein, Hanna, ich habe überall geschwollene Drüsen und bin todmüde. Ich werde mich über Weihnachten hinlegen. Jonathan darf neben meinem Bett schlafen."

„Was ist das mit deinen Drüsen? Ein halbwegs gesunder Mensch legt sich über Weihnachten nicht ins Bett und unterhält sich ausschließlich mit seinem Hund."

„Ich bin nicht halbwegs gesund."

„Was hast du, Bell-Magali?"

„Weiß ich nicht. Nur so viel: das Schicksal mag mich nicht."

„Das Schicksal hat keine Emotionen."

„Aber Macht genug, uns in Sackgassen hineinzutreiben, aus denen wir nicht mehr herauskommen."

„Ist es der Kummer um Steve?"

„Auch. Aber ebenso der Kummer um mich selbst, dass ich bin, wie ich bin, dass ich einen glücklichen Zustand nicht festhalten kann und mir immer vormache, andere wären schuld."

„Du gibst dich auf, Magali, tu das nicht! Im übrigen hat jeder ..."

„Ich weiß, Piana, du hast auch so etwas wie eine Lebenslüge."

„Was meinst du?" fragte ich erschrocken.

„Ach, nur so."

Ich bohrte nicht weiter nach, konnte die Bemerkung aber nicht vergessen, denn sie beunruhigte mich.

Unser eigenes Weihnachten erhielt seinen Glanz, wenn überhaupt, einzig und allein durch Körnchen. Zwischen Hartmut und mir stimmte es nicht mehr, seit unserer Auseinandersetzung im Auto. Höflich und gestelzt redeten wir uns allmählich um das letzte Restchen an Unbefangenheit, das wir noch auf Lager hatten. Und keiner machte den Anfang zu einem klärenden Gespräch. Weihnachten und die Zeit zwischen den Jahren sollten erst einmal vorüber sein, dem Kind zuliebe ohne Streit.

Zwischen den Jahren, an einem Abend – ich spielte mit Körnchen „Fang den Hut", Hartmut arbeitete in seinem Zimmer – läutete es an unserer Wohnungstür. Ich erschrak etwas, denn wir waren auf Besuch nicht eingestellt, ich trug bequeme Jeans, Turnschuhe und einen ausgeleierten Pullover. Da Hartmut sich nicht rührte, blieb mir nichts anderes übrig als selbst nachzuschauen. Zögernd öffnete ich die Tür. Was ich sah, verwirrte mich für einen Augenblick so, dass ich mit der Hand nach Körnchen angelte, der sich neugierig neben mir eingefunden hatte. Zwischen einem hellen Koffer und einer roten Reisetasche stand Magali, neben ihr hechelte Jonathan, der schwarze Riese, und wedelte freundlich mit dem Schwanz. Der Taxifahrer, der ihr die Sachen hochgetragen hatte, grüßte kurz und verschwand. Sie machte einen Schritt auf mich zu und griff nach meinem Arm. „Hanna, es geht mir nicht gut." Ihre Stimme klang rau und erschöpft. „Ich bin ziemlich krank." Sie bückte sich nach ihrem Koffer, ließ ihn dann aber stehen und richtete sich wieder auf. „Der Kreis schließt sich, in Frankfurt geboren, in Frankfurt verendet", sagte sie schwach lächelnd. Endlich nahm ich sie in die Arme, die zitternde, dunkle, schmal gewordene Magali, und ich fühlte mich in diesem Augenblick wie eine Mutter, deren Kind nach einer langen Reise zurückgekommen ist. Jonathan hatte inzwischen den Flur inspiziert und die Tür zur Küche gefunden. Körnchen, begeistert von dem unverhofften vierbeinigen Zuwachs, gab ihm fürsorglich Wasser und eine Banane. Hans-Herta war auf die Flur-Kommode gesprungen, um die ganze Szene vorsichtshalber von oben zu betrachten. Auch Hartmut war gekommen. Er begrüßte sie überrascht, aber freundlich, und trug ihr Gepäck herein.

„Es geht mir nicht gut", erklärte sie auch ihm, „ich konnte nicht alleine bleiben. Aber dieser Kraftakt jetzt ..."

„Hanna wird sich kümmern, mach' dir keine Sorgen." Er führte sie zur Couch im Wohnzimmer, denn sie wollte sich gern hinlegen. Als Jonathan dann ebenfalls Anstalten machte, auf der Couch Platz zu nehmen, forderte er ihn sanft, aber nachdrücklich auf, sich mit dem Teppichboden zu begnügen. Der Hund war alles andere als ein Rebell, deshalb gab er gelassen nach und ließ sich ächzend zu Boden fallen. Ich setzte mich zu Magali und strich ihr über die Haare. Die widerstreitendsten Gefühle machten mir zu schaffen. Glück, sie plötzlich dazuhaben, Erschrecken über ihr gealtertes Aussehen, Angst vor dem, was sie mir sagen würde. Um mir nichts anmerken zu lassen, zwang ich mich zu einer fröhlichen Bemerkung. „Das ist das schönste Nach-Weihnachtsgeschenk seit Jahren, und das überraschendste obendrein."

„Ich bin scheußlich krank."

„Die Müdigkeit?"

„Müdigkeit, Schweißausbrüche nachts, Schwellungen am Hals, unter den Armen, unten in den Leisten."

„Du hast dich untersuchen lassen?"

„Hab ich."

„Und?"

Sie winkte ab. „Später". Wir aßen dann am Couchtisch bei ihr zu Abend. Sie aß ein wenig mit, jeder von uns, auch sie, darum bemüht, den Tag nicht traurig ausklingen zu lassen. Hartmut bot ihr für die nächste Zeit sein Bett neben mir an. Er verzog sich gern in die Dachmansarde, die uns in diesem Haus noch zusätzlich zur Wohnung gehörte und als Gästezimmer eingerichtet war. Magali hatte im September dort geschlafen. Sie war zu erschöpft, um gegen seinen Opfermut zu protestieren, vielleicht auch zu gleichgültig. Ich wusste, dass Hartmut kein Opfer brachte. Er hatte in letzter Zeit des öfteren von seiner nächtlichen Ausquartierung gesprochen und sie gelegentlich auch schon vollzogen. Also kam ihm die Situation in diesem Punkt durchaus entgegen. Nach dem Abendessen machten sich meine beiden Männer auf den Weg, Jonathan auszuführen. Magali war eingeschlafen. Ich betrachtete das schmale, unverhältnismäßig gealterte Gesicht, das schon Anflüge von Ausgezehrtheit zeigte. Was sie hatte, ahnte ich längst. Ich wollte es nur nicht wahrhaben. Sie hat es mir dann bestätigt, nachts, als sie neben mir lag und sich nach einem Schweißausbruch mit dem Handtuch Gesicht und Hals abtrocknete. „Das geht schon seit Wochen so, auch die Schwellungen kamen nicht von heute auf morgen, aber ich hab's ignorieren wollen, einfach nicht beachten. Bis es nicht mehr ging. Die Lymphdrüsen hat er erwischt, der Krebs."

Worte wie Schläge. Ich saß da, in meiner ganzen Hilflosigkeit wie eine Gelähmte, die sich nicht rühren kann. Was sollte ich sagen? 'Es wird schon wieder? Wir zwei schaffen das schon?' Statt dessen starrte ich an die Zimmerdecke und überlegte verzweifelt, ob es nicht einen Trick gäbe, mit dem sich diese schreckliche Wahrheit zur Unwahrheit umfunktionieren ließe, zu einem schlechten Traum, einer Einbildung.

„Natürlich gebe ich nicht auf, Hanna, da gibt's ja schließlich die Chemotherapien und Bestrahlungen. Aber dazu brauche ich dich, deshalb bin ich gekommen."

Ausgerechnet sie versuchte mich zu trösten. Nur nicht weinen, befahl ich mir, das kannst du tun, wenn sie nachher vielleicht schläft; aber leise, das Kissen vor dem Mund, damit sie deine Trostlosigkeit nicht mitkriegt.

„Morgen gehen wir in die Uni-Klinik, da haben wir eine Kapazität für diese Krankheit."

„Ich tue alles, nur hilf mir."

Wenn ich es doch könnte. Noch nie im Leben hatte ich mir so sehr gewünscht, über irgendwelche Zauberkräfte zu verfügen.

„Geld für die Behandlungen habe ich genug", erklärte sie, „diesbezüglich hat mich Steve sehr gut abgesichert."

„Weiß er, was mit dir los ist?"

„Ich habe es ihm vor ein paar Tagen geschrieben, auch, dass ich mit Jonathan abhauen würde. Da er schließlich als erster das Weite gesucht hat ..."

„... musst du dir keine Gedanken machen. Ich wüsste nur gerne, was er empfindet, wenn er von deiner Krankheit erfährt, und wie allein er dich gelassen hat."

„Ich habe ihn auch alleingelassen, war oft bei Sarah in der Praxis. Wir beide sind uns nichts schuldig geblieben. Höchstens, dass ich ihn nicht hätte heiraten dürfen. Da liegt die Schuld eindeutig bei mir. Aber das ist ein Thema für sich."

„Warum bist du erst so spät zur Untersuchung gegangen? So etwas kommt doch, wie du selbst sagst, nicht von einem Tag auf den anderen?" Magali richtete sich auf. „Im Gegenteil, das kroch heran so langsam wie eine Schnecke. Schon in den zehn Tagen im September bei euch habe ich was gespürt. Aber in meiner Begeisterung für alles, auch für meinen neuen Beruf, habe ich es einfach nicht zur Kenntnis genommen, Punkt und basta, mit Begeisterung kann man eine Menge überspielen, und ich schon sowieso!" Sie ließ sich wieder ins Kissen fallen. „Außerdem", sagte sie müde, „wollte ich einfach nicht einsehen, dass ich zu den Menschen gehöre, die im Leben nicht auf die Füße kommen."

„Magali." Jetzt konnte ich meine Tränen nicht mehr zurückhalten. „Du wirst wieder auf die Füße kommen, und wenn wir zusammen zu Gesundbetern oder Geistheilern oder sonstigen Wunderleuten bis ans Ende der Welt fahren." Ich nahm sie in die Arme und drückte ihr einen Kuss auf die Stirn. Sie lachte leise. „Bin ich eigentlich noch attraktiv?"

„Du bist es noch, nur ein bisschen zu dünn."

„Wenigstens kann ich nicht blass werden, ein Vorteil meiner negroiden Haut, ist das nicht vornehm ausgedrückt?"

„Und wie! Aber du solltest dich endlich an deiner schönen Hautfarbe freuen. Andere legen sich dafür auf die Sonnenbank."

„Und ich habe mir immer gewünscht, es gäbe so etwas wie eine Bleichbank." Sie lachte wie ein kleines Mädchen und sah dabei für einen Augenblick ganz jung aus. Ich hatte sie noch immer in den Armen, lag über sie gebeugt, mein Gesicht nah an dem ihren. Alles wollte ich tun, jede noch so kleine und versteckte Chance aufgreifen, um Magdalene behalten zu dürfen. Ich glaube, sie wusste, was in mir vorging. „Es ist zu spät", sagte sie leise, „für ein gemeinsames Leben ist es zu spät."

„Du warst doch eben noch so zuversichtlich."

„Ach du, wir wissen doch beide, was diese Krankheit mit sich bringt, sie hat den Tod im Gepäck und rundherum einen Haufen Illusionen." Zärtlich streichelte sie meine Haare, fuhr mit dem Zeigefinger über meine Augenbrauen. „Deine dunklen Haare und die starken geraden Brauen mag ich besonders an dir, auch die grauen Augen. Mal ganz abgesehen von deinem Klavierspiel. Ob du mir noch was spielen würdest, so mitten in der Nacht? Unseren Chopin?"

„Kann ich. Mit meinem Filzflügel wecke ich niemanden im Hause auf." Ich lief nach nebenan in mein Musikzimmer, die Verbindungstür weit offen lassend. Ich spielte unsere Chopin-Etüde, danach ihre Lieblingslieder „Those were the days, my friend", „Summertime", improvisierte zum Schluss aus unseren Jazz-Melodien. Es wurde ein großes mitternächtliches Programm der Erinnerungen für uns beide. Wieviel sie davon mitbekommen hat, weiß ich nicht. Als ich später nach ihr schaute, atmete sie tief und gleichmäßig. Sie war eingeschlafen.

Am nächsten Tag schlief sie lange in den Vormittag hinein. Sie hatte mich gebeten, den Tankstellengehilfen Jimmy anzurufen und ihm zu berichten, dass sie gut angekommen sei. Denn er habe sich in der letzten Zeit als Samariter erwiesen und ihr jeden Handgriff abgenommen, bis zu dem Tag, da er sie und Jonathan wohlbehalten im Flugzeug wusste. Diesen Anruf wollte mir Hartmut abnehmen, denn ich machte mich schon früh auf den Weg zur Universitätsklinik.

Es war noch dämmrig, der Verkehr auf den Straßen hielt sich, wie meistens zwischen den Jahren, in Grenzen. Wieder fuhr ich über die Friedensbrücke, diesmal aber nicht mit Hartmut, wie vor Jahren, in die Studentenkneipe, sondern allein und traurig nach Niederrad. Später, nachdem ich mich durch diesen riesigen Komplex von Klinikgebäuden durchgefragt und endlich auch den richtigen Parkplatz gefunden hatte, befand ich mich schon wieder in einem Labyrinth von ineinander verschachtelten Gängen, Türen, Kreuz- und Querverbindungen, Hinweisschildern, Treppen und Aufzügen. Überall nur kalkweiße Wände, und immer wieder Gänge, Gänge. Ich fragte mich durch zur onkologischen Abteilung und stand endlich vor dem Arztzimmer. Der junge Arzt, der mir die Tür öffnete, ließ mich zwar Platz nehmen, signalisierte mir aber sofort, die Abteilung sei hoffnungslos überfüllt. Vielleicht bewirkte es mein Bericht, den ich ihm gab, vielleicht auch meine eiserne Entschlossenheit, sie hier unterzubringen. Jedenfalls machte er es schließlich irgendwie möglich. Freilich müsse sie zunächst in einem Nebenraum untergebracht werden, aber das sei während der Untersuchungen ohne Bedeutung. Ich atmete auf. Das also war geschafft. Am nächsten Morgen schon sollte sie für eine Reihe von Untersuchungen aufgenommen werden. Am 2. Januar dann konnte man mit der Therapie beginnen. Ich war dem jungen Arzt unendlich dankbar. Auf dem Nachhauseweg, inzwischen war heller Tag und der Betrieb auf den Straßen in vollem Gange, nahm ich mir für den Nachmittag vor, Magdalene ins Auto zu packen und mit ihr nach Königstein zu fahren, ihr aus dem Auto heraus die hübsch gelegene Ursulinenschule zu zeigen, das stille Woogtal, die Burgruine, und später im Sonnenhof mit ihr zu Abend zu essen.

Kapitel 19

Gegen Mitternacht verließ ich leise ihr Zimmer. Die erste Chemotherapie hatte Magdalene hinter sich gebracht. Ich lief den langen Gang entlang, grüßte die freundliche Nachtschwester durch die weit geöffnete Tür, blieb einen Augenblick bei ihr stehen. Sie zog Spritzen auf und legte sie, nach Zettelchen geordnet, auf den fahrbaren Tisch. Neben ihr blubberte die Kaffeemaschine, ein herrlicher Duft von Bohnenkaffee legte sich angenehm über den medizinischen Geruch des Raumes, dem sich immer noch andere, kranke Gerüche beimischten. Ob ich eine Tasse Kaffee mit ihr trinken wolle? Gern wollte ich. Nah bei Magali sein, aber nicht mehr so unmittelbar konfrontiert mit ihrem Leiden. Stundenlang hatte sie erbrochen, still, ergeben, mit kurzen Pausen, die zur Erholung nicht annähernd ausreichten. Alles, was ich hatte tun können, war, sie abzustützen, die Schale zu halten, ihr etwas zu trinken zu geben, ihr den Mund abzuwischen.

Das Geräusch der Kaffeemaschine und die ruhig hantierende Schwester, das warme Licht der Tischlampe, die leise Tanzmusik aus dem Kassettenrekorder, mir kam dieser kleine, von Leid und Verzweiflung umgebene Raum wie eine auf wenige Quadratmeter begrenzte Oase vor. Ich setzte mich auf einen der herumstehenden Hocker, schlürfte den heißen Kaffee, und Schwester Astrid erzählte von ihrem vierzehnjährigen Sohn, der ihr als Alleinerziehende Sorgen machte. Seinetwegen sei sie zum Nachtdienst übergegangen, um den Burschen tagsüber nicht ganz aus den Augen zu verlieren. Man sah ihr die Kraftanstrengung an, der willensstarken Frau, die ihr Defizit an Schlaf mit Hilfe von Kaffee und Zigaretten zu überspielen versuchte. Ruhig sei es nie auf dieser Station. Sie und der jeweils wachhabende Arzt würden erst gar nicht versuchen zu schlafen. Das rote Lichtsignal summt, die Schwester muss ihren Kaffee stehen lassen. Gott sei Dank, das Signal kam nicht aus Magalis Zimmer. „Gute Nacht“, sagte sie, „und keine Angst, Frau Stanley ist bei uns in guten Händen.“ Ich glaubte es ihr unbesehen. Noch einmal schaute ich bei Magali herein. Sie schlief unruhig, ihre Hände auf der Bettdecke zuckten. Die Frau neben ihr, eine neunundvierzigjährige Rechtsanwältin, saß im Bademantel am Fenster und schaute hinaus in die Dunkelheit. Wie gern hätte ich mit ihr gesprochen, ihre Trostlosigkeit in Zuversicht verwandelt. Aber wie denn? Von den Ärzten war ihr mitgeteilt worden, dass nichts mehr zu machen sei, dass es noch zwei, vielleicht auch vier Monate dauern könnte, länger auf keinen Fall. Ich wusste es über Magali. Mich hatte die Frau nicht ins Vertrauen gezogen, für sie gehörte ich zu den Gesunden, Ahnungslosen, zufällig Bevorzugten, die in ihrer Welt des frühen Abschiednehmens nichts zu suchen hatte. Leise schloss ich die Tür hinter mir, und leise lief ich die Gänge entlang, so wie ich mir den Weg gemerkt hatte. Die Krebsstation lag nun weit hinter mir. Endlich das Schild, das den Ausgang anzeigte. Der Pförtner hinter seiner Glaswand hob leicht die Hand zum Gruß. Draußen die tiefschwarze neblige Nacht, nur in winzigen Kreisen aufgehellt von den Laternen. Etwas ängstlich lief ich zum Parkplatz, mich an meinem Autoschlüssel festhaltend, als wäre er eine Waffe gegen unliebsame Verfolger. Stille um mich her, unterbrochen nur hier und da durch das Knacken eines Astes. Meine Angespanntheit löste sich erst, als ich hinter dem Steuer saß, den Zündschlüssel umdrehte und, endlich, das vertraute Geräusch des Motors hörte, diese fast freundschaftliche, lebendige Zusage: ich fahre dich nach Hause. Hätte ich Magali nicht zurücklassen müssen, ich wäre jetzt zufrieden meines Weges gefahren. So aber kam ich mir vor wie eine Verräterin, die nur sich selbst rettet, ohne der Schwester den Fluchtweg zu zeigen. Es gibt auch ein Im-Stich-Lassen, für das man nichts kann, das wusste ich jetzt.

Zuhause wurde ich freudig von Jonathan begrüßt und von Hans-Herta, die sich von dem großen Hund sehr gestört fühlte. Körnchen hatte mir einen Zettel auf den Garderobentisch gelegt. „Ich wollte aufbleiben und auf dich warten, aber die Linda war doof und hat es nicht erlaupt. Fiele Grüße, dein Klaus“. Lächelnd schob ich den Zettel in meine Handtasche. Linda war die Studentin aus der Nachbarschaft, die sich immer, wenn es ihr Stundenplan erlaubte, um den Buben kümmerte, heute auch wieder bei ihm übernachtete. Ich schaute leise hinein, beide schliefen tief und fest, Körnchen wie immer auf der Seite, den Daumen am Mund. Trotz des strapaziösen Tages fühlte ich mich noch nicht müde, die Sorgen um Magali hielten mich wie unter Strom. Mit wem konnte ich noch etwas reden? Hartmut? Ich lief im nachtschlafenden Haus die Treppen hoch und öffnete leise die Tür unserer Mansarde. Das Bett wieder einmal leer, auch die Wasch- und Rasiersachen fehlten. Einen Augenblick setzte ich mich auf den Bettrand. War er bei seiner Freundin, jetzt schon so unverblümt? Würde ich mich in nächster Zeit auch nur annähernd genug um ihn kümmern können, um das übliche Argument, man habe ihn ja selbst in die Arme der Geliebten getrieben, erst gar nicht aufkommen zu lassen? Langsam ging ich wieder hinunter in die Wohnung, in Gedanken versunken und von einer Sekunde zur anderen so erschöpft, dass ich mich in meinen Kleidern auf die Couch legte, die Wolldecke über mich zog und sofort einschlief.

In der ersten Januarwoche musste Magali zweimal an den Chemo-Tropf. Und so ging es weiter. Einmal habe ich den Anfang miterlebt, als man sie gerade angeschlossen hatte. „Jetzt kriecht das Gift langsam durch die Adern hoch", sagte sie, „Böses wird mit Bösem bekämpft." Dann lag sie still, versuchte mich tapfer anzulächeln. Die Haare, bereits büschelweise ausgegangen, standen glanzlos und spärlich um den Kopf herum. Einzelne Stellen waren schon nicht mehr bedeckt. Ich hielt ihre Hand, die eine unnatürliche Hitze verströmte. Ihre rissigen Lippen befeuchtete ich immer wieder mit einem Feuchtigkeitsstäbchen, bis sie abwehrte. Der Brechreiz kündigte sich schon an, und sie musste sich mit dem Quentchen ihrer noch vorhandenen Energie darauf konzentrieren, ihm möglichst nicht nachzugeben.

Gestern nacht, als ich mich von Magali verabschiedet hatte und wieder den langen Gang entlanglief, roch es vor einer nur angelehnten Zimmertür nach Weihrauch. Da wurde wohl jemandem das Sterbesakrament gegeben. Dazu diese feierliche Stimme, nur von den Absätzen meiner Schuhe gestört.

Am nächsten Tag wollte ich Magali heimholen. Eine Zeitlang durfte sie sich ausruhen, dann sollte alles von vorne losgehen.

Tagebucheintragungen:

„Samstag. Magali ist zu Hause. Sie fühlt sich schwach, zugleich wahnsinnig aufgeregt. Irgendeines der vielen zusätzlichen Medikamente, die sie regelmäßig einnehmen muss, bewirkt diese innere Unruhe, die sie fast verrückt macht. Sie möchte schlafen, kann aber nicht entspannt liegen. Jonathan hat sich auf dem Vorleger neben ihrem Bett breitgemacht. Er verströmt Ruhe. Heute hilft sie nicht. Eher noch ist mein leises Klavierspiel hilfreich. Steve rief vorhin an. Er habe ihren Brief erhalten. Ob er kommen solle? Jedenfalls möchten wir ihn bitte auf dem Laufenden halten. Hätte er von der Krankheit gewusst, wäre er doch niemals weggegangen! Seine Stimme klang erschrocken und traurig. Er redete nicht nur mit Magali, sondern auch mit Jonathan. Der leckte, als er 'his masters voice' vernahm, den Hörer ab.

Montag nacht. Heute früh mit Magali an der Konstabler gewesen. Für die S-Bahn fühlte sie sich zu elend, auch wollte sie es vermeiden, dass die Leute sich über ihr großes Kopftuch wunderten. Also nahmen wir das Auto und stellten es im Parkhaus ab. Eine Perücke sollte gekauft werden. Übers Wochenende sind ihr die Haare weiterhin büschelweise ausgegangen. Wenn sie sich einmal mit der Bürste durchfuhr, blieb mehr als die Hälfte darin hängen. Die kahlen Stellen waren nicht mehr zu kaschieren. Diesen Perücken-Kauf, ich werde ihn nie vergessen. Rundherum die vielen Plastikköpfe mit allen denkbaren Haartrachten, gesichtslos, bewegungslos, einfach nur schneeweiß. Dazwischen Magdalene auf einem Stuhl zusammengekauert, zwischen den Händen ihr großes geblümtes Kopftuch zu einem Stoffball gepresst. Man sah ihrem verspannten Gesichtsausdruck an, wie sehr sie darunter litt, sich so herzeigen zu müssen. Geschickt ging die Verkäuferin darüber hinweg, sie kannte das Problem und wusste, dass Sachlichkeit in diesen Fällen oberstes Gebot sein musste. Wir fanden Magalis schwarze Locken, wenn auch etwas kürzer als ihre eigenen, doch genauso hübsch und glänzend wie in ihren guten Zeiten. Sie kosteten 800 Mark, die ich ihr gerne geschenkt hätte. Aber Magdalene war tatsächlich finanziell von Steve bestens abgepolstert worden. Ein solcher Betrag tat ihr nicht weh, trotz der sündhaft teuren Krankenhausbehandlungen. Sie ließ die Perücke gleich auf und stopfte das Kopftuch erleichtert in die Handtasche. Wir schlenderten noch etwas über die Zeil, betrachteten Schaufenster, setzten uns auf eine der Bänke, und Magali wollte wissen, ob sie jetzt genauso aussähe wie früher. Ich habe es ihr bestätigt. Dass es in Wahrheit nicht stimmte, lag nicht an der Perücke. Das Gesicht war noch etwas aufgedunsen, die Augen rotgerändert, Wimpern und Augenbrauen spärlicher geworden. Heute nachmittag dann voller Hochschultag. Ich hatte Magali mitgenommen. Sie saß bequem im Sessel und hörte zu. Bei Klaviermusik ist ihr Durchhaltevermögen auch in schlechten Zeiten fast grenzenlos. Abends holten wir Körnchen bei einem Schulfreund ab und steuerten den Italiener an. Magali aß Kinderportionen, und die nur mühsam. Der Magen tat ihr weh. Außerdem hatte sie Blasenschmerzen und Beklemmungen beim tiefen Durchatmen.

Zuhause dann führte ich eben noch Jonathan in den Holzhausenpark, allein um elf Uhr. Magdalene und Körnchen sind früh schlafen gegangen. Beiden habe ich eine Wärmflasche ins Bett gelegt. Es war sehr kalt draußen, kein Mensch mehr unterwegs. Der Park, eingerahmt von hübschen Häusern, lag da wie eine mondbeschienene Insel. Jonathan sah ich immer nur als großen schwarzen Schatten über die Wege springen. Mit ihm braucht man keine Angst zu haben, er ist ein kraftvoller Beschützer. Ich konnte ungestört meinen Gedanken nachhängen. Hartmut macht sich zunehmend rar. Des öfteren übernachtet er jetzt im Büro. Ich fand, als ich ihn dort einmal abholte, dass er einen sehr vertraulichen Umgangston mit seiner Sekretärin hatte. Ob sie es ist? Also das übliche? Aber ich kann mich jetzt nicht darum kümmern. Wie soll ich denn?

Und außerdem: unser gemeinsames Leben ist ja nun tatsächlich kompliziert geworden durch die kranke Magali. Eine Kirchturmuhr schlug viertel nach elf.

Morgen will ich in eine Kirche gehen, vielleicht in meine Nikolaikirche am Römerberg, mich in die hinterste Ecke setzen und für Magali beten. Ich will es schon lange, komme aber immer wieder davon ab. Schaltet man erst Gott ein, dann gibt man sich geschlagen, ist mit dem eigenen Latein am Ende. Den Schritt habe ich bisher nicht gewagt.“ Ende der Tagebucheintragung.

In diesen Tagen, da sie die erste Chemo-Serie erfolgreich hinter sich gebracht hatte und so normal neben mir herlief, nur eben schwächer und angegriffener, konnte ich mir nichts anderes vorstellen, als dass sie bei mir bliebe. Sie erholte sich nur schwer in den nächsten Wochen. Alle ihre Organe schienen in Mitleidenschaft gezogen zu sein, so dass sie jeden Morgen mit einem anderen Schmerz aufwachte. Humorvoll teilte sie die Schmerzen in Schweregrade ein und erlaubte sich dementsprechend „gemütliche Tage“ oder solche, an denen eine Unternehmung angesagt war. Konnten wir es riskieren, dann fuhren wir in den Taunus, durch Oberursel über die Hohemarkstraße hoch zum Sandplacken, gingen dort spazieren oder blieben bei geöffneten Türen im Auto sitzen und sogen die gute Luft ein. Bei schlechtem Wetter besuchten wir gern auch unsere schönen großen Frankfurter Hotels, versanken in den Clubsesseln der Empfangshallen, ließen uns Tee bringen und Gebäck, hörten die leise Musik im Hintergrund. „Dass ich mal in einem Hotel gearbeitet habe, es kommt mir heute so vor, als sei das damals ein anderes, fremdes Leben gewesen, das nicht zu mir gehörte. Oder ist mein jetziges Leben das fremde?“

Sonst redeten wir nicht viel miteinander. Vielleicht, weil wir es vermeiden wollten, so zu tun, als glaubten wir an eine lange gemeinsame Zukunft. Einmal gingen wir nun wirklich an einem Spätnachmittag in die Nikolaikirche am Römerberg und setzten uns in die hinterste Bank. Wir liebten beide diese kleine frühgotische Kirche, im 15. Jahrhundert Mittelpunkt der städtischen Almosenpflege, deren mittlerer Schluss-Stein mit der Bischofsfigur des Heiligen Nikolaus geschmückt worden war, dem Patron der Kranken.

Der Organist übte für den Sonntagsgottesdienst an einem Stück von Max Reger. Lange hörten wir still zu, bis Magali eines der vor ihr liegenden Gesangbücher nahm und darin herumblätterte. „Wenn ich nur glauben könnte, was man da drin liest. Übrigens, mein Krebs steht wieder in voller Blüte, und sogar an neuen Stellen.“ Sie sagte den letzten Satz so nebenbei, als sei er nur eine Randnotiz, kaum wert, zur Kenntnis genommen zu werden. Entsetzt starrte ich sie an, sprang auf, zog sie hinter mir her. Ich wusste nicht wohin, aber ich wollte raus, nur weg von hier, wo man offenbar von solchen Nachrichten erschlagen wurde. Kurz vor dem Portal, noch immer von Max Reger's Orgelmusik verfolgt, schaute ich mich doch noch einmal um, hin zum Altar: Du kannst uns helfen, Gott im Himmel, also tu's, tu's doch! Nicht eine Bitte, sondern eher eine Forderung, ein Befehl, eine verzweifelte Kampfansage war dieses Stoßgebet, wütendes Eingeständnis meiner ganzen Hilflosigkeit.

Zwei Tage später, frühmorgens, brachte ich sie wieder in die Klinik. Wir schwiegen beide, wobei mir der Umstand entgegenkam, dass ich mich auf den Straßenverkehr konzentrieren musste. Was hätte ich ihr denn sagen sollen? Auf dem Parkplatz dann machte sie keinerlei Anstalten, das Auto zu verlassen. Nach vorn übergebeugt blieb sie sitzen, den Kopf in beide Hände vergraben. „Ich will nicht mehr, Hanna, bitte nimm zur Kenntnis, verdammt noch mal, dass ich nicht mehr will. Diese Tortur stehe ich nicht noch einmal durch." Plötzlich riß sie sich die Perücke vom Kopf, schmiss sie zu Boden und trampelte darauf herum.

Wenn du nur wüsstest, dachte ich, wie ich dich verstehen kann, wie ich deine Tapferkeit bewundere, mit der du diese Krankheit nun schon seit Wochen hinnimmst, ohne zu jammern. Ich rückte zu ihr hinüber und legte meinen Arm um ihre Schulter. „Komm, Magali, lass uns die Chance ergreifen, mit dieser Krankheit fertig zu werden." Ohne eine Antwort abzuwarten stieg ich aus, lief um das Auto herum auf die andere Seite, öffnete die Tür, löste Magali aus dem Gurt, hob die Perücke auf, säuberte die malträtierten Locken und gab sie ihr in die Hand. Sie übernahm sie gehorsam, stülpte sie sich wieder über, freilich ohne sich dabei, wie sonst, des Rückspiegels zu bedienen, ließ sich von mir mit sanfter Gewalt herausziehen und dachte sogar an ihre Krankenhaustasche. Sie hakte sich vertrauensvoll bei mir unter, aber ich merkte, wie ihre Schritte immer zögernder, schwerfälliger wurden und auch mein Tempo zu bremsen begannen. Trotzdem kamen wir ans Ziel.

Kapitel 20

Die nächste Chemo-Serie, so schlimm sie sich wieder für Magali angefühlt hatte, schien den Krebs vernichtet zu haben. Wir beide nannten es „vernichtet", die Ärzte sagten vorsichtig „weitestgehend eingedämmt". Den Unterschied nahmen wir nicht zur Kenntnis. Eine Reihe von Bestrahlungen waren zusätzlich verordnet worden, die jedoch ambulant durchgeführt werden konnten und während der wenigen Minuten der Behandlung nicht weh taten. Die angegriffene Haut hinterher, über den ganzen Körper verteilt, machte ihr zu schaffen, aber das fand sie viel weniger unangenehm als die Begleiterscheinungen einer Chemotherapie. Die Monate März und April zogen sich noch etwas mühsam hin, Magalis Stimmungen wechselten zwischen tiefer Resignation und einer Lebenslust, die an Euphorie grenzte. Viel unternehmen konnten wir in keinem Fall, dazu reichten ihre Kräfte nicht. Sie war mittlerweile auf eigenen Wunsch in unsere Mansarde gezogen, um Hartmut wieder seinen angestammten Platz zukommen zu lassen. Der übernachtete trotzdem häufig im Nebenzimmer seines Büros. Er begründete das mit der allgemeinen Unruhe in unserem erweiterten Familienleben. Obwohl das nur bedingt stimmte und ich außerdem das Gefühl hatte, dieses Argument sei ihm eine höchst willkommene Ausrede, konnte ich wenig dagegen anbringen. Sein Verhalten beunruhigte und bekümmerte mich, und ausgerechnet Magali, derentwegen er sich angeblich zurückzog, war es dann, die mir durch ihre Gegenwart über den Kummer hinweghalf. Eine seltsam gewundene Spirale von Ursache und Wirkung. Steve, der regelmäßig angerufen hatte, war ein Mal auch für eine Woche dagewesen, in einem nahen Hotel einquartiert, um nach seiner Frau zu schauen. Gute Freunde, die beiden, nicht mehr, aber auch nicht weniger. Wir zeigten Steve die Stadt, liefen besonders gern mit ihm unsere Lieblingsstrecke ab: Domstraße, Römerberg, Mainufer, Eiserner Steg, die er gern als Lieblingsstrecke übernahm. Sogar Jonathan durfte dabei sein. Er hätte den wunderbaren Hund gerne wieder mit nach Amerika genommen, musste aber sehr schnell die Segel streichen angesichts der Protestwellen, die ihm von allen Seiten entgegenschlugen, Körnchen mit Magdalene an der Spitze.

Steve war ein netter, unkomplizierter Mann, und er mochte über die beiden Frauen Hanna und Magdalene manches Mal den Kopf geschüttelt haben. Ja, auch über mich, Hanna, in der die gemeinsame Nacht damals innerlich nicht die leiseste Spur hinterlassen hatte. Warum, wusste ich nicht, manchmal habe ich darüber nachgedacht. Vielleicht war es gerade seine Stärke, die Unkompliziertheit, die in mir keine erotische Spannung für längere Zeit zu erhalten vermochte. Von Liebe ganz zu schweigen.

Was er von seinem neuen Farmerleben berichtete, hörte sich gut an und interessant auch. Noch gefiel es ihm, irgendwann aber, schon auch Vanessas wegen – „und wie ist es mit dir, Magali?" – wollte er seine Tankstelle wieder übernehmen und abends im Tonstudio Gitarre spielen. Die Wohnung übrigens werde an den Wochenenden von Vanessa betreut, die sich dort immer noch am besten erholen könne. Wenn er erzählte, zum Beispiel abends beim Italiener, wo wir nach wie vor gerne aßen, schaute ich oft zu Magali hin, und sie erwiderte meinen Blick, lächelnd, weil sie wusste, dass wir beide an das gleiche dachten: an Amerika, unsere winzige Wohnung in New York, an das Filzklavier und Miss Marple, an den Park, die Schiffschaukel, den Broadway und die Subway, an McDonalds und unser knappes Geld, an Saxophone, Violin und den Jazz-Keller und an Charly Fisher.

„Ich komme wieder", sagte Steve beim abendlichen Abschied auf dem Rhein-Main-Flughafen, „und hole euch zurück, dich und Jonathan und jeden, der sonst noch mitkommen will, okay?"

„Okay", erwiderte Magali und hakte sich fest bei mir unter. Wir schauten ihm nach, auch Hartmut und Körnchen, bis der große, kräftige Mann mit dem grauen Stachelkopf im Gewühl verschwunden war. Jonathan beschwichtigten wir mit einem Hundekuchen. Vor allem Körnchen wünschte sich, den Start der Maschine noch abwarten und zusehen zu dürfen, wie sie in hoher Geschwindigkeit die Startbahn entlang raste, um dann steil aufzusteigen und wie ein Schatten mit immer kleiner werdenden Lichtern in der Dunkelheit zu verschwinden. Natürlich taten wir ihm den Gefallen. Als es dann so weit war und Steve sich von Sekunde zu Sekunde schneller von uns entfernte, wünschten wir ihm Glück, jeder für sich. Und wir wussten, ohne es auszusprechen, dass Amerika von nun an der Vergangenheit angehörte. Magali wirkte gelöst. Sie saß mit mir hinten im Wagen. Körnchen, unerlaubterweise, durfte vorne neben Hartmut sitzen. „Schön, dass Steve da war", sagte sie leise, „aber schön auch, dass ich hier bei euch bleiben kann."

Nach einem nasskalten Frühjahr kletterten die Temperaturen Anfang Mai plötzlich in die Höhe und es wurde beinahe sommerlich warm. Vielleicht aus diesem Grund, vielleicht aber auch, weil nun tatsächlich alles überstanden zu sein schien, blühte Magdalene auf. Es begann damit, dass sie sich eine zweite Perücke zulegte, allein, denn ich hatte an dem fraglichen Vormittag in der Hochschule zu tun. Schwarze Locken wie bisher, diesmal aber schulterlang und noch etwas wilder. Gut sah sie aus, zumal sich ihr Gesicht, nicht mehr aufgedunsen, wieder in seiner alten Schönheit zeigte. Um den angegriffenen Hals trug sie bunte Seidentücher. „I love my life", trällerte sie manchmal, wenn sie morgens herunterkam. Und während des Frühstücks dann verplante sie minutiös den Tag. War ich in der Hochschule oder zu Hause beschäftigt, dann lieh sie sich mein Auto aus und fuhr mit Körnchen irgendwohin, oder sie kaufte in der Stadt hübsche Kissen, Krüge und Bilder für ihr Mansardenzimmer. Sogar zu einem neuen Anstrich entschloss sie sich, in einem ganz zarten Blau, den sie unter Körnchens Assistenz selber ausführte.

Oft fuhren wir abends nach Königstein und schlenderten durch das Woogtal. Wir hörten die Glocken der Marienkirche, freuten uns an der abendlich angestrahlten Burgruine. Manchmal war auch Körnchen dabei, mit ihm Jonathan, der die Fischlein in dem kleinen Weiher anbellte, als wollten sie ihm an den Pelz. Natürlich besuchten wir sonntags auch meinen Vater, der in seiner Freude alles tat, um uns festzuhalten. Nach der Fahrt zum Friedhof lud er uns zum Essen ein und für die Nacht hatte er bereits die Betten bezogen. Dass wir in zwanzig Minuten in Frankfurt sein konnten, ließ er einfach nicht gelten. Magali zuliebe spielte er abends gerne Brahms-Sonaten auf der Geige, zu denen ich ihn begleitete. Als ich gegen Ende, zu seinem Entsetzen, einen angedeuteten Jazz-Rhythmus in das Kunstwerk hineinmogelte, begann Magali zu tanzen. Selbst das hat er uns verziehen, der Berufsmusiker klassischer Prägung, der normalerweise für Unterhaltungsmusik nichts im Sinn und schon gar nichts in seinem Geigenbogen hatte. Es fiel uns nicht leicht, ihn am Tag darauf schon wieder verlassen zu müssen. Aber zu Hause warteten drei Männer, ein großer, ein kleiner und ein vierbeiniger, und eine Katze, die versorgt werden wollten, und das nicht nur von der Studentin Linda, die sich mit dem Kochen schwertat. Außerdem standen für Montag wieder einige Stunden in der Hochschule auf dem Plan. Nicht, dass Magdalene plötzlich über bärenstarke Kräfte verfügt hätte. Im Gegenteil, allem, was sie unternahm, folgte zuverlässig und vergleichsweise schnell die Erschöpfung, der sie nachgeben musste, ob es ihr gefiel oder nicht. Trotzdem sah man ihr das Glück an, mit dem sie einen Neuanfang wagte und die Krankheit allmählich zu vergessen versuchte.

Ende des Monats, das warme, sonnige Wetter hatte sich nun schon über Wochen gehalten, wurden mir von der Hochschule drei freie Tage zugeschanzt. Ich hatte damit nicht gerechnet und daher auch nichts geplant. Da sich aber Körnchen in einer Jugendherberge aufhielt, seine erste Klassenfahrt, und Hartmut zu einer Dienstreise aufbrach, schlossen wir die Wohnung ab, vertrauten Linda Hans-Herta an, verfrachteten Jonathan auf den Hintersitz des Autos, den er restlos ausfüllte, und gaben einem schon seit langem gehegten Wunsch nach: wir fuhren nach Meran. Im Kofferraum weich gepolsterte Schuhe, bequeme Bundhosen, Jacken, leicht und regendicht, Thermosflaschen. Das Gepäck allein schon verbreitete Urlaubsstimmung.

Die Fahrt über die Autobahn, die schöne Landschaft, Magali sog das alles ein wie ein köstliches exotisches Getränk. Gegen Abend dann die Autobahn-Raststätte nahe der Berge. Wir konnten einen Tisch am Fenster ergattern. Jonathan legte sich brav daneben, erntete aber von den Kellnern durchaus ängstliche Blicke. Und während wir vor unserem heißen Tee saßen und auf die Lasagne warteten, schauten wir hinaus, so lange, bis die Berge mit den Schneespitzen nur noch als gewaltige dunkle Schatten zu erkennen waren und die Autos als vorüberhuschende Lichter.

Übernachtung im Gasthof „Edelweiss", Magdalene erschöpft, aber zufrieden. Am nächsten Morgen dann eine kleine Wanderung, nicht lange, nur eine halbe Stunde zu den sandfarbenen Kühen mit ihren dunkel tönenden Glocken. Der Hund wusste nicht recht, was er mit diesen Ungetümen anfangen sollte, daher entschloss er sich zu bellen. Am Nachmittag in unserer Pension in Meran angekommen, legte sich Magali erst einmal hin. Aber nicht lange, dann zog es sie trotz Müdigkeit in die Stadt. Es war ein Tag der ständig wechselnden Beleuchtung. Während wir auf der Brücke standen, spiegelten sich bleigraue Regenwolken im Wasser, kurz danach im Straßencafé hatte sich die Sonne schon wieder durchgesetzt, stark und warm und mit einem Licht, das hell und gleißend allen Dingen ihre Farbe nahm. Magdalene saß vor einem Eisbecher und kämpfte gegen den Wind an, der von den nahen Bergen herunterwehte und ihren neuen Strohhut samt Perücke in Gefahr brachte. Auf einmal ein Höllenlärm auf der Hauptstraße, das Gehupe von unzähligen Motorrädern. Schon tauchten sie auf, die Jungens in ihren enganliegenden Anzügen, auf dem Hintersitz die Freundin als Klammeräffchen. Alle Gesichter, wahrscheinlich lachende Gesichter, versteckt unter Schutzhelmen, diesen bunten Pilzen, die so groß und kugelig waren, dass die Gestalten darunter schmächtig wirkten. In langem Zug schlossen sich die Motorräder einem offenen PKW an, in dem eine Braut stand. Sie strahlte, hielt ihr weißes Kleid zusammen, das sich im Fahrtwind wie zu einem Kaffeewärmer aufbauschen wollte, der Schleier flatterte gleich einer Rauchwolke hinter ihr her, ihre braunen Locken flatterten mit. So hupten sie sich, Aufmerksamkeit erzwingend, durch die Straße. Die Leute blieben stehen und freuten sich. „Weißt du", sagte Magali, „ich wäre gern noch mal so jung, ich wäre gern noch mal Braut oder Klammeräffchen auf dem Motorrad, ich hätte gern noch mal das Leben vor mir, glückliches, sorgenfreies, liebendes, geliebtwerdendes Leben, verstehst du?"

Ich strich ihr über die Hand. „Warte nur, Magali, es wird auch für dich, für uns immer schöner."

Während des Abendessens in unserem Hotel wurde ihr schwindelig und etwas übel. „Trotzdem war's herrlich heute", schwärmte sie und gab Jonathan ihr restliches Stück Fleisch, „und es ist ein Jammer, dass wir morgen schon wieder von dannen ziehen müssen." Am nächsten Morgen, auf dem Nachhauseweg, diesmal ohne Übernachtung, schlief sie über lange Strecken. Zwischendurch aber war sie aufgekratzt und voller Zukunftspläne. Sie wollte sich in unserer Nähe eine kleine Wohnung suchen und Spieltherapie für Kinder anbieten. Warum eigentlich nicht? Ich würde im kommenden Winter wieder ein paar Konzerte haben, denn allzu lange sollte ich damit nicht aussetzen. Unter diesen Umständen war es nur gut, wenn sie nicht unbeschäftigt zu Hause saß. Tags darauf erwarteten wir Körnchen von seiner Klassenfahrt zurück, anschließend Hartmut von seiner Dienstreise. Das normale Leben begann wieder. Und doch war nichts normal, gar nichts mehr, seit ich mich von Magalis Krankheit in die Zange genommen fühlte und von der Angst, sie könnte wieder ausbrechen. Die Angst schien unbegründet. Glücklich, die Therapien überstanden zu haben, glücklich auch über die warmen, wolkenlosen Sonnentage, die sich beinahe lückenlos aneinanderreihten und den Sommer zu einem Jahrhundertsommer machten, legte Magdalene die Krankheit ab wie ein ungeliebtes Kleidungsstück, das man rigoros aus dem Verkehr zieht, um es nicht mehr sehen zu müssen. Gelegentlich verzichtete sie auch schon auf die Perücke und zeigte ihre eigenen Haare, die sich mittlerweile zu einer Kurzhaarfrisur gemausert hatten und ihr schmales Gesicht ebenso reizvoll erscheinen ließen wie die langen schwingenden Locken. Sie zog sich schick an und nahm sich jeden Tag eine andere, kleine Unternehmung vor, für die sie Körnchen leicht gewinnen konnte, wenn ich in der Hochschule beschäftigt war.

Als die Sommerferien begannen, gab es kein Halten mehr. Körnchen durfte seinen Vater auf einer Reise nach Afrika begleiten. Somit blieb uns nur noch Jonathan, der schwarze Riese und Beschützer, und Hans-Herta, die wir beide überallhin mitnehmen konnten, auch an den Chiemsee. Es war Magalis Idee gewesen, so überzeugend vorgetragen, dass Widerspruch, auf ihre zarte Gesundheit bezogen, keine Chance gehabt hätte. Also packten wir das Auto noch einmal und reihten uns geduldig in die sommerlichen Staus ein. Wenn es irgendwo besonders schön ist, vergisst man die lange Anfahrt schnell. Dann gilt nur noch das Ziel, das man erreicht hat, und die Zeit, die vor einem liegt. Endlich waren wir wieder da, an unserem See, in unserem Hotel, liefen über die vertrauten Wege und Wiesen, freuten uns an den Bergen, besonders an unserer Kampenwand, setzten über auf die Fraueninsel, wo die Blumen in den Gärten bunt und üppig blühten. Halbe Nächte brachten wir auf dem Balkon zu oder auf der Terrasse, bei Kerzenlicht und Wein und in Gespräche vertieft. In solchen Stunden der Vertrautheit drängte sich dann wieder mein uraltes

Geheimnis in den Vordergrund, das über lange Zeit zu einer mir nie ganz erklärlichen Bedeutungslosigkeit zusammengeschrumpft war und regelrecht brach gelegen hatte. Es kam nicht dazu, auch jetzt nicht, dass ich den entscheidenden Satz sagte. Magdalene blühte auf, sichtbar für jedermann, und keine Nachricht der Welt wäre es wert gewesen, auch nur Spuren von Unruhe in diesen Gesundungsprozess zu bringen und ihn damit zu stören oder aufzuhalten. So redete ich mir ein. Im Grunde aber wusste ich, oder zumindest ahnte ich es, dass das, was sich bei ihr als Unternehmungslust im Mantel blühenden Lebens darstellte, in Wahrheit Züge einer krankhaften Unrast trug, dass Magali im Begriff war, alle Reserven anzuzapfen und aufzubrauchen, um mit der ihr verbleibenden Zeit einen Wettlauf veranstalten zu können.

Kapitel 21

Anfang August, am Ende unserer Chiemsee-Tage, musste sie innehalten. Schon seit einer Woche hatte sie sich nicht mehr wohl gefühlt, wahrscheinlich auch schon längst wieder Drüsenschwellungen entdeckt. Mir war die Verschlechterung nicht entgangen, aber ich wollte sie nicht wahrhaben. Nicht verzweifelt wirkte sie, sondern ruhig und gelassen, als sie morgens im Frühstücksraum erschien und mir mitteilte, die „Sache" habe sie wieder am Wickel und dies sei nun das Ende. Dabei lächelte sie Jonathan an, der sich neben ihr auf den Boden legte, und kraulte ihn zwischen den Ohren. „Du bleibst bei Hanna, da hast Du's gut, besuchst mich in Oberursel auf dem Bommersheimer Friedhof, wo ich beerdigt sein will." Ich lehnte mich zurück, hielt mich mit beiden Händen an der Stuhlkante fest. „Bell-Magali", sagte ich so beherrscht wie möglich, „warum soll es denn diesmal das Ende sein, warum gibst du dich auf?"

„Weil diesmal mein ganzer Körper befallen ist und ich eine weitere Chemo-Serie nicht mehr durchstehe, auch nicht mehr durchstehen will." Ich erhob mich, ging mit zitternden Beinen um den Tisch herum und kniete mich vor sie hin. Zum Glück waren die Frühstücksgäste schon verschwunden. Ich nahm ihre Hände, drückte sie mir ins Gesicht, spürte eine Verzweiflung in mir hochkriechen, die mir Tränen in die Augen trieb. Magdalene blieb ganz ruhig. „Ich hatte schließlich genug Zeit", sagte sie fest, „mich mit dem Tod zu beschäftigen, und es ist doch wohl besser, sich zu ergeben, als einen so absolut sinnlosen Kampf zu führen, von dem man zu Beginn schon weiß, dass man ihn verliert."

„Und wenn sie nun doch noch mal eine Chemotherapie versuchen, willst du dich dann weigern?"

Sie schüttelte den Kopf. „Nicht weigern, nein, sie werden von selber merken, dass es keinen Sinn mehr hat." Eine Weile schwiegen wir beide, nur Jonathans Atmen und das gleichmäßige Ticken einer Wanduhr waren zu hören. Draußen der hellblaue, wolkenlose Himmel versprach wieder einen langen, traumhaften Sommertag, an dem wir normalerweise über den See gepaddelt wären. Es stellte sich heraus, dass sie sich telefonisch auf ihrer Station in Frankfurt für den übernächsten Tag schon angemeldet hatte. „Wie geht's dir denn heute?", fragte ich hilflos und schlich wieder auf meinen Platz zurück.

„Der ganze Körper tut inzwischen weh, wie ein Rheuma, vielleicht schlimmer, und auch das Laufen wird immer beschwerlicher, ich kann es kaum noch verbergen. Und der Hals wird dick. Siehst du?" Das verschlechtert sich diesmal schnell, dachte ich, sagte aber laut nur: „Das war doch zu Beginn auch so."

„Es ist jetzt anders, ich fühle mich wabbeliger dabei, so als hätte ich keine Muskeln mehr, ach, was soll's!" Sie stand auf, mühsam, wie ich merkte. „Sag mal, Piana, würdest du mit mir heute vormittag zu Agnes' Grab fahren und dich abends von mir ausführen lassen?"

„Alles, was du willst, wenn es dir nur nicht zuviel wird."

„Mit Pausen natürlich und geruhsam."

Der Friedhof lag sechs Kilometer vom See entfernt auf einer Anhöhe, wir waren nur selten dort gewesen. Sie suche Agnes hier nicht, hatte sie immer erklärt, und fühle sich daher nicht zum Grab hingezogen. Heute war es etwas anderes, eine Art

Ankündigung und ein Abschied. Wir legten frische Blumen auf das Grab mit dem schmiedeeisernen Kreuz, das die Inschrift aus dem 16. Psalm trug: 'Du, Herr, wirst mich nicht dem Tode überlassen. Du tust mir kund den Weg zum Leben.'

Von der Friedhofsbank aus, auf der wir lange saßen, sah man in der Ferne den See, die Inseln und, wie wir glaubten, das helle Dach unseres Hotels.

„Ich wüsste gerne", unterbrach Magali die Stille, „wie das Mädchen heute aussieht, das ich in die Welt gesetzt habe, und ob es ihm gutgeht."

„Es geht ihm sicher gut, und wenn es auch nur annähernd so hübsch ist wie du ..."

„... es hat in seinen Genen den Kerl zu verkraften, du weißt, die Hälfte seiner Gene." Magali lachte leise. „Aber genau genommen muss das gar nicht so viel besagen, weibliche Schönheit setzt sich immer durch." Ich schaute sie überrascht an. „Soll das heißen, dass du dich endlich akzeptierst?"

„Vielleicht. Man muss ja mit sich ins Reine kommen, bevor man sich verabschiedet und von dieser seltsamen Bühne verschwindet." Mir stiegen heiße Tränen in die Augen. Ich hätte sie mit der größten Anstrengung nicht zurückhalten können. „Mein Gott, Magali, war die Bühne für dich denn nur seltsam?" Sie legte ihren Kopf auf meine Schulter. „Ich würde dich jetzt gerne an mich ziehen", sagte sie, „aber jede Bewegung tut mir weh. Nein, Hanna, mit dir wurde sie schön, die Bühne, denk an unseren New Yorker Sommer. Und schließlich an Steve, dem ich ja auch nur durch dich begegnet bin."

„Mit dem du aber nicht glücklich wurdest."

„Irgendwie schon auch glücklich, in der ersten Zeit allemal, es hat nur nicht angedauert."

„Und ich habe dich mit ihm einmal so schäbig behandelt, glaub' mir, ich würde alles tun, wenn ich das rückgängig machen könnte." Magali winkte ab. „Vergiss es, ich habe es dir schon seit Ewigkeiten vergeben."

„Ohne Rest?"

„Ohne den kleinsten Rest. Mittlerweile schon sowieso." Eine Viertelstunde saßen wir noch still auf der Bank, bis ein leichter Wind aufkam, der Magali frösteln ließ. Während der Rückfahrt ins Hotel schlief sie dann, sie wollte Kräfte sammeln für den Abend.

Später, in den vielen Jahren danach, wenn ich an Magali dachte, war es immer dieser letzte Abend, der sich in meiner Erinnerung als Kulisse auftat für unser beider Leben, als Zentrum für das, was an unserer Beziehung so besonders war und unvergleichbar. Es ist eine Liebe gewesen; weder freundschaftlich noch schwesterlich, auch nicht wie zwischen Mann und Frau, von jedem vielleicht Spuren. Vor allem aber war es das, was sich nicht definieren und auch nicht in irgendwelche Kategorien zwängen lässt: Die Liebe zwischen Hanna und Magdalene.

Und nun zu unserem letzten gemeinsamen Abend. So dicht nebeneinander waren mir die Eigenheiten von Gegenwart und Vergänglichkeit, von Besitzen und Verlieren noch nie bewusst geworden. Magali hatte mich in eine elegante Bar eingeladen, die sie von früher kannte. Der gemütliche dunkle Raum, der, durch eine Treppe verbunden, aus dem Parterre und einer oben rundherum führenden Galerie bestand, war noch fast leer, als wir eintrafen. Deshalb konnten wir nach oben gehen und uns den hübschesten Tisch in der Ecke aussuchen. Hier waren wir allein. Es ging ihr schlecht. Wir wussten beide, dass es ein kurzer Abend werden würde, dass die

Zeit drängte. Magali hatte dem Barkeeper eine Musikkassette gegeben und ihn gebeten, sie eine Viertelstunde später abspielen zu lassen. Wir bestellten eine Kleinigkeit zu essen, dazu französischen Rotwein, an dem sie freilich nur nippte, weil Alkohol ihre Schmerzen verschlimmerte. Drei blaue Kerzen brannten zwischen uns, ihre Lichter so ruhig wie Magalis Augen heute abend, ruhig, liebevoll auf mich gerichtet, nicht abwesend. Wir redeten über Vergangenes, kaum über Gegenwärtiges. Als die Musik mit „Summertime" einsetzte, leise, behutsam, lächelte Magali und nahm meine Hand. „Warte ab, Piana, beim nächsten Lied will ich mit dir tanzen."

Das nächste Lied, ich hatte es mir gedacht, war ihr Lieblingslied „Those were the days, my friend." Wir standen auf, kein Mensch konnte uns hier oben sehen, nahmen uns in die Arme und bewegten uns im Rhythmus, andeutungsweise nur, aber körperlich so eng miteinander verbunden, dass unsere Bewegungen und die Wärme unserer Körper sich zu einer Einheit vermischten, sich nicht mehr deutlich unterscheiden ließen. „Eigentlich müsste es heissen: 'Those happy days, my sister', flüsterte mir Magali am Ende des Liedes plötzlich ins Ohr, „es waren glückliche Tage mit dir, kleine Schwester." Ich verstand nicht sofort, dann ein Schrecken, der mir durch und durch ging. Mir wurde glühendheiß. Langsam nahm ich meine Arme von ihren Schultern, ging einen Schritt zurück. „Was sagst du da?"

„Dass ich es weiß."

Ich starrte sie fassungslos an. „Du weißt, dass wir Schwestern sind – wie lange denn schon?" Ich angelte nach der Tischkante und ließ mich dann auf den Stuhl fallen. Auch sie setzte sich hin. So lange konnte sie nicht mehr stehen. „Die Beerdigung deiner Mutter, unserer Mutter, erinnerst du dich. Ich blieb danach noch zehn Tage bei euch. Am letzten Tag geriet ich an dein offenes Tagebuch, im Schlafzimmer auf dem Tisch hat es gelegen. Seitdem also bin ich deine Mitwisserin, unerlaubterweise."

„Und warum hast du mir nichts davon gesagt?" Ich wusste in diesem Moment nicht, ob ich lachen oder weinen sollte.

„Das müsste ich ja wohl zunächst mal dich fragen."

„Ich hatte den richtigen Zeitpunkt verpasst."

„Jetzt ist er aber da, Hanna", sagte sie ernst, „deshalb habe ich den Knoten aufgelöst."

„Nein, Magali, nein!" Ich hätte es am liebsten hinausgeschrieen, „du meinst mit deinem 'Zeitpunkt' nämlich den Abschied, ausgerechnet jetzt! Warum willst du denn ..." Sie bemühte sich ruhig zu bleiben. „Ich will? Glaubst du wirklich, in meinem Alter will man sterben?"

„Dann tu's nicht!" Sie beugte sich über den Tisch, streichelte meinen Arm. „Wie soll ich es denn verhindern?"

„Wir fliegen durch die ganze Welt, bis wir jemanden gefunden haben, der damit fertig wird." Sie schüttelte energisch den Kopf. „Das haben schon andere durchexerziert, ohne Erfolg. Und meine Kraft reicht auch nicht mehr."

Ich schaute sie lange an. „Wie kannst du das alles so hinnehmen, so ruhig sein."

„Das lernt man mit dieser Krankheit, das ist sozusagen ihre Begleiterscheinung, ich habe das früher auch nicht für möglich gehalten. Es ist immer der gleiche Ablauf: zuerst verdrängt man den Tod und glaubt verbissen an eine große Zukunft, und dann, wenn man's endlich kapiert hat, wird man ruhig."

„Bist du unserer Mutter böse, ich meine, machst du sie verantwortlich?" Ich wollte ihr noch einiges dazu erzählen, sie aufklären, die Mutter ins rechte Licht rücken. Aber sie winkte schon ab. „Es ist in Ordnung so, wie es sich abgewickelt hat.

Noch vor ein paar Jahren hätte ich die Krankheit in Verbindung gebracht mit meiner Kindheit und dem, was schief gelaufen ist. Heute sehe ich das anders. Unser Schicksal ist wahrscheinlich vorbestimmt, wichtig ist nur, dass wir's annehmen."

Noch immer Musik im Raum. Magdalene hatte alle ihre Lieblingsmelodien versammelt, auch den langsamen Satz aus dem A-Dur-Klavierkonzert von Mozart. Mittlerweile waren noch andere Gäste gekommen, das Lokal füllte sich allmählich. Wir hörten still der Musik zu. Die Kerzenlichter zwischen uns flackerten, jemand hatte ein Fenster geöffnet.

„Du hast mir nie gesagt, dass du es weißt, Magali, warum?" Sie dachte eine Weile nach. Was sie dann erklärte, klang unsicher. „Weil eine Beziehung eigentlich aus ganz anderen Voraussetzungen lebt, wenn sie geschwisterlich ist. Ich konnte das einfach nicht nachvollziehen, diese neue Konstellation. Ich glaube, sowas muss langsam wachsen."

„Hast du es geschafft?"

„Nicht so ganz, bis zum heutigen Tag nicht. Du bist meine – ja, was eigentlich? Schwester? Im Grunde bist du mehr für mich, vielleicht meine Muse. Jedenfalls hast du mein Leben reich gemacht."

Am Tag darauf fuhren wir zurück nach Frankfurt. Magali schlief fast ohne Unterbrechung. Ich hatte ihr den Beifahrersitz so gestellt, dass sie liegen konnte. Zu Hause dann legte sie sich in Kleidern auf ihr Bett und schlief weiter. Ich packte ihre Kliniktasche, ging noch mal mit Jonathan zum Holzhausenschlösschen, schaute später, da ich nicht schlafen konnte, die Post durch.

Früh am anderen Morgen brachte ich sie ins Krankenhaus. In meiner Hilflosigkeit all dem gegenüber, was da nun wie eine

Lawine ins Rutschen gekommen war und mich langsam zuschüttete, fühlte ich mich wie eine Puppe, die auf bestimmte mechanische Bewegungen eingeschaltet ist. Ich bediente fachgerecht das Auto, fuhr routiniert über die mir vertrauten Straßen, über die Friedensbrücke und weiter, weil ich Magdalene zum Sterben bringen und abgeben musste. Die Untersuchungen fielen vernichtend aus, auch eine Herzschwäche wurde jetzt festgestellt. Trotzdem wagte man sich noch einmal an eine Chemotherapie, die aber bald schon abgebrochen werden musste. In den letzten drei Tagen ihres Lebens war sie nicht mehr bei Bewusstsein. Ich saß an ihrem Bett, ihre Hand in der meinen, benetzte ihre Lippen immer wieder mit feuchten Wattestäbchen, achtete ängstlich auf ihren Atem. Hartmut und Körnchen, wieder zu Hause, wurden von der Studentin versorgt, in der Hochschule waren Semesterferien. So durfte ich auch nachts bei ihr bleiben, auf zwei Stühlen liegend – immer in der Hoffnung, noch ein einziges Mal mit ihr sprechen zu können. Aber sie wachte nicht mehr auf. Vielleicht war sie innerlich schon viel weiter von mir entfernt als ich wahrhaben wollte.

Am 12. August abends, vier Wochen vor ihrem neununddreißigsten Geburtstag, ist Magali gestorben. Es war wie ein Verlöschen. Ich hielt ihre Hand. Ihr Puls wurde immer schwächer, ihr Atem langsamer. Dann hörte sie auf zu atmen.

Ihre Perücke auf dem Nachttisch erinnerte an das Ende eines Schauspiels, so als wäre sie versehentlich auf der Bühne hinter dem gefallenen Vorhang liegen geblieben.

Irgendwann um Mitternacht lief ich zu meinem Auto. Mein Atmen, meine Bewegungen, der Klang meiner Schritte, die weiß gekalkten Wände, die Laternen draußen, die knisternde Wärme der Sommernacht, alles hatte sich einem Gefühl unterzuordnen, das die Wahrnehmungen veränderte, sie gewaltsam zusammenzog, um sie unter einen gemeinsamen Namen zu zwingen: Heimatlosigkeit.

Von hier wollte ich weg, aber keinesfalls gleich in die Justinianstraße. Wohin also? Scheinbar ziellos fuhr ich durch das nächtliche Frankfurt, nur die Farben der Ampeln registrierend, und befand mich wenig später am Römerberg. Ich stellte mein Auto vor die Alte Nikolaikirche, lief am Haus Wertheym vorbei, zum Mainkai, hoch zum Eisernen Steg.

Überall waren noch junge Leute unterwegs, in Gruppen oder zu zweit.

Über den hell erleuchteten Ufern, den unzähligen Lichtern der nach beiden Seiten hin sich erstreckenden Stadt, über der Dreikönigskirche und über dem dunkel dahinströmenden Main wölbte sich der klare, nächtliche Sommerhimmel. Nein, ich war nicht heimatlos, im Augenblick nur sehr verloren wie jemand, der einem geliebten Menschen nachwinkt, während der sich immer weiter entfernt. Zwei Flugzeuge zogen über Dribbdebach ihres Weges – vielleicht nach New York, Magali, aber ohne uns. Zuerst konnte ich nur ihre Lichter erkennen, dann hörte ich auch ihr Brummeln, in tiefem G das eine, in Fis das andere – oder bildete ich mir das nur ein? Jedenfalls ergaben sich daraus die ersten Töne von Magalis Lied, „Those happy days ...“. Ich führte es in Gedanken weiter, Takt für Takt, bis zur zweiten Synkope. Hier auf einmal lief mir die Melodie davon, weitete sich aus, wurde in schnellem Wechsel strahlend und traurig, disharmonisch und klar, wild, bizarr und aufgeregt, besänftigend, versöhnlich, still.

Ich hielt sie fest in der rechten Klavierhand und komponierte für die linke Hand die begleitenden Akkorde dazu. Zu Hause am Flügel schrieb ich meine Variation auf. Ich habe sie später oft als Zugabe gespielt.

Es ist spät am Abend, als Hanna Forberg das fertige Manuskript zur Seite legt. Sie steht auf, hängt sich ihre Jacke über die Schultern und geht hinaus auf den Balkon. Die klaren Sterne lassen das Wasser im Dunkel schimmern, die Insel freilich ist nicht zu sehen. Die Kirchturmuhr von dort schlägt elf. Hanna sucht am Himmel den Großen Wagen, findet ihn auch schnell. Das Reiterle am Knick der Deichsel blinkt auf. „Dort wollen wir uns treffen, später einmal", hatte Magali gesagt. Abgemacht. Aber jetzt halte bitte weiter deine Hand über uns, wie du das all die Jahre getan hast; so jedenfalls habe ich es empfunden. Wir wollen noch viel auf den Weg bringen, Klaus und seine junge Familie allemal. Aber auch ich. Gleich werde ich packen, ein paar Stunden schlafen, zurückfahren nach Frankfurt, nach Hause. Meine Schüler warten. Und ich will mir endlich – es kribbelt mir schon in den Fingern – das c-moll-Klavierkonzert von Rachmaninow vornehmen, als neues Glanzlicht für mein Repertoire. Könnte ja sein, dass ich mal wieder ein Konzert gebe. Einverstanden?